JN000073

チャラ男伯爵令息に転生した敏腕経理部長、異世界で年下拗らせ冷徹公爵様に溺愛される

Galasu Matsubara

松原硝子

Contents

character
カラム・クリスティー
浪費家の伯爵家の次男だったが、前世の記憶を取り戻し、元敏腕経理部長だった経験を活かして傾きかけていた領地を立て直す。その実績から大蔵省に引き抜かれるが、その上司は苦手とするランドルフ公爵で…!?
アルテミス・ランドルフ
若干20歳にしてアルスター王国の大蔵卿を務める冷徹公爵。学生時代、家にも学校にも馴染めずにいたところをカラムに救われた過去があり、その時に芽生えた初恋を長年に亘って拗らせている。

シーマス・コールマン
アルの右腕として大蔵省で働く侯爵家の子息。イースト・エンド財政改革部のメンバー。
ローナン・ヘンドリック
カラムの幼馴染みで王立学院の元級友。イースト・エンド財政改革部のメンバー。
ジェイ・マクガヴァン
カラムの王立学院の元級友で穏やかで優しい性格。イースト・エンド財政改革部のメンバー。
ミカ・カートレット
フィルの従兄弟で愛らしい雰囲気をもつが、意外と武闘派？　イースト・エンド財政改革部のメンバー。
フィル・シェラード
王立学院時代に生徒会長としてモテていたが、根はヤンキー。イースト・エンド財政改革部のメンバー。

レオ
ファーマーズマーケットに出店する『トマトストール』の店主。アルと何やら確執があるようで…？

ユリアン・ブラント
メイデンヘッド共和国の大統領主席補佐官。若くして出世するが、その出自には秘密が。

チャラ男伯爵令息に転生した敏腕経理部長、
異世界で年下拗らせ冷徹公爵様に溺愛される

プロローグ

「皆様、今宵もよく集まってくださいました。さあ朝までお楽しみになって！」

煌（きら）びやかな衣装に身を包んだジョンストン侯爵夫人が、居並ぶ招待客たちに向かって叫んだ。真夜中だというのに宝石のように光るシャンデリアがあちこちに吊（つ）るされているせいか、大広間は昼間のように明るい。

特に侯爵家自慢の高さ5メートル、幅3メートルもある巨大なシャンデリアはまるで大きなダイヤモンドのように強い光を放っている。

「噂（うわさ）には聞いていたけれど、なんて美しいシャンデリアなんだろう。そう思わないか？」

クリスティー伯爵家の次男、カラムは近くに立っている黒ずくめの男にうっとりと話しかけた。

「同意しかねる。ガラスや蝋燭（ろうそく）の無駄遣いだろう」

隣からは不愉快そうな声が返ってくる。思わず隣の人物の方を振り返ったカラムは心の中で舌打ちをした。

（しまった、話しかける相手を間違えた。この男に芸術品の価値などわかるわけがない）

彼が声をかけてしまったのは、氷の公爵ことアルテミス・ランドルフだった。プラチナブロンドと言われる、白に近い金髪に、アイスブルーの瞳（ひとみ）を持つ公爵は、背も高く顔立ちも秀麗で貴婦人たちから大変人気がある。

そしてカラムの王立学院時代のクラスメイトでもあった。元級友とはいえ、相手は自分よりも位の高い公爵様だ。しかもこの春には大蔵卿に就任した出世頭。ここで言い争うのは得策ではない。

カラムはにっこり笑うと、穏やかな声で応じた。

「きみならそう言うだろうね、ランドルフ公爵。常に国家の財政立て直しに頭を悩まされているんだもの。でも今日ぐらいは日々の悩みを忘れて、思い切り楽しんでも罰は当たらないんじゃないかな」

カラムなりに精いっぱい気を使った言葉だったが、ランドルフ公爵の顔はさらに険しくなる。

「そんな考えの貴族ばかりだからその皺寄せが国民にいくんだ。クリスティー卿、聞けばあなたの家は領地の税率をまた引き上げたそうじゃないか」

冴え凍る瞳に睨まれるのは学生時代から慣れっこだ。他の者であれば、この目で睨まれれば震えだすだろうが、カラムは首をすくめるだけだった。

「彼らはそうして生きていくのが宿命なんだから仕方ないじゃないか。生まれ落ちた階級で人生は決まる。後は粛々と決められた道を生きるしかないだろう」

思ったことをそのまま口にしただけだったが、公爵はそれを聞いたとたん、眉を跳ね上げた。

「あなたのような貴族がはびこっているから、国民が苦しんでいるんだ」

地を這うような低い声で凄まれたが、カラムは鼻で笑った。

「人を諸悪の根源みたいに言わないでほしいね」

カラムにとって、領民は税金を納める存在でしかない。そのために生まれ、責務を全うして死んでいくのが彼らの運命だと考えている。その考えが間違っていると思ったことは一度もなかった。

しかしその発言を聞いた公爵の表情はさらに険しいものになった。

「諸悪の根源に違いないだろう。いずれこのままではあなたのような連中のせいで、この国は破滅してしまう」

怒りや軽蔑(けいべつ)、そして憎しみに満ちた目で睨まれると、カラムは途端に面倒くさくなってしまった。

伯爵家の次男に生まれた彼は、国政にはいっさい興味がない。関心があるのは最新の流行のファッションやアクセサリー、芸術、夜会、美味(おい)しい食事、そして刺激的な恋愛だけだった。

「相変わらずきみとは話が合わないみたいだ。僕はこれで失礼するよ」

退屈な話はさっさと切り上げて、夜会の輪の中へ向かおうと身を翻した瞬間、カラムはその場に蹲(うずくま)った。突然、頭が割れそうなほどの激しい頭痛に襲われたのだ。

「カラム様！　どうなさったのです?!」

従者が慌てた様子で体を支えてくれたおかげで、カラムはなんとか立ち上がった。しかし脈打つような激しい頭痛はおさまらない。彼は額に脂汗を滲(にじ)ませながら従者に話しかけた。

「今日は失礼することにしよう。頭が割れるように痛……」

「カラム様っ!!」

次の瞬間、頭が今までになく痛むと同時に呼吸すら困難になる。同時に視界がぐにゃりとゆがみ、悪酔いした時のような気持ち悪さに襲われる。最悪な気分の中、カラムの脳内にまったく覚えのない記憶が洪水のように流れ込んできた。

「カラム様!!」

「おい、クリスティー卿!!　しっかりしろ！」

慌てたような公爵と従者の声が聞こえた。しかしカラムの意識はそれを最後にふっつりと途絶えた。

◇◇◇

「皆のおかげで今月もミスなく月次決算ができた。しかも定時までにすべて完了だ。週末はゆっくり休んでくれ」

フロアからは口々にお疲れ様でしたと声が上がる。俺は誰よりも早くフロアを出る。

綺麗(きれい)に揃(そろ)ったデータの数字ほど、心を震わせるものはない。経理部は地味で細かいと敬遠する人間も多い。だが、俺から言わせるとこんなに気持ちいい仕事はないのだ。

おかげで、ひたすら数字と向き合っていただけなのに仕事が評価された。そして気がついたら27歳で最年少部長になっていたのだ。

会社を出ると節約と運動を兼ね、最寄りの駅まで歩く。節約は俺の大好きな趣味のひとつだった。もともと家がどがつくほどの貧乏だったので幼い頃から節約は当たり前のように生活の中にある。

十分な月収を得られるようになった今でも、無駄が大嫌いだ。

（ここまでは完璧な
かんぺき
スケジュールと無駄のない動きで進められているな）
歩きながらイヤホンで英会話のアプリを流す。運動と語学が一度にできるから時間の節約にもなる。だが、しばらく歩いたところで俺はあることを思い出した。
（そうだ、今日はアールズマートの超特売日じゃないか。しかもあと20分でタイムセールの時間だ！）
アールズマートは割高の商品が多い、高級志向のスーパーだ。しかし毎月1回の超特売日だけは、セレブな食品類を格安で購入することができる。
中でも18時30分からのタイムセールでは、格安スーパーと同程度の価格で高級食材が購入できるのだ。おかげでその日は主婦たちの間で死闘が繰り広げられることでも有名だった。
俺はアールズマートへ向かうため、方向転換する。ちょうど青になった横断歩道に一歩足を踏み出した、その時だった。
急ブレーキのような耳障りな騒音とともに、目の前にトラックの巨体が迫る。あまりに突然の一瞬の出来事に、身体
からだ
を動かすことができない。
（あ、これ死ぬな……あと999円で貯金が1億円突破するところだったのに……俺が必死に貯めた金、母さんたちがあっという間に使っちまうんだろうな）
そう思ったことが、俺の前世での最後の記憶になった。

1

目を覚ました時、俺はすべての記憶を取り戻していた。

「だいぶバカに生まれ変わったんだなぁ、俺」

ジョンストン侯爵家で倒れた翌日。俺はベッドに寝転んだまま、天井にはめ込まれた鏡に映る自分を眺めていた。

豪華な細工が施された鏡の中には、細く華奢（きゃしゃ）な身体つきに長く艶（つや）やかなストレートの長い金髪の優男が映っている。

アクアマリンのような明るい水色の瞳はこぼれ落ちそうなほどに大きい。その姿はクリスティー伯爵家の次男、カラム・クリスティーその人に違いなかった。

俺は鏡から目を逸（そ）らすと、ベッドから出て部屋の真ん中に配置されたソファに腰を下ろした。その位置からあらためてベッドを見る。

天蓋（てんがい）付きの大きなベッドは、おそらくキングサイズだろう。青いビロードのような生地には銀糸でぎっしりと刺繍（ししゅう）が施され、所々に宝石も縫いつけられている。

それだけでもどうかと思うのに、天井には全身が映るほどの大きな鏡をわざわざ特注するなんて恥ずかしいほどのナルシストだ。

いったいこのベッドだけでいくらの価値があるんだろうと思うと軽く眩暈がしてくる。記憶を取り戻したせいか、今までは美しく感じられていたベッドなどの調度品が鬱陶しくて堪らない。ただの寝具をどうしてここまで飾り立てる必要があるんだろうか。金の無駄でしかない。

「まずはこのド派手ベッドから売るか」

他にもこの部屋には不要なものがたくさんあった。寝室から続く応接間も同様で、地震が起きたらとんでもないことになりそうなほど、装飾品で溢れ返っている。

俺はチェストから筆記用具を取り出すと、寝室と応接間を往復しながら、売るものと残すもののリストを作り始めた。

リスト作りに夢中になって取り組んでいると、部屋の扉がノックされた。

「カラム様、お目覚めになられたのですね。お加減はいかがですか？」

扉の向こうから聞こえるのは従者であるジェイミーの声だ。そういえば昨日、あの後はどうやって帰宅したんだろう。まったく思い出せない。

扉を開けると、ジェイミーと朝食の載ったトレイを持ったメイドが立っていた。

「おはよう。昨日は悪かったな。もう大丈夫だ」

言いながら、メイドが持っていたトレイを受け取った。その瞬間、二人が目を丸くした。どうしたんだろうか？　少し気になるが、今はそんなことをしている場合じゃない。

「食事をありがとう。きみはもう下がっていいぞ。ジェイミーは残ってくれ」

ジェイミーはこれ以上ないほどに目を大きくし、メイドは息を呑んだ。

「どうかしたか？」

「いえ、その……それでは失礼いたします！」

首を傾げると、メイドは一礼して逃げるようにその場を後にした。

そんなに怖い顔をしていただろうか。

そんな俺の表情を窺うようにして、ジェイミーはおずおずと部屋の中に入ってくる。

「そこに座ってくれ」

「え……」

何気なく言った言葉に、ジェイミーが固まる。

「何してる。話があるんだ、早く座ってくれ」

言葉を重ねると、ジェイミーは恐る恐るソファに座った。俺は向かい側に座ると、部屋の調度品の売買リストを手渡した。

ジェイミーがリストに目を通している間に、ティーポットにたっぷり用意されたブレックファストティーを2つのカップに注ぐ。

トレイには二人分のティーカップが用意されている。クリスティー伯爵家では、なぜか一人分のお茶でも、カップとソーサーを2客準備する。

その上、父や母、兄上や妹たちそれぞれで柄やデザインが異なるものを有名な食器ブランドに特注していた。

本当に無駄遣いが過ぎる。

同様に2枚の皿にフルーツとパンを盛りつけていると、ジェイミーがリストから顔を上げた。その顔は驚きというか、驚愕(きょうがく)という言葉がぴったりの表情になっている。

「ミルクと砂糖はどうする？　それともストレートだけか？」

問いかけると、今度は青ざめて魚のようにパクパクと口を開閉している。

「おい、ミルクと砂糖はいるのか？　いらないのか？」

「ストレートで……結構です」

ジェイミーは小さな声で答えると、震える手でカップとソーサーを受け取った。紅茶を飲むと少し落ち着いたのか、顔色も戻っている。

大きく息を吸うと、決意したように口を開いた。

「カラム様、このリストなのですが書かれている調度品をすべて売却なさるということでしょうか？」

「ああ、なるべく早くそこに書いているものは引き取り業者を探してくれないか？　もしそのまま引き取るのが難しい場合、解体しても構わない」

「寝室に残るのはチェストだけになってしまいます。応接間に至っては、ソファとテーブルしか残りませんが」

「ああ。それでいい。今、使っていない使用人の部屋が何部屋かあったよな。そこのベッドを使うことにしようと思ってる」

「本気ですか?!」

ジェイミーは立ち上がって叫んだ。そんなに驚くことだろうか。いや、驚くか。俺は昨日までのカラム・クリスティーの立ち居振舞いや性格を思い出し、思わず頭を抱えた。

そうだった、俺は今は浪費家で有名な伯爵一家の次男なのだ。昨日までの俺なら従者をソファに座らせ、自ら茶を淹れるなんてことは絶対にしない。

自分だけソファに座って寛ぎながら、従者を何時間も立ちっぱなしにさせていることなんて当たり前にしていた。

(思い出すだけでも、自分に引くな。それに、これまで浪費してきた金のことを考えると、ストレスと後悔でぶっ倒れそうだ)

前世の記憶を思い出すまでは考えもしなかったが、この男――カラム・クリスティーは悪い意味で貴族らしい軽薄なバカ男だ。

思い出してしまったからには、今までのようには生きられない。俺は冷めた紅茶を一息に飲み干すと、はっきりした声でジェイミーに告げた。

「俺はもう、二度と無駄なことに金を使う気はない。おまえも協力してくれ」

翌日、サラリーマンの性かきっちり朝の6時30分に目覚めてしまった俺は前世からのルーティンであるランニングと朝の筋トレをこなした。

体を動かすことは好きだった。ジムに通う金を節約するために運動はランニングと自重の筋トレがメインなのだが、運動後は心も頭もすっきりする。

俺は筋トレの後、厨房に顔を出してみた。驚く料理長やシェフたちにパンやジュース、メインの卵料理とサラダもすべて1種類でいいとお願いすると自分でワゴンを引いて部屋まで運んだ。

クリスティー伯爵家は皆、朝が遅い。家族が起きだしてくる時間はバラバラなので朝と昼はそれぞれが自室で食事をすることになっている。

朝から何種類ものパンとフレッシュなジュース、卵料理とサラダが用意されるのだが毎晩のように遊び、浴びるように酒を飲んでいるカラムはこの素晴らしい朝食にほとんど手を付けることはなかった。

それにしても、この家の食事は美味しい。毎朝焼き上げる自家製のパンやペストリー類、新鮮なフルーツを使ったジュース、そして臭みのまったくない卵料理や味の濃い野菜。

これらはすべて、伯爵家専用の農園や畑で生産されているのだ。けれどこうしてそのほとんどが無駄に消費されているのが実態だ。

（無駄なものを売り終わったら、そっちの方に取り組んでみるか……）

俺は前世からの大好物である苺をふんだんに使ったストロベリージュースを飲みながら、浮かんだアイデアをノートに纏めた。

食事の後は、洋服やアクセサリー類の処分リストの作成に励む。さすがというかなんというか、カラムのクローゼットはとても大きい。前世で俺が住んでいた1Kの部屋がすっぽり入ってしまう。

まずは必要なものと不要なものを分けようとしていたのだが、すべての服もアクセサリーも、俺の趣味じゃなかった。

慌てふためくジェイミーをよそに、結局は何百とある服の中から一番シンプルで地味な色の7着と、アクセサリーはひとつを除いてすべて売ることにした。

そのひとつとは、シンプルな腕時計だった。アクセサリー全般に疎い俺だが、シンプルなそれは、とても俺の趣味に合っていた。

時計は分針と時針だけがシルバーで、文字板に小さな白い花の絵が描かれている以外は、すべて黒一色。ベルト部分も真っ黒な金属でできている。上品だがカラムにとっては地味すぎて、箱ごとクローゼットの奥に突っ込まれ忘れ去られていたのだ。

（そういえばこれ、学生時代に机の中に入ってたんだよなあ……すっかり忘れてた）

学生時代、聖クピードーの日に机の中に入っていた無記名のプレゼント。それがこの時計だった。聖クピードーの日というのは好きな人に告白したりプレゼントをする日で、前世のバレンタインに近いものだ。

聖クピードーの日や誕生日には大量のプレゼントをもらう俺は、その中のひとつとしてさほど気にも留めていなかった。それにこの時計は今の俺の趣味ではあるが、派手好きなカラムの好むような代物ではない。だからこそ、こうしてクローゼットで眠っていたわけだ。

いったい、この時計の贈り主は誰だったのだろう。

ぼんやり物思いに耽っていると、部屋のドアがノックされた。

「失礼します、こちらにカラム様はいらっしゃいますか？」

ドアの向こうからメイドの焦ったような声が聞こえる。

「ああ、いるぞ」

「カラム様にお客様がお見えです」

「客？」

誰かと約束をしていただろうか。思い出せない。

「客人の名前は？」

「……お見えになっているのは、ランドルフ公爵様とのことです」

「……はァ?!」

驚きのあまり俺は大声で叫んだ。

2

アルテミス・ランドルフ公爵。

弱冠20歳にしてアルスター王国の大蔵省のトップである大蔵卿を務める彼は、俺の元級友でもある。

といっても、飛び級につぐ飛び級を繰り返して王立学院にやってきた天才少年の彼とはほとんど話したこともない。学生時代は今と違ってあまり目立たない地味な子どもだった記憶がある。

当時から今以上にファッションと夜遊びにしか興味のなかった俺と〝図書館に住んでいる〟と揶揄されるほど勉強ばかりしていた彼に接点があるはずもなかった。

もちろん会話したことはほとんどなかったが、放課後の教室で女子生徒とイチャついていたところを目撃されてからは異常に嫌われていた自覚さえある。

(あんなに俺のことを嫌っていたのに……なんの用だろう)

競歩の勢いで早歩きをしながら部屋を出る。応接間にはすでにランドルフ公爵がいつものように真っ黒な服に身を包んで座っていた。

シンプルな黒いファッションは、黄金色に輝く明るいブロンドに青い瞳と真珠のように白く輝く美しい肌を持つ公爵にとてもよく似合っていた。

カラムはそんな公爵を「万年喪服男」なんて陰口を叩いていたが、どう見ても公爵の方が洗練されている。

(それはいいとして。こいつと話したことなんてほとんど無いよな……話題に困るな)

俺はぎこちない笑顔を貼り付けて片手を上げた。

「よ、よう……」

しかし公爵は俺を凝視したまま、完全にフリーズしている。滅多なことでは感情の起伏を感じさせないアイスブルーの瞳は限界まで見開かれていた。

(やばいな。さすがにこれはフレンドリーすぎたか)

俺は誤魔化すように咳払いをして、公爵の正面に腰を下ろした。正面から向かい合う形になると、公爵の視線がますます突き刺さってくる気がする。正直とても気まずい。

俺は少し目を逸らして、公爵の白く大きな手のあたりに目をやった。しばらく無言が続いた後、先に口火を切ったのは公爵だった。

「クリスティー卿……その……今日はずいぶんと軽装なのだな」

言われて俺は自分の格好を改めて確認した。色々と動き回っていたこともあり、奇跡的に見つかったシンプルな白いシャツ——背面には悪趣味などでかい太陽の刺繍が入ってはいる——と黒いシンプルなパンツだけだった。

ちなみにこのパンツも、ジャージのラインみたいに宝石が縫い付けてあったので全部取った。

「ん？　ああ……俺の部屋、今大掃除中なんだよ。色々と運んだり片付けたりすんのにゴテゴテした服を着てたらやりづらいだろ」

「……は？」

公爵が低い声を出す。しまった。これは明らかに訝しんでいる。

（やばい！　カラムはこんな風に話しかけるようなキャラじゃない！　もっとイヤミっぽいことしか言わないんだった……！）

家具を動かしたり洋服を移動させたりして体を動かして暑くなった俺は、シャツのボタンを第3くらいまで開けていた。さらに長い髪もうっとうしくて、高い位置でポニーテールにまとめている。

カジュアル過ぎただろうか。よくよく考えるとカラムはこんな格好で人前に出たり絶対にしない。怪しまれて万が一、転生したことがバレでもしたら、非現実すぎていよいよ病院送りにされかねない。このクソ真面目一徹公爵に何か余計なことをされたら、たまったもんじゃない。

俺は必死に言い訳を考えた。

「掃除っつーか、模様替え的な？　俺ぐらいおしゃれにこだわりがある貴族は季節ごとに部屋のインテリアは全部変えたいからな。あ、は、ははっ」

引き攣った笑顔でそう言うと、公爵は鼻を鳴らした。

「なるほどな。気まぐれで移り気なクリスティー卿の考えそうなことだ」

なんだか感じの悪い言い方だが、我慢しよう。もともとこいつはカラムのことが嫌いなんだし。

俺はそれには反応せずに話題を変えた。

「今日はわざわざ来てくれてありがとうな。どうしたんだ？」

丁寧に感謝の気持ちを述べて頭を下げたのに、反応が無い。顔を上げると公爵がぽかんとした表情で俺を凝視していた。口が半開きで、なんとも間抜け面になっている。

「なんだよ？　何かおかしいこと言ったか？」

俺は少し笑いを堪えて尋ねると、公爵は我に返って咳払いをした。

「い、いや……。今日、ここへ来たのはこれを渡すためだ」

公爵はローテーブルの上にチェーンの切れた繊細な細工のブレスレットを置いた。そういえばこれは、先日の夜会のためにわざわざ特注したものだ。

キラキラと輝く細い繊細なレースのような細工を施した金のチェーンに、とても小さなブルーサファイヤがちりばめられている。

（確か、髪と目の色と合わせて作ったんだっけ……）

「あの夜会でクリスティー卿が身に着けていたものだが、見つけた時にはチェーンが切れていて――」

俺は、親指と中指でそっとブレスレットを摘まみ上げた。

「あー全然いいよ。こんな高価なブレスレット、着けてたって落ち着かないし。それにしてもこれ、サファイアいくつ使ってんだろ。分解して出入りの宝石商に売却したらいい値になりそうだよな……」

後半は独り言になってしまった。公爵は幽霊でも見たかのような表情になって、再び俺の顔をまじまじと見る。

「頭でも打ったのか？　今日のきみはいつもとはずいぶんと様子が違うように思うが」

失礼な物言いだが、そう思われても仕方ない。というより、そう思ってもらえる方が俺としては好都合だ。

「そ、そうそう！　そうなんだ。あの時、頭を打ったらしくて。起きたら、どういうわけか今までと価値観とか、物の見え方がちょっと変わっちゃってさ。し、しゃべり方なんかがいつもと違うのも、そのせいだからあまり気にしないでもらえると助かるよ」

公爵はしばらく観察するように俺を見据えていたが、やがて視線を外すと「そうか」と小さく呟（つぶや）いて立ち上がった。

「体調は良さそうで何よりだ。これで失礼する」

俺は公爵を正門まで見送る。すでに待機している公爵の馬車は、相変わらず飾り気がなくシンプルだ。

これまでは「公爵のくせに貧乏くさい。地味すぎる」なんて意地悪い感想を持っていたのだが、今の俺は無駄な装飾のない上品な馬車は公爵によく似合うと感じる。

「俺の馬車が何か？」

熱心に馬車を眺めていると公爵に気づかれてしまった。

「ん？　いや、この馬車かっこいいなと思って。俺もこういう馬車にしたいなと思っただけ」

純粋な感想を述べただけなのに、公爵がものすごい勢いで俺の方を振り返る。

その顔は、何かまずいものを食べてしまった時のような、なんとも複雑な表情が浮かんでいた。

公爵はしばらく俺の顔をじっと見ていたが、ふいと横に逸らして小さな声で呟いた。

「本当に今日のきみは……どうかしているな」

昔から表情筋が機能していないと陰で揶揄されている公爵だが、今日は僅かな時間のうちにさまざまな表情を見ることができた気がする。

俺はなんだかおかしくなって、公爵に笑いかけた。

「ありがとな。気をつけて帰れよ！」

精一杯の笑顔を作ったはずなのに、公爵はまたしても目を見開いて息を呑む。

俺の顔、そんなに変だったんだろうか。

（まあもう二度と会うこともないだろうから、別にいいけど）

元級友の馬車が見えなくなるまで、俺はさよならの気持ちを込めて手を振った。


その日の夕食の時間は、珍しく一家全員が揃っていた。ダイニングルームに現れた俺を見た家族は目を丸くする。特に母は驚きのあまりよろめき、父に支えられていた。

「母上。しっかりしてください」

俺が声をかけると、母はわっと泣き出してしまう。

「いったい何があったの!?　あの美しい金髪は……青い目は、どうしてしまったの!?」

まさか髪と目の色を元に戻しただけで、こんな騒ぎになるとは思わなかった。

「ほぼ毎日、染め直さなきゃいけないなんて面倒くさい上に時間と金の無駄です。だいたいあの染め粉、いくらすると思います？」

「カラム……本当にどうしてしまったんだ」

今度は正面に座っていた兄上が何か恐ろしいものでも見るような目で俺に話しかけてきた。周りを見回すと、両隣りに座る妹たちも、斜め前に座る姉上も呆然とした表情をしている。

振り向くと使用人たちまでもが驚きの表情を浮かべていた。

（う……そうだよな、あまりにも豹変したら怪しまれてしまうかもしれない）

俺は引き攣る頬を両手で上に引っ張りながら、必死で笑顔を作ってみせる。

「実は金髪にも飽きていたんです。そろそろ黒髪の時代がくるんじゃないかなと思っていて……ええ」

胡散臭さ満載の言い訳だと思ったが、家族は納得してくれたようだった。一安心したところで食事が始まる。確かに味も盛り付けも芸術の域に達するほど素晴らしい。

けれどこんなものを毎日食べていたら、いったい食費だけでどれだけかかってしまうんだろうか。

（それに、こういう食事はたまに食べるくらいがちょうどいいんだよなあ……会社の接待でしか食ったことないけど）

これ以上、怪しまれては困る。俺はひたすら黙って食事に没頭した。

食事の後、家族が揃っている日は居間に移動して紅茶を飲むのがこの家のしきたりだ。

エメラルドグリーンの絹の壁紙にはダマスク織のような模様が一面に描かれており、その上には家族全員や個々のさまざまな大きさの肖像画が豪華な額縁に納められて飾られている。

床には赤を基調にしたペルシャ絨毯が敷かれ、天井の中央からは両親自慢の大きなシャンデリアがぶら下がる。曾祖父の時代に国王から褒美として授けられたこのシャンデリアには、宝石のように輝くクリスタルガラスが365個も使われているらしい。

桃色の絹地に金糸で刺繍を施したソファには、華やかな飾りのついたクッションがいくつも置かれている。

その他にも、大理石で作られた暖炉や希少価値の高いローズウッド製のチェストやサイドテーブルが配置され、その上にも宝石がちりばめられた置物や時計が、所せましと並べられていた。

(いったいこの部屋だけでいくらかかってんだよ)

とてもつもなく壮大なスケールの無駄遣いじゃないか。なんだか頭が痛くなってくる。

そんな俺とは対照的に、家族はメイドが淹れてくれた紅茶を飲みながら談笑していた。

少し離れた位置からその様子を眺めていると、急に話題が俺に向けられた。

「いつからランドルフ卿と親しくなったんだ?」

「は!? なんの話です?」

「ああ、気を失っていたから覚えていないのだな。昨晩、ジョンストン侯爵の館からおまえを連れ帰ってくれたのはランドルフ公爵なのだよ」

衝撃的な父上の発言に、思わず紅茶を噴き出しそうになった。

3

（あんなに俺のことを嫌っていたのに家まで運んでくれるなんて、奇跡だな。わざわざブレスレットまで届けてくれたし）

業者が家具や大量の宝石と洋服を運び出すのを眺めながら、俺は公爵のことを思い出していた。

「カラム様、すべて運び終えました」

「ありがとうジェイミー。うん、だいぶすっきりしたな」

「はあ……。すっきりというか家具と服がほとんど全部なくなっただけですが」

ジェイミーはまだ疑わしそうに俺を窺っている。

「こっちの方が全然いいだろ。あんなゴテゴテに飾り立てた家具じゃ落ち着かねえよ」

俺はジェイミーの肩をポンと叩き、改めて部屋を見回した。

部屋の中には使用人の空き部屋から運び込んだシンプルなライティングチェストとベッド、2〜3人がけのソファがひとつとローテーブルしかない。天井の豪華なシャンデリアも売却してしまった。

応接間は壁中に掛けてあった絵画もすべて取り外し、あちこちに置いてあった宝石だらけのオブジェや飾り時計とともに売り払った。

来客に備え、ソファとテーブルのセットだけは残した。物であふれかえっていた部屋がだいぶすっきりして、それだけで頭の中がクリアになる気がしてくる。

夜はだいぶ薄暗くなってしまうだろうが、ライティングチェストには十分な明るさのデスクランプも備えつけてあるし、ベッドサイドには小さな灯りもついている。

「壁紙やカーテンがド派手だから、ちぐはぐ感は否めないが…ま、しばらくはこれでいいだろ。それに壁紙やカーテンを変えるとなると、逆に金がかかっちまう」

ジェイミーは目を丸くして俺を見た。

「カラム様、どうなさったんです!? 贅沢をしないと息ができないようなあなた様が突然その、その……ドケチになるなんて!」

「ドケチっておまえ……。なんつーか、急に無駄遣いが我慢できなくなったんだよ。そんなとこに使う金があるなら、もしもの時に備えて貯めておいた方がよくね?」

俺は正直に思っていることを口にした。以前のカラムのように贅沢三昧で生きていく道はどうしても選べそうにない。そんな生き方をしたらストレスでどうにかなってしまいそうだ。

けれどジェイミーは黙り込んでしまった。何か考えているようにも見えたので、俺も無言で彼の言葉を待った。

しばらくして、ジェイミーがブツブツと独り言を呟き始めた。

「昨晩の夜会で倒れた時に頭をやられてしまったんだろうか。言葉遣いも変わってるし。いやでも今の方がまともな思考になっていらっしゃる……いやでも一過性のものかもしれないし……わからない……おっしゃる通りにして様子を見るのが得策か……」

「おい。全部声に出てんぞ」

　俺が声をかけると、ジェイミーは弾かれたように顔を上げた。

「えっ！　も、申し訳ありません！」

　土下座でもするかのような勢いで謝罪され、今度は俺が慌てた。

「いや、いいから！　だいぶ失礼だったけど、まあ多分その……そういうことだと思う。あの夜会で倒れて起きたら、世界が１８０度変わって見えるようになったんだよ。てことで、これからもよろしくな」

　俺は言いながら後頭部を掻いた。我ながらかなり強引な話だなと思う。しかしジェイミーは深く頷き納得してくれたようだった。

「それにしても髪の毛……長すぎねえか？」

　後頭部を掻いて改めて思ったが、髪の毛が異常に長い。その上、サラサラツヤツヤで女子みたいだ。

「男性の長髪は今王都での最新の流行なんです」

「あー。そういえばそうだったな」

　しかも長髪のトレンドを作り出したのは、他でもない俺だ。このツヤ髪のために毎日、信じられないくらいの時間と金をケアに費やしている。

　カラムは何時間も魔法薬のトリートメントやらお抱え美容師のブラッシングを受ける時間を楽し

んでいた。だが俺には無理だ、絶対に。

「ジェイミー、今から美容師を呼んできてくれるか？」

「かしこまりました！　そういえば今日はまだ髪のお手入れが済んでおりませんでしたね」

いやいや、そうじゃないんだが。ここで説明するよりも美容師を連れてきてからの方がいい。俺は黙って頷いた。しばらくして、これまたゴテゴテに着飾った美容師がやってきた。

「お待たせしました カラム様！　本日はどのトリートメントを……」

「いや、今日はいい」

俺は右手を前に出して制止する。

「髪を切ってくれ」

「……なんですって？」

俺のオーダーに美容師はさっと青ざめた。

聞こえなかったのだろうか。俺はもう一度、一語一語区切るようにして伝えた。

「俺の、髪の毛を、切ってくれ」

美容師は泣きながら俺のオーダーどおりに、長く伸びた黒髪に鋏（はさみ）を入れてくれた。

どんどん頭が軽くなり、気分が上がる。

名前は違ったが、バリカンのような器具もあったので、うなじから後頭部にかけてを刈り上げてもらう。

前髪や側頭部は少し長めで、前髪はセンターパート。髪型だけは前世と同じになって、それだけでもだいぶ心地良い。この長さの髪なら扱いなれている。

「ありがとな！」

笑顔で礼を伝えると、美容師は目を丸くする。そうか。今までは文句や無理な注文を言うことはあっても、ありがとうなんて言ったことなかったな。

「カラム様、目薬の魔力が切れてしまったようです。瞳（ひとみ）の色が元に戻っておりますよ」

美容師が、青いガラス瓶に入った目薬を差し出す。目の色を変える目薬は、前世のカラコンのようなものだ。高価だが、貴族の間では化粧品として人気が高い。だがもう俺には必要ない。

「それはもう使わない」

俺は鏡に映ったエメラルド色の瞳を見ながら呟（つぶや）いた。

「これからは持って生まれた髪と目の色で生きていくよ」


「カラム様っ!!　いったいどうなさったのです?!」

ジェイミーと同様の美容師の反応に少しうんざりしながら、俺はもう無駄遣いは止（や）めることを宣言した。

正直、美容師の雇用も見直したいぐらいだが、さすがに今すぐにとはいかない。クリスティー家は家族の人数だけお抱えの美容師がいる。要は家族全員、各々に専属の美容師がいるのだ。

（いったい美容代だけで一家で1ヶ月いくらかかってんだろ。だいたいここはそんなに儲（もう）かる領地

だったろうか)

そう思った瞬間、とても嫌な予感が胸を過った。

美容師をさがらせた後、俺はジェイミーを従えて父上の部屋を訪ねた。帳簿が見たいと伝えると驚いてはいたがすぐに了承してくれた。

家計を管理しているのはジェイミーの父でもある執事のスティーヴンだ。俺たちはスティーヴンの部屋に赴き、クリスティー家の帳簿を見せてもらうことにした。

久しぶりに目にする数字たちに、俺は嬉しさを感じる。世界は変わっても数字が意味するものは変わらない。この世で一番美しいのは、宝石でもドレスでもなく、綺麗に揃った数字だ。

けれど読み進めるうちに、俺は恐ろしいことに気がついた。

「スティーヴン。俺の読み違いでなければ、父上はお祖父様から相続した財産の半分を使い尽くしてるんじゃないか……?」

スティーヴンは深刻な表示で頷いた。隣のジェイミーはぽかんとした顔をしている。

「カラム様のおっしゃる通りです。このままではあと数年のうちに、先祖代々引き継いできたクリスティー家の財産はなくなってしまうでしょう」

体中から血の気が引いていく。せっかく伯爵家に生まれたというのに、このままでは前世に負けない貧乏一家になってしまう。

(そんなことあってたまるか! 俺が絶対に、この家の財政を立て直してみせる!)

俺は決意を込めて拳を握りしめた。

翌日から俺は我が家の財政改革に乗り出した。

手始めに家族を呼び集め、大きな石板に現在の財政を図に描いてわかりやすく説明したが、予想通り反発は凄まじかった。

「だったらもっと税率を上げればいいだけじゃないの！」

「今までみたいな贅沢ができなくなるなんて絶対に嫌だ！」

だが前世で頭の硬い旧態依然としたおっさん上司たち相手に何度もプレゼンして説得してきた俺にしたら、こんなのは想定内だ。

「税率を上げてこれ以上、領民の生活を圧迫したら暴動を起こされてしまうかもしれないですよ」

「だからなんだよ。そんなのうちの私設兵になんとかさせればいいだろ」

兄の言葉に、皆頷く。

「うちの私設兵は50人しかいないんですよ？　領民の人口はその何倍いると思っているんですか。いくら屈強な奴らを揃えているとはいえ、数千、数万と戦うことになったら勝てるわけがないでしょう」

「で、でもっ！　うちには最新の武器もあるのよね」

姉の言葉に俺はにっこりと微笑んだ。

「そうですね。父上が〝見た目がかっこいい〟というだけの理由で購入してしまったために、彼らも一度も使用したことがないそうですよ。それどころか武器の取り扱い説明書すら紛失したらしいです」

「そんな……」

姉が絶望的な表情になる。

「父上。2年前に起きたラッシュフォード伯爵家の事件、覚えていらっしゃいますよね」

「ああ……。圧政と高い税金に反発した領民たちが、伯爵邸に押し寄せた事件だろう」

「そうです。暴動はなんとか抑えられたものの、ラッシュフォード家の屋敷は半壊。事件を重く見た国の介入で領地税は3分の1まで引き下げられました。暴動で領民に袋叩き（ふくろだた）にされた伯爵はそれ以来、杖（つえ）を手放せない生活になったそうですよ」

見回すと皆、同じように青褪（あおざ）めている。

「我が家もこれ以上税率を上げるようなことをすれば、領民たちに憎まれて、おぞましい方法で殺されてしまうかもしれませんね」

領民に襲われる自分を想像したのか、母が身震いして両腕で自分を抱きしめた。

「もう一度聞きます。そう遠くない未来に凄惨（せいさん）な死を迎えたとしても、今の暮らしを続けたいですか？」

その言葉に家族全員が一様に首を横に振った。

4

やっと現状の厳しさを理解してくれた家族は、肩を落としつつも素直に話を聞いてくれた。俺は淡々と状況や対策を説明し、領民の暮らしを楽にするための施策をいくつも行った。

クリスティー家の領地はお茶と小麦の栽培が主だ。だがどちらも国内産はクリスティー領地産に限らず質が悪い。調べてみると市場でもかなり安価で取引されていることがわかった。試しにどちらも味を見てみたが、正直ひどいものだった。

ここで役に立ったのが、前世の仕事と趣味だ。

実は節約のためにお茶の木——チャノキの苗を購入し栽培していたことがあるのだ。山の中でしか栽培できないと思われがちなのだが、実はプランターや植木鉢でも簡単に育てることができる。小麦についてはさすがに栽培の知識はなかったので、たくさんの手引書を読んで研究し、何度も領地に赴いてはさまざまなことを調べた。

その結果、肥料による土壌の改善などが必要だとわかった。テスト的に伯爵家とも親しい豪農の畑で試してもらったところ、品質が各段に向上した。ちなみにこの世界は前世とは少し違うところもある。植物の育ち方がとても早く、小麦もお茶も年に4~5回も収穫できるのだ。

だが国産の小麦とお茶はイメージがあまりにも悪すぎた。どんなに品質の良さを訴えたところで、市場では見向きもされなかった。そこで俺はこれを加工して出荷すること、そしてその加工品を提供できる場所を作ることにした。

　ここで問題になるのが加工をするためにかかる費用や、提供する場所を作るための費用である。

　おそらく普通はここで計画は頓挫してしまうだろう。だが俺は違う。元・経理部長としての経験と知識をフル活用した。

　費用の確保については、家族の協力もあってまずは俺たちの無駄に多いドレスなどの服、宝石などの売却を行った。さすがトレンドセッターとでもいうべきか、ドレスなどの服や宝石は俺の試算以上の高価格で売却することができた。

　だが、持ち物の売却で得る金は一時的なものである。いつまでも続く収入ではない。そこで思いついたのが、王都にあるクリスティー伯爵邸を貸し出すということだった。とはいえ王都の邸宅は領地の本宅にひけをとらないほど大きくて派手だ。丸々一棟では借り手を探すのは困難だ。

　そこで俺は前世の〝賃貸〟方式を取り入れることにした。一部屋につき1ヶ月単位で家賃を支払ってもらうというものだ。広さや階によって家賃は異なる。賃貸希望者はすべて父とスティーヴンが面接を行い、正しく部屋を使用してくれると判断した人に貸し出すことにした。

　貴族だけでなく、平民や外国から来ている商人たちにも幅広く門戸を開放したところ、部屋はあっという間に埋まった。

　またクリスティー家の広大な庭園の一角に建つ別邸を、加工品を生産するための工場としてリノベーションした。工場の横には同じく祖母が祖父と喧嘩するたびに立てこもっていた小さな館があるのだが、そこは工場で働く領民たちのための託児所兼、子どものための食堂として生まれ変わらせた。

その結果、新たな特産品であるフレーバーティーと小麦粉を原料とした菓子類の開発にも成功。伯爵家と領民の関係も良好になり半年後には伯爵家の財産を使い込んだ金額の3分の2まで回復させることができた。

その頃には家族もすっかり俺の考えを理解してくれるようになった。その間、夜会に顔を出さなくなった俺は知らぬ間に噂の的になっていたらしい。


そんなある日のことだった。

俺は伯爵家専用の農園の他、館の庭園の一部を開放して作った菜園——うちの一家が食べる野菜や果物を作っているが、食べ切れないので領民たちに無償提供している——で伯爵家付きの使用人たちと種まきをしていた。

「カラム様！」

「ジェイミーどうした？　何かあったのか？」

息を切らして駆け寄ってた従者の様子に、何かトラブルが起きたのかと思った。

けれど、告げられた言葉は予想外のものだ。

「侯爵家のシーマス様がお見えになりました」

「シーマス!?」

彼とも王立学院時代、同じクラスになったこともある。だがランドルフ公爵同様にほとんど話したことはなかった。

(いったいなんの用だ……)

俺は訝しみながら、シーマスの待つ応接間へと向かった。

「突然訪ねて失礼し――」

シーマスは優雅に立ち上がったものの、俺の姿を認めるとそのまま固まってしまった。

鳶色の短髪に細い銀縁の上品な眼鏡。いつもは鷹のように鋭く光っているダークブラウンの切れ長の目は、驚きのために限界まで見開かれていた。

「お久しぶりです、そしてようこそ、シーマス卿。……卒業以来ですね」

俺の言葉にシーマスはハッとした表情になり椅子に座り直す。

「あ、ああ。ところで敬語はやめてくれないか。同じクラスだったきみにそんな風に話されると居心地が悪いな」

俺は彼の正面に座ると、単刀直入に切り出した。

「じゃあお言葉に甘えて……でも俺たち今までほとんど話したことなかったよな? それが突然、事前の連絡もなしに訪ねてくるなんてどういうことだ」

「すまない」

「いや、謝ってほしいわけじゃない。何かあったのかと思って」

シーマスは改めて俺をまじまじと見た。

「いや、何かあったというか……ちょっときみに相談があって。それにしてもずいぶんと変わったようだな。一瞬誰だかわからなかった」

この国では昔から、もっとも美しい髪の色は金、目の色は青とされている。

そのため俺は子どもの頃から高価な染粉で髪を金色に染め、これまたとんでもない値段の目の色を変える目薬を愛用していた。

「俺、ホントはこの色なんだよ」

そう言って、目と髪を交互に指差す。俺の本来の髪の色は黒で、目はエメラルドのようなかなり濃い緑だ。

「髪の色と目の色を変えるの、面倒だしコスパ悪すぎて。自分じゃ鏡に映さないと見えないし、やめたんだよ」

「コスパ……？」

シーマスが不思議そうな顔をする。

「あ、ええと……値段に見合わない的な？　費用対効果が悪すぎるってこと」

「きみの口からそんな言葉が出るとは思わなかった」

シーマスは呆然(ぼうぜん)とした表情をしている。若干失礼なことを言われた気がするが、まあいい。

「それに、きみのその格好……そんな姿、初めて見たよ。まるで使用人だ」

「あ……悪い。今、うちの菜園で種まきしてたんだ」

俺はそこで初めて、自分が泥にまみれた作業着姿であることを思い出した。白いシャツとデニムのボトムス、ゴム製のグリーンのエプロンと長靴は伯爵家付きの使用人たちとお揃いのものだ。以前の俺を知る人間には衝撃だろう。

ちなみにこのデニム生地もゴム製のエプロンも、俺と領民たちで開発したものだ。他の領地には出回っていない製品なので、今後クリスティー家の領地の特産品として売り出そうと考えている。

「種まき!? きみが!?」

シーマスは大声を出してソファから立ち上がる。衝撃で、ソファが後ろにひっくり返りそうになった。

「驚きすぎだぞ、シーマス。実は少し前からうちの庭園の一部を菜園に改造したんだ」

俺はその菜園や伯爵家専用だった農園を領民に無料開放していることや、運営方法について簡単に説明した。

最初はひたすら驚いていたシーマスだったが、次第に熱心に俺の話に耳を傾けていた。

その後も領民への処遇や税率の緩和など、さまざまな話に花が咲く。久しぶりに大好きな数字の話を深いところまでできて、俺は心から楽しさを感じた。

話が途切れる頃には、すっかり日が落ちていた。

「すまない、だいぶ長居してしまった。そろそろ失礼するよ」

慌てて立ち上がったシーマスに声をかける。

「せっかくだから夕飯、食ってかないか？」

「え、でも……」

「いいからいいから。ズッキーニとトマトが穫れすぎちゃってさ。大量消費、手伝ってくれよ」

戸惑うシーマスを半ば強引にダイニングへと案内する。廊下を歩いている間、シーマスはあたりをきょろきょろと見回していた。

「以前、ここで王妃主催のパーティーが開かれたことがあっただろう。その時とだいぶ雰囲気が変わったな」

「ああ。うち、もっとゴテゴテしてたもんな」

「いや、そこまでは言ってないが」

シーマスは俺のどストレートな物言いに困惑しているようだ。

「いいって。ホントのことだし。邪魔だし金の無駄だなと思って、全部売ったんだよ」

「は⁉」

シーマスは大声で叫び、一時停止する。

最近、我が家を訪ねてきた貴族たちはみな同じ反応を示すのだが、シーマスのリアクションは中でもひときわ大きかった。

驚きすぎて、眼鏡が斜めになり今にもずり落ちそうになっている。いつも冷静沈着で落ち着き払っている彼の、こんな姿はめったに見られるものではない。

俺は笑いそうになるのを必死で堪えながら、屋敷の中をきょろきょろと見回しては叫んだり固まったりするシーマスをダイニングまで案内した。

ダイニングにはすでに食事が準備されている。今日は父上と母上しかおらず、兄妹たちはみな出かけている。

両親はシーマスを見て一瞬だけとても驚いた顔になったが、すぐに貴族らしい笑みを浮かべる。

「これはこれは、コールマン卿。我が家に遊びにいらしてくださったのですね」

「どうぞ、ゆっくりなさってください」

シーマスは両親をぽかんとした間抜け面で眺めている。

「おい、シーマス？」

俺が声をかけると、彼はようやくはっとして我に返った。

「ああ、すまない。クリスティー伯爵様も奥様も、少しお会いしないうちにずいぶん変わられましたね。驚きました」

(そうか、すっかり見慣れてしまっていたが両親もだいぶ変わったもんな……)

派手好きで贅沢(ぜいたく)が命だった両親は、ここ半年の俺の家庭内財政改革により考えをすっかり改めてくれた。今ではシンプルで上品な服に身を包み、過度な装飾を好まなくなった。

今日は自宅にいない兄はここ数ヶ月、館から離れた地域に赴いて新しい特産品の開発に勤しんでいる。

姉と妹は2ヶ月ほど前から始めた貧しい領民の子どもたちのための食堂で指揮をとっており、最近は、そこで子どもたちと一緒に食事をしてから帰宅することも増えた。

　家族全員がジョンストン侯爵家での夜会以降、ぱったりと夜会やパーティーに姿を見せなくなったことは社交界で話題になっていたらしい。

　一家心中したとか、神隠しにあったとか、とにかくさまざまな噂が出回っていたという。

「その中で、クリスティー伯爵家の領地で生産された紅茶が素晴らしいという話を聞いたんだ。実際、王都で売られている紅茶は一級品だったしその他にもさまざまな野菜や布地の品質が軒並み上がっていることがわかった……それにしてもこの煮込み、美味（うま）いな。パンも素晴らしい」

　シーマスは驚いた表情で料理の数々を称賛してくれた。

　野菜はすべて菜園で採れたものだ。できるだけ料理の工程数を減らし、贅沢な調味料がなくとも素材の旨味を生かす料理を厨房（ちゅうぼう）の皆とともに考えたのだ。

　ズッキーニとタマネギ、ナスがたっぷり入ったラタトゥイユ風のトマト煮込みには白身魚が入っている。魚は領民から貰（もら）ったものだ。税率を下げたかわりに、自宅で余ったものを提供してもらう仕組みを作ったのだ。

　その他にも熟しすぎて限界のトマトを使ったガスパチョやほうれん草とベーコンのキッシュ、ピザなど素朴だが味は抜群の料理の数々が並んでいる。

　この国にはなかった料理もある。俺はもともと節約のために前世ではほぼ自炊をしていたのだが、おかげでさまざまな料理を作れるようになった。

　その経験を生かすことができ、厨房の皆と一丸となって、できるだけ食料を無駄にしない料理作りにも取り組んでいる。

　シーマスはすべての話を質問を交えながら熱心に聞いてくれ、食事は大いに盛り上がったのだった。

5

突然の級友の来訪から1週間後。

屋敷に手紙が1通、届いた。送り主はシーマスだ。

(なんだ？　こないだのお礼とか？)

ペーパーナイフで封を切ると、見るからに高価な厚めの紙が2つ折りになって入っていた。取り出して早速読み進めていく。

内容は俺に財務官として大蔵省で働いてみないかという、いわば就職の誘いだった。

とはいえカラムはこれまで働いた経験がない。そこでまずは見習いとして半年間勤務しないかと書いてあった。

見習いの間も正規の職員ほどではないがしっかりと報酬が貰えるという言葉に、俺は俄然興味を引かれた。

(見習いってことは、インターンみたいなもんか……報酬の手取り金額や福利厚生も書いてあるところがシーマスらしいな)

条件はとても素晴らしい。伯爵家の財政改革も一段落した今、少し退屈していることも事実だった。

前世、顔はまあ悪くなかったが貧乏一般人だった俺はどうしても何かしていないと、自分がダメ人間になってしまったように思えて落ち着かない。

（希望があれば住むところも準備してくれるって書いてあるし、身ひとつで行けるのも魅力だよなあ……）

気になることがあると言えば、トップがあのアルテミス・ランドルフ公爵だということだ。

（あいつ、俺のことすげー嫌いだもんな。シーマスは推してくれてるけど、あいつに嫌がらせされたりいじめられたら嫌だなあ）

俺は再び、手紙に目を落とした。条件は申し分ない。大蔵省の敷地内にあるというアクセス抜群な寮に1室、用意してくれるそうだし、この金額を1ヶ月で使うこともないだろう。

ここにいれば自分自身で直接的に金を稼ぐことはできないが財務官見習いになれば自分の力でそれができる。

（あとはこの国の国家の帳簿が見れるってのも、数字オタクの俺にとってはめちゃくちゃ魅力的なんだよなあ）

というか、トップがあの公爵でなければ1も2もなくこの話に飛びついていたはずだ。

（う～ん……半年間なら最悪、耐えられるか……。まあトップと下っ端の平社員が会うなんてこともまずないだろうし……う～ん）

一晩悩んだ末、俺は王都へ向かうことに決めた。

もし公爵から陰湿ないじめを受けた場合、全部記録して証拠も完璧にとって倍返ししてやる！

とどこかの誰かみたいな決意を心に秘めながら。

ちなみに、かなり遠くまで出向くような言い方になってしまったが、まったくそんなことはない。王都までは馬車で片道30分ほどで到着する。

クリスティー伯爵家の領地は王都に隣接しているということもあるが、前世で言うと千代田区と新宿区みたいなものだ。

王都にもクリスティー伯爵家の屋敷があるが、これまでは家族が夜会で王都でオールしたり、女性陣に内緒で夜を愉しんだりする以外には使うことがなく、ほとんどの部屋が何年も使われていなかった。

そこで、数ヶ月前から年単位の契約で貸し出し始めたところ、家賃収入でかなり儲かることがわかったので、今後は各地の別荘に関しても貸し出していこうという話になっている。

それはさておき、こうして俺は領民たちや家族の見送りを受け、生まれてから20年以上慣れ親しんだクリスティー伯爵家の館を出て王都へと向かったのだった。片道30分だけど。

大蔵省の寮は本省の敷地内に建つ、小ぢんまりとした建物だった。3階建ての木造で、シンプルで上品な装飾が施されている。古いながらも大切に手入れして使われていることがわかる。

到着すると寮母のアンナさんが笑顔で出迎えてくれる。今日は平日、しかも昼間ということもあり、人の姿はなかった。ひととおり館内を案内してくれた後、彼女は持ち場へと戻っていった。

俺の部屋は2階の角部屋。シンプルなベッドと本棚、それに机と椅子が置いてある。屋敷の部屋と広さ以外はあまり変わらなかった。

一人になった部屋の中、荷物を雑に床に置くとベッドに倒れ込む。部屋の広さは屋敷の4分の1もないかもしれない。おそらく10畳といったところだろうか。

「やっぱこの広さだよ！　庶民にはたまんね～。落ち着く～」

仰向けになって天井を見上げる。なんの装飾もない板張りの天井はちょうどいい高さだ。昔の暮らしを思い出す生活環境に、嬉しさがこみ上げてくる。

(そういえば、食堂の他に簡単な自炊ができるキッチンもあったよな)

見に行こうと起き上がったと同時に、コンコンと控えめなノック音が聞こえた。

いったい誰だろう。俺は少しだけ警戒して返事をする。

「……はい？」

返ってきたのはよく知った人間の声だった。

「カラム、俺だ。シーマス・コールマン。入ってもいいか？」

「なんだシーマスか。いいぜ、入れよ」

そう返すとドアが開き、シーマスが静かに室内に入ってきた。

「お。それ、大蔵省の制服か？　かっこいいじゃん」

「そうだ。階級によってリボンの色が変わる。明日からはおまえもこれを着るんだ」

そう言うと俺に綺麗に折りたたんだ制服を一式手渡す。俺はそれを受け取ると、机の上にそっと置いた。

「よく来てくれたな。礼を言う」

「いやいや！　俺こそ早く数字に触れたくて仕方ない。俺はもう配属先とか決まってんのか？」

俺の問いにシーマスは軽く頷く。

「ああ。それを伝えに来たんだ。きみには俺の下についてもらうことになる。所属は大蔵卿直轄組織、イースト・エンド財政改革部だ」

基本的には王都らしい華やかさと豊かさに満ちているが、とある侯爵家との境の区域——通称イースト・エンドは王都きってのスラム街として知られている。

特に俺たち貴族は絶対に近寄らないようにしている場所だった。歴史上、王都で起きた凶悪な事件のほとんどが、この区域で起きている。とにかく危険な場所なのだ。

「大蔵卿にそんな組織が存在しているなんて、初めて知ったよ」

「そうだろうな。知らない人間の方が多いと思う。一昨年、アルが周囲の反対や妨害を押し切って立ち上げた新設の部署だからな」

「アルって、ランドルフ公爵が？」

「そうだ。イースト・エンドの問題は、あいつがずっとやりたかったことなんだ」

「へえ……意外だな」

俺は素直に驚いた。いくら生真面目とはいえ、どう考えても名門貴族の子弟が関心を持つような場所ではない。それに長年にわたって放置されてきた地域だということは、それだけさまざまな問題も蓄積されているということだ。恐ろしく大変な仕事であることは火を見るより明らかだ。

「あいつも色々あるんだよ……それより明日はまず最初にアルに挨拶に行くことにもなっている。遅刻せずに来いよ。基本は10分前行動だ」

「かしこまりました！」

俺は立ち上がって敬礼のポーズをする。それを見たシーマスは一瞬、ぽかんとした表情を浮かべたが、やがて笑い出した。

「軍隊でもないのにその挨拶はないだろう」

「え、そうなの？　とりあえずこれやっとけば大丈夫だと思ってた」

「明日はやめとけよ。ただでさえアルはおまえに疑念の目を向けてるんだから」

そう言うとシーマスは俺の肩をポンと叩いて出て行った。これから再び仕事に戻るのだという。

(トップにいるお偉いさんと顔を合わせることなんてそうそうないと思ってたのに…直属かよ！)

俺は重いため息を吐いた。けれど、もうここまで来ては仕方ない。いじめられてもしぶとく負けずに生きて、半年の報酬をきっちりもらって帰ってやる！

気づくと室内はすっかり暗くなっている。俺は自宅から持ってきた生ハムとチーズ入りのサンドウィッチに齧りつき、明日からの仕事に備える準備を始めた。

出勤早々、俺は直属上司のアルテミス・ランドルフ公爵から厳しい眼差しで睨みつけられた。

「大蔵卿、この度はこのような機会を頂き、ありがとうございます。これから半年間、精一杯がんばりますのでよろしくお願いします」

俺は一気に言うと視線を避けるように頭を下げる。

「……久しぶりだな。クリスティー卿。少し見ない間に別人のようだな。見た目は」

見た目は、を強調するところが嫌味っぽい。

俺は心の中で舌打ちをしつつ顔を上げた。感情の読み取れないアイスブルーの瞳とぶつかり、ごまかすように精いっぱいの愛嬌を込めた作り笑いをしてみせる。

「髪の毛と目の色を変えるのをやめたんです。ついでに短く切りました。似合いますかね？」

「……っ」

ちょっと媚びるような言い方になってしまった。自分でもちょっと気色悪ぃと思ったが、案の定、公爵は目を見開いた後、ものすごい顰め面になり無言で視線を外す。

よほど不愉快だったのだろうか。出だしから失敗してしまったようだ。公爵はそっぽを向いたま、何度か咳払いをした。

「仕事についてはシーマスと同僚たちに聞いてくれ」

「うす！　頑張ります!!」

俺は勢いよく決意表明をすると執務室へ移動した。イースト・エンド財政改革部はボスである公爵の執務室と続き間になっている。間には仕切りのような扉があるため、お互いに姿が見えることはない。

（よかった……！　それだけでもだいぶ気が楽だ）

俺は安心して胸元を擦る。

「この部署は俺ときみ、そしてアルを入れて7人だ。普段は視察などで終日、外に出ている者も多いんだが今日はきみの初出勤日だから全員が顔を出すことになっている」

「そうなんだ？　どんな奴らなんだろ。楽しみだな」

「知っている人間も多いと思うぞ」

シーマスの言葉に俺は目を丸くした。

「どういうことだよ？　まさか全員、同じ学校だった奴らだったりして」

「そのまさかだ」

「まじかよ！　誰だろう……？　想像もつかないな」

与えられた席に座りあれこれと考えていると、バタバタとこちらへ近づいてくるたくさんの足音が聞こえてきた。

「どうやら来たようだな」

シーマスが立ち上がったので、俺も慌てて立ち上がった。公爵の執務室に通じる扉とは別の扉から、4人の男たちが飛び込むようにして入ってきた。

俺はその中の一人と目が合うと、二人同時に叫んだ。

「ローナン!?」

「カラム!!」

人懐っこい笑顔でカラムに抱き着いてきたのは幼馴染で俺の相棒、ローナン・ヘンドリックだった。

シーマスが少し驚いたような顔をする。

「おや。二人はそんなに仲が良かったのか？」

「仲がいいなんてもんじゃない。俺たち、0歳の頃からずっと一緒だったんだよ」

ローナンが俺の肩に腕を回しながら答えた。

「そうそう。まじで家族ぐるみの付き合い。でも最近全然会ってねえなと思ったら。おまえしっかり仕事してたんだな。えらいじゃん」

俺は自分より少し背の高いローナンの頭をつま先立ちして撫でた。ローナンは大型犬のようにぐりぐりと俺のてのひらに頭を押し付けてくる。

「ああ〜。カラムに撫でてもらうの久しぶり〜！　癒される!!」

ご機嫌なローナンに俺は嬉しくなって、両手を使ってわしゃわしゃと髪の毛を混ぜるようにして撫でてやった。

「カラム〜！　おまえに会えなくてマジでつまんなかった!!　それにしてもちょっと会わない間にずいぶんイメージ変わったな。てかなんか……色々地味になった？　髪もめちゃくちゃ短くなってるし！」

「地味って言うなよ！　シンプルって言え」

「それに言葉遣いも。いつもはもうちょい気取ってるのに」

「……ダサいからやめたんだよ」

「確かにな。気取るのは女の子口説く時だけでいいじゃんって正直思ってた」

「おい。バカにしてんのか？」

「ごめん～！　俺、言葉のチョイス下手だからさ」

ローナンは少し笑って俺の髪の毛を優しく撫でた。

「金髪も青い目もやめちゃったんだね。ま、この色も懐かしくて俺は好きだけど！　子どもの頃のカラムに会ってるみたいで！」

「ローナンはいくつになっても子どもの頃のまんまだけどな。とにかく今日からまたよろしくな！」

「これからは毎日会えるな！　王都の楽しい場所、俺がカラムにたくさん案内するぜ！」

「それは楽しみだ!!　俺もおまえと毎日会えるの嬉し――」

「騒がしい。勤務時間中だぞ」

俺の言葉に被せるように、冷たく厳しい声が部屋に響いた。

6

「あ……すんません」

俺はローナンの頭から手を放して頭を下げる。いつの間にか部屋の中にランドルフ公爵が入ってきていたのだ。

彼は腕組みをし、壁に寄りかかるようにして俺とローナンに厳しい目を向けている。ローナンも小さく「やべ」と呟くと俺の体から手を放した。

「ここは職場だ。学校じゃない。過度な接触や大声で騒ぐことは以後、慎むように」

公爵は吐き捨てるように言うと音を立てて扉を閉めて自分の執務室へと消えた。

しばらくあたりには沈黙が漂っていた。俺はがっくりと肩を落とす。

(やばい。あいつ、うるさいの嫌いなんだな。初日から上司に大目玉をくらってしまった)

そんな俺を気遣うようにローナンがポンポンと俺の右肩を軽く叩いた。

「これからまたよろしくな！　カラム」

ローナンの見慣れた懐かしい笑顔に少しだけ気持ちが晴れる。二人でそのまま近況を話していると、シーマスが近づいてきた。

「二人とも、世間話はその辺にしてもらっていいか？　他の職員の紹介をさせてくれ。あまりサボっているとまたアルに叱(しか)られるぞ」

「ああ、悪ぃ……じゃなくてすみません」

俺の言葉にシーマスが苦笑する。

「敬語を使わなくてもいいぞ。俺はこの部を纏(まと)める立場ではあるが、俺たちの上司はあくまでもランドルフ公爵だ」

「わかった。ありがとな、シーマス」

「ああ。ということでそろそろ他の職員を紹介しよう。年齢順でいいですよね、先輩？」

その問いに頷いたのは、一番左端に立っている背の高い美しい男だった。白く輝く真珠のような肌に琥珀色(こはくいろ)の髪と瞳、桜貝のような唇。すっと通った鼻筋に細く尖(とが)った輪郭。

美麗という言葉がぴったりのこの顔面には、なぜか見覚えがある気がする。たしかこの人は――

「あ！　もしかして爆モテ生徒会長!?」

言いながら思い出した。王立学院時代、成績優秀かつ容姿端麗で学院中の女生徒の憧(あこが)れの的だった生徒会長だ。あの頃よりも大人びてはいるが、間違いない。こんな美男、そう何人もいてたまるか。

生徒会長は俺を真顔でじっと見ると、その可憐(かれん)な唇を開いた……と思ったら、チッと大きな舌打ちが響いた。

（え!?　今の生徒会長??　な訳ないよな。あの爽(さわ)やか代表みたいな人が――）

「おいテメエ。それが先輩に対する態度かよ。あ？」

その地獄の底から這い出てきたような低い声。不機嫌に眉を寄せた絶対零度の双眸に睨まれて、横にいるローナンに思わずしがみついてしまった。

この感じ、前世の何かを思い出させる。

（そうだ！　ヤンキーだ！　待ってくれよ。この人ヤンキーなの!?）

ローナンはしがみついた俺に嫌な顔ひとつせず背中に隠すようにすると、怯えた様子もなく生徒会長を諫めた。

「ちょっとフィル先輩。こいつのことあんまり怯えさせないでくれます？」

「まだなんもしてねーだろうが」

「まだ、って……。いいから早く自己紹介してくださいよ」

生徒会長はイライラと前髪をかきあげると、また大きな舌打ちをした。

「生徒会長じゃねえし爆モテでもねえ……フィル・シェラード。俺のことは先輩と呼べ。敬語使え」

「つまんない自己紹介だなあ。もう一言ぐらい付け足しなよ」

生徒会長の横に立っているちびっこがブーイングのポーズを取る。

先輩はちびっこをぶん殴りそうな目で睨みつけたあと、本当に一言付け加えた。

「……この世で一番嫌いなものは俺を好きになる女だ。以上」

（うわ、この人今サラッととんでもないこと言ったな）

俺が心の中でドン引いていると、ちびっこが俺の顔を覗き込んできた。いつの間にこんな近づいていたんだろうか。全然、気配に気づかなかった。

「ごめんね。フィルの素はこっちなの。学院時代は色々あって猫被ってたんだよ」

ちびっこの言葉に俺は血の気が引いた。

（おいおい、そんな風に言っちゃって大丈夫なのかよ⁉）

ギギギと音を立てそうなぎこちなさでフィル先輩の方に目をやると案の定、鬼の形相でちびっこを睨みつけている。

「お、おい……そんなこと言って大丈夫なのか？　あの先輩どう見てもヤンキーじゃん」

俺はちびっこにだけ聞こえるように小さな声で囁く。

「え？」

ちびっこは振り返ってフィル先輩を見た。相変わらず恐ろしい顔でちびっこを睨んでいる。だがちびっこは気にも留めていない様子で再び此方に顔を戻す。

「だいじょーぶだいじょーぶ！　フィルと僕、従兄弟だから。家も近所でガキの頃からずっと一緒なんだ。あんなの全然怖くないから気にしないで。あ、僕はミカ。ミカ・カートレットだよ。年はシーマスとローナンのひとつ下。よろしくね」

ミカはにっこり笑うと右手を差し出してくる。鳶色の髪に大きくて少し猫を思わせるローズピンクの瞳。短めの髪と男にしては低めの身長も相まって元気いっぱいの美少年という言葉がぴったりだ。

（こいつとは上手くやっていけそうだな）

俺は少しだけほっとして、差し出された右手を握り返した。ミカの手は思っていたよりずっと大きくごつごつしていて、俺は少し驚いた。まあでも男なんだから当たり前か。

俺たちが手を放すと同時に、シーマスが後ろの方に立っていた男の背中を押し出すようにして前に連れてくる。部屋にいる誰よりも背の高い男の顔を見て、俺は驚きと嬉しさのあまり叫んでしまった。

「ジェイ!!」

深緑色の髪に灰色の切れ長の二重。削ぎ落とされた輪郭。よく鍛えられた身体。紛れもなく王立学院の元級友ジェイ・マクガヴァンその人だった。

黙っていると怖い印象のジェイだが、とても穏やかで優しい性格をしている。ジェイは昔みたいなはにかんだ微笑みで俺を見た。

「久しぶりだなカラム。元気そうでよかった」

「ジェイも元気そうじゃん。これからまたよろしくな」

先ほどとは打って変わったほのぼのとした空気が流れる。それを打ち消すようなフィル先輩の声が部屋に響いた。

「おい。俺たちは自己紹介したんだ。今度はテメエの番だろ」

「あ、はい。すんませんっ！　俺はカラム・クリスティーです。ローナンとは幼馴染、シーマスとジェイとは王立学院で同じクラスでした。趣味は節約、嫌いなことは無駄遣いです。よろしくお願いします！」

最後に勢いよく90度に腰を折り曲げて礼をする。

我ながらちゃんと自己紹介できたと思ったが、反応が無い。

（あれ、もしかして俺、なんかやらかしたのか？）

恐る恐る顔を上げると5人がぽかんとした表情で俺のことを見ていた。


「それじゃ改めまして、ようこそイースト・エンド財政改革部へ！」

カチャカチャとフルートグラスがぶつかる音が重なって響く。

初日の勤務後、歓迎会という名目で俺たちは王都で人気のレストランで食事をすることになった。

もともと全員が同じ学校、しかもそれぞれに繋（つな）がりがあったりする者ばかりということから、よく皆で食事に行くことが多いという。

「ここは全部屋が個室になってるのがいいんだよ。にしても公爵が顔を出すなんてめったにないけどな」

隣のローナンが小さな声で耳打ちしてくる。

そうなのだ。なぜかこの歓迎会にはランドルフ公爵も参加していた。その顔は相変わらず表情筋が死んでいて、とても楽しんでいるようには見えない。

シーマスと会話をしながら、時々ものすごい目で俺の方を見ている……気がする。

（そんなに嫌ならこっち見んなよな。つーか来るなよ）

でも公爵に話しかけられるわけでもないし、席も一番遠い。彼の存在は忘れて楽しもうと俺は心に決めた。

「ところでさ、カラムってめっちゃキャラ変わったよね？　昔と全然違くない？　髪の色とかも変わってるし。僕、一瞬誰だかわかんなかったよ」

ミカがローストビーフを豪快に頬張りながら話しかけてくる。

「学校一の女たらしで有名だったもんな。俺でも知ってたわ」

フィル先輩がフンと鼻を鳴らして、シャンパンを一気に呷（あお）った。

「フィル先輩もすごかったけど、カラムも女子からすごい人気だったよな。毎日違う女の子とデートしててさあ」

ローナンがニヤニヤしながら俺を見る。

カラムとしての記憶が蘇（よみがえ）る。毎日どころか半日ずつスケジュールを組んで、学校中の女の子たちとデートしていた気がする。

「まあ……10代なんてそんなもんだろ。今はもう全然よ」

「なーに言ってんだよ。少し前にジョンストン侯爵のとこの双子姉妹と同時に付き合って1週間で振ったって、王都でも噂になってたぞ」

ローナンが俺の脇腹を肘（ひじ）でつついた瞬間、冷たい声が部屋に響いた。

「最低だな」

その途端、全員が公爵に視線を注ぐ。

「自分のことを好きでいてくれる女性の気持ちを弄（もてあそ）ぶなんて、最低だ」

公爵はなぜか怒ったように俺を睨んでもう一度言った。

その場がしんと静まり返る。俺たちの反応に気まずくなったのか、公爵は咳払いをして立ち上がると、先に失礼すると小さな声で呟いて扉の方へ足早に歩いていく。

ドアノブに手をかけたところで俺の方を振り返るとキッと睨みつけた。

「私生活のだらしなさや不誠実さを決して仕事には持ち込まないでくれ。この部署の一員の自覚を持って、今後は女性関係も謹んでくれ。いいな」

公爵は早口でそう言うと部屋から出て行く。シーマスが慌てたように後を追って行った。

7

二人の足音が遠ざかると同時に、部屋の中には活気が戻る。

「てかびっくりした！　話、聞いてたんだね。意外〜！」

ミカがおもしろそうに笑った。

「歓迎会に来たのもびっくりしたけど、こういう話に入ってくんのも初めてだよな。びっくりした」

ローナンが心底驚いたという口調でそれに応じる。

「おまえが女たらしのクズなのは本当のことだけどよ、あいつがあんな風にムキになんのは初めて見たな」

フィル先輩はしゃべりながら手酌でワインを注いでは、水のように飲み干している。

「学生時代からめちゃくちゃ嫌われてますもん俺」

自分で言って少し悲しいが、事実なので仕方がない。

「じゃあカラムはなんで大蔵省で働くことにしたの？」

ミカが小首を傾げる。小動物のような見た目にあざとい仕草が加わって、可愛いことこの上ない。

「ミカってすげえ可愛いよな」

俺は思わず感嘆の声を漏らしてしまった。

「え!? なにもしかして僕口説かれてんの!?」

ミカはどうしよう～、と両方の頬に手を当ててはしゃいでいる。それを横目で見ていたフィル先輩が眉を跳ね上げた。

「おい。騙されんなよ。こいつ俺より全っ然やべーから」

「こんな可愛くて守ってあげたくなるようなのにですか？ 説得力なさすぎっすよ」

俺の言葉にフィル先輩だけでなく、ローナンやジェイも複雑そうな表情になる。

「ちょっとやめてよ。カラムに変なこと吹き込んだら許さないからね」

フィル先輩はめんどくさそうな顔でチラリとミカを見て、会話を軌道修正する。

「わかってるって。冗談だろ……それよりおまえ、アイツにあんな嫌われてんのわかってて、なんでここで働くわけ？」

ローナンも身を乗り出してくる。

「それは俺も思ってた！ あんだけ絶対働かない、死ぬまで遊んで暮らすって豪語してたじゃん」

そういえば俺、そんなこと言ってたな。カラム・クリスティーとして生きてきた20数年の記憶が頭の中に蘇る。そうだ。確かに面白そうだからって理由で双子の姉妹と同時に付き合ってみたり(思ったよりつまらなくて確かに1週間で振った)、貴族らしく一生遊んで暮らすとか言ってたな。

最悪だ。

興味津々のカラフルな瞳が俺を見ているが、期待に応えられるほど面白いことも言えない気がする。

「大蔵省の仕事に興味があるし、あとは手に職つけて金を稼ぎたいからかな」

俺の一言に、全員が目を丸くする。特に今までの俺のことをよく知っているローナンは、驚きすぎて口を大きく開けて、誰よりも間の抜けた表情をしていた。

「ここの仕事に興味があるだって⁉　あんなに数学が苦手で万年赤点だったおまえが⁉」

ローナンの絶叫が部屋中に響き渡る。俺は思わず耳を塞いだ。

「ローナン、声でかすぎだろ……実はさあ、俺たち家族が金使いすぎたせいで、家の財政がやばいことになってたんだよ。この半年でなんとか立て直せたけど、まだ全然油断できないから、しっかり働いて稼ごうと思って。それに、久しぶりに触れてみたら、なぜか数学が嫌いじゃなくなってた」

苦しい言い訳かもと思ったが、意外にも皆納得してくれたようだった。

「あ、それなんかわかる。僕も昔、本読むのなんて大嫌いだったんだけど、大人になってからはすごい面白いと思うようになったんだよね。そういうことでしょ？」

ミカの言葉に俺は頷く。

「確かにな、俺もあるわ。ガキの時食えなかったもんが、大人になったらいきなり好物になったこととか」

ワインを水のようにガブガブ飲みながらフィル先輩もうんうんと一人で納得している。

「俺はそういうのはよくわかんねえけど、とにかくまたカラムと一緒にいられんのが嬉しいぜ！」

「ははっ！　やっぱローナンてバカっぽいよな」

俺が笑うと、ローナンは拗ねたように口を尖らせる。これは子どもの頃からのローナンの癖だ。

揶揄（からか）われるとよくこの表情をしていたっけ……。

懐かしくなった俺はローナンの髪の毛をかき混ぜるようにわしゃわしゃと撫（な）でた。

「だな。これからよろしくな、相棒！」

俺の言葉に、ローナンが手を伸ばしてくる。これはハイタッチの合図だ。俺たちは勢いよく昔のようにハイタッチをした。

フィル先輩とミカもよろしく！　とグラスを掲げる。寡黙なジェイも微笑みを浮かべてグラスを持ち上げている。

（相変わらず公爵には塩対応されてるけど、同僚とは仲良くできそうでよかった！　遠くの上司より近くの仲間だよな！）

テンションが上がった俺は、皆に負けないようにグラスになみなみとワインを注いだ。


カラムたちが盛り上がっていたその時。

閉じられた扉の向こうには二人の男が立っていた。

嫌味を言い放って席を立ったはずのランドルフ公爵は、扉に耳をくっつけて中の会話を聞き取ることに必死になっている。

シーマスは盛大なため息を吐きながら親友に声をかけた。

「いつまでそうしているつもりだ」

「しーっ！　声が大きい！　聞こえたらどうする!!」

「そういうおまえの声のほうが大きいぞ、アル」

公爵は両手で口を押さえると、今度は覗き穴から中の様子を窺い始める。

「カラム……可愛い……まるで天使のようだ……可愛すぎる……それにしてもローナンの奴、ずいぶんと近いな。幼馴染だって正しい距離感ってものがあるだろう」

扉に張り付いてブツブツと独り言を言い続ける姿こそが、彼の素だった。

しばらくすると公爵は突然に扉から顔を離す。慌ててシーマスの方へ走ってくるが、靴音が立たないようにつま先立ちで動き回る姿はとてもコミカルだ。

「そろそろ解散するみたいだ。俺たちも帰ろう」

公爵とシーマスは大急ぎで店を後にした。馬車の揺れが心地よく、シーマスは少し眠気を感じる。

今日は帰ったらすぐに風呂に入って寝よう、彼がそう決意した瞬間、まるで心の内を見ていたかのように公爵が話しかけてきた。

「なあシーマス、ちょっとうちに寄っていかないか……聞いてほしいことがあるんだが」

シーマスは公爵の顔をちらりと見る。眉毛は八の字に下がり、目はまるで捨てられた子犬のような哀しみを湛えている。シーマスは昔から、この目に弱い。

「……わかった。今回だけだぞ」

「ありがとうシーマス！　遅くなったら泊まっていけばいいさ。部屋は売るほどある」

嬉々とした親友の顔を見ながら、シーマスは明日も寝不足で出勤することを覚悟した。

8（公爵視点）

俺とカラムが初めて出会ったのは、王立学院に入学してすぐのことだ。

カラムは16歳、俺は11歳になったばかりだった。

「神童」と言われるほど学力が高かった俺は、王立学院にも飛び級を重ねて入学した。10代の5歳という年齢差は、20代や30代とは比較にならないほど差がある。

身長も低く、明らかに子どもだった俺は、なかなか友人を作ることができなかった。2年でシーマスと同じクラスになるまでは、いつも一人で過ごしていたのを覚えている。勉強は楽しかったが休み時間や昼食時はとても苦痛だった。

ある日、授業の科目が変更になった。それに気づかず、誰からも教えてもらえなかった俺は、一人ぽつんと教室の席に座っていた。

みんなどこに行ったんだろう。自分だけが知らされていなかったのだろうか。これは仲間はずれにされているということなんだろうか。

考え始めると、それが妙に説得力をもって胸に迫る。どんなに勉強ができようと、テストの順位がトップであろうと、明らかに子どもの俺は教室の中で異質な存在だった。

大人はたくさん褒めてくれるが、飛び級をすればするほど周囲に友達はいなくなる。だが俺の価値が高い学力だけだというのも誰よりもわかっていた。それはランドルフ公爵家にとっても同じで、成績が良いことだけが、自分の居場所を確保し続けるための唯一の力だった。だから友達がいなくなろうが、好奇の目を向けられようが勉強をすることはやめられなかった。教科書や参考書を読んだり、問題と向き合っている間は余計なことを考えたり感じたりせずにいられることも救いで、俺はどんどん勉強にのめり込んでいった。

それでもやはり、無力な子どもであることは変わりなく、傷つくこともたびたびあった。

俺は泣きそうになるのを紛らすために、少し大きな声で独り言を口に出した。

「みんなどこ行っちゃったんだろう……」

「3階。グラハム先生の教室だよ。次の授業、国史から薬草学に変わったから」

独り言に答えが返ってきたことに驚いた俺は、声のする方を振り返る。そこにいたのは、いつも皆の輪の中心にいる明るく華やかなクラスメイト——カラム・クリスティーだった。

「どうして残ってるの？」

「あ、あの……ぼく……」

クラスメイトとほとんど会話したことがなかった俺は、緊張してうまく言葉を紡ぐことができなかった。カラムは俺の前の席までやってくると、腰を下ろす。

うまく話せないことにイラつかれることが多かったのに、つっかえたりしながら話す俺に一度もイライラした顔を見せることはなかった。

「そっか。授業が変更になったの、ついさっき知らされたばかりなんだ。俺もほんの少し前に聞いたばっかりでさ。だからきみが知らなかったのは、きっと偶々だと思うよ。だからそんな顔しなくていいんだ」

無意識だったが、話しながら俺は泣きそうになっていたらしい。カラムは少し笑って、俺の目尻に滲んだ涙にハンカチを当ててくれた。きらびやかで立体的な刺繍がこれでもかと施されたハンカチは、ごわごわしていて、お世辞にも肌触りが良いとは言えなかったが、とても嬉しかった。

「一緒に教室に行こうか。10分も遅れてるからグラハム先生に怒られちゃうかもしれないけどね」

差し出された右手を手に取った瞬間。

俺は彼に恋をした。

その日から苦痛だった学校へ行くのが待ち遠しくなった。教室に一人でいても、クラスメイトとしゃべることがなくても、キラキラと輝いているカラムを見ているだけで胸が高鳴り幸せな気持ちになった。

どうか、あの笑顔をもう一度向けてほしい。夜はカラムが笑顔で自分に話しかけてくる場面を妄想しながら眠りにつく。あの日以来、彼と会話をする機会はなかったがそれでも俺は幸せだった。カラムと教室まで向かったほんの数分の記憶を何度も繰り返して脳内で再生した。おかげでいつしか俺の頭の中には自分の作り上げた理想のカラム・クリスティー像ができてしまっていたのかもしれない。

そうして迎えた聖クピードーの日。初めての恋に浮かれていた俺はカラムに贈り物をした。

プレゼントしたのは、文字板に白いリナリア花の絵が描かれている黒い腕時計。黒は一番好きな色で、ランドルフ公爵家の色でもあった。リナリアには「この恋に気づいて」という花言葉がある。

黒という色とリナリアの花で、俺が贈り主だということに気づいてほしかったし、なぜか気づいてくれると思い込んでいた。早朝の誰もいない教室、カラムの机の中にプレゼントボックスをしのばせた。一世一代の告白のつもりで。

時間が経つごとに、カラムの机めがけてたくさんの女生徒がやってきた。俺はその様子をずっと見ていた。やがて机の中に入りきらなくなったプレゼントは机の上に置かれ、彼が登校する頃には小山のように積まれていた。

登校してきたカラムは慣れた手つきでプレゼントを持参した袋にしまっていく。俺は彼の表情を教科書を読んでいるふりをして窺っていた。

俺の贈ったプレゼントボックス——黒にシルバーのシルクのリボンがかけられたシンプルなもの——をカラムが手にした瞬間、心臓が自分でも驚くほど速くなる。

気づいてくれるだろうか。こちらを見てくれるだろうか。

けれど期待も虚しく、カラムは他のプレゼントと同じように俺の気持ちを袋にしまった。

そして彼が俺の贈った腕時計をつけて登校することは卒業を迎えるまで一度もなかった。

「今思えば、カラムの趣味じゃなかったんだろうな。あの時計……その上、あの後カラムとクソ女の見たくもない現場に遭遇するし……」

酒のせいか、いけないとわかっているのに言葉が乱れてしまう。

聖クピードーの日からしばらく過ぎたある日の放課後。忘れものを取りに戻った教室で見た光景は、何年経っても鮮明に覚えている。

誰もいないと思っていた教室の隅でカラムと女生徒が抱きしめ合って熱いキスを交わしていたのだ。

すぐにでもその場から逃げ出したかった。だが凍りついたように足が動かない。見たくもない光景のはずが視線をどうしても逸らすことができず、その場に立ちつくしていた。

女生徒はこちらに背中を向けた体勢になっていたので、俺の存在には気づきもせずにキスに夢中になっているようだった。顔は見えなかったが背中に垂れていた艶のある薄紅色の長い巻き髪がくっきりと目に焼き付いている。

カラムの腕は女生徒の肩と腰にしっかりと巻きつき、ときどき擦るように少し上下していた。美しい白い指が綺麗だなとぼんやりと思った。

静まり返った教室の中に二人分の荒い息遣いと、唇を合わせるだけのキスでは聞こえないはずの水音が響いている。しばらくしてそれらに女生徒の甘すぎる小さな嬌声が混じりだすと、胃の中から何かが込み上げてくるような気持ち悪さを感じた。

やがてカラムは女生徒の上半身を慣れた手つきで机に押し倒したのだ。やがて露わになった白い胸をカラムの美しい指が揉みしだく。女生徒からはキスの時とは比べものにならないほどの嬌声が漏れ始めた。

しばらく胸を揉んでいたカラムの顔が2つの膨らみの間に埋められていくのを目にした俺は、泣きたいくらいの気持ちになって、ぎゅっと目を閉じた。次の瞬間、身体はさっきまでが嘘のように動きだし、よろけた俺は机の角にぶつかってしまい、静かだった室内にガタンという音が響いた。

「きゃっ」というわざとらしい女生徒の声が聞こえ、カラムがゆっくりと顔を上げる。興奮しているのか、白い頬はバラ色に染まり目も潤んでいるように見えた。桜貝のような唇は唾液(だえき)で濡(ぬ)れて妖(あや)しく光っている。

その顔は、丸見えになっている女の上半身なんかよりもずっと色っぽかった。カラムは少しだけ目を見開いたが、すぐに俺の目を見て微笑む。その後、彼から告げられた言葉は、今思い出しても心を激しく乱す。

また自分の方を見てほしい、笑いかけてほしいという思いは、最悪な形で実現したのだった。

そうして俺は一目散に教室から逃げだした。

その日の夜、俺は家族や使用人に隠れて泣いた。女生徒への嫉妬(しっと)とカラムへの失望、それでも好きだと思ってしまう愚かしい自分への絶望がない交ぜになった涙だった。カラムを興奮させ、あんな色っぽい表情を自分以外に見せているかと思うと苦しくてたまらなかった。彼とはなんの接点もなく、親しくもないというのに、自分以外の人間に触れるのが嫌だと強く思った。

さらに最悪なことに、その夜から俺は机に組み敷かれていた女生徒をカラムに置き換え、彼の唇を激しく貪(むさぼ)ったり、上半身にいやらしく触れる夢や妄想に憑(と)りつかれるようになってしまったのだ。

誰にも相談できない煩悩は、生まれて初めての射精と夢精のきっかけになった。

赤ワインが注がれたグラスには情けない表情の自分が映っている。あの頃とは比較にならないほど体だけは大きくなった。だが心はいつまでも愚かな子どもの頃と何ひとつ変わっていない。

けれど黙って俺の話に耳を傾けていたシーマスが急に俺の方を見た。

「おい。その時計って分針と秒針がシルバーで、あとは黒。文字盤に白い花の模様がついていたり……するか？」

「だからさっきからそう言ってるだろう……あ？　俺、おまえに時計のことを詳しく話したこと、なかったよな？」

「おまえがカラムに拗(こじ)らせすぎた恋心を募らせていることは知っていたが……聖クピードーの日に贈り物をしていたなんてことも初めて聞いたよ」

「う、うるさい！　で、どうして時計のことをそんなに詳しく知ってるんだ」

シーマスは眼鏡の位置を人差し指で直した。

「俺の見間違いでなければだが。カラムは今日その腕時計をはめていたような気がするぞ」

「なに!?!?!?」

俺は立ち上がって叫んだ。あまりの勢いに椅子が大きな音を立ててひっくり返る。だけどそんなことを気にしている場合ではないし、気にしてなんかいられない。

「ほんとか!?　ほんとに見たのか!?　見間違いだったら許さないぞ！」

俺はシーマスの襟元を掴んでガクガクと前後に揺さぶる。そのせいで直したばかりのシーマスの眼鏡が再びずり落ちている。

「おいっ！　落ち着け!!　やめろ！　おまえが贈ったものかどうかは確定できないが、たしかにカラムはあいつらしくない真っ黒な腕時計をしてた!!」

「明日、絶対にこの目で確かめるぞ!!」

俺は興奮のあまり立ち上がると瓶から直接ワインを喉に流し込んだ。

「飲みすぎだぞ。というかおまえ、腕時計をプレゼントする心理って知ってるか？」

「知らん」

空になった瓶を放り投げ、シャンパンを開栓する。シーマスは心底呆れたという表情で俺を見ると、わざとらしいほどに大きなため息を吐いた。だがそんな嫌味も今の俺には通用しない。

「あのな。腕時計は相手のことを拘束したい、独占したいって心理の表れらしいぞ。おまえが何をするつもりなのかは知らんが、暴走してバカなことをするなよ……それからあまり良くない酒癖にも気をつけた方が良い」

「任せておけ。俺を誰だと思ってるんだ」

長年にわたり恋心をバレずに隠し通してきた鉄壁の守備力を甘くみないでほしい。だがシーマスはそれには答えずに胡乱な目つきで俺をチラリと見ただけだった。

9

「また公爵が呼んでる」

「……了解」

心配そうなローナンに笑顔で頷くと、俺は公爵の執務室へと向かった。

「お呼びでしょうか」

「この書類をシーマスに渡してくれ」

「かしこまりました」

書類を受け取ろうとするが、なぜか公爵は書類から手を放さない。しかもなぜか異様に目が泳いでいる。

「あの、何か？」

「……今、何時か教えてくれないか」

またかよ。俺は斜め上に掛けてあるシンプルな時計を睨んだ。今日、公爵に時間を訊ねられるのはこれで5回目だ。

「はぁ。14時45分です。あと少しでティータイムですね」

「……」

答えたのに、公爵は苦虫をかみつぶしたような表情で俺を見ている。

（まさかこれ、何かの暗号とか暗喩（あんゆ）ってことは……ないよな？）

あったとしても出勤2日目の俺にわかるわけがない。

「あの、まだ何か？」

「いや、何でもない。早く持っていってくれ」

（なんなんだよ！　新手のいじめかよ）

心で毒を吐いても顔は笑顔のまま。サラリーマン時代の習性は転生しても役立っている。

部屋に戻ると全員の視線が俺の方に集中する。

最初に声をかけてくれたのはローナンだった。

「今度はなんだって？」

「同じ。シーマスにこの書類を渡せってさ」

俺は視察で終日不在のシーマスの席にポンと書類を置く。ちなみにジェイも同じ理由で今日はずっといない。

「アイツが今日、視察で1日いねーのは公爵が一番わかってンのにな……やっぱ昨日のアレだろうな」

フィル先輩のセリフにミカがうんうんと頷く。

「歓迎会、途中退出するぐらいキレてたもんねえ」

俺はぐったりと机に突っ伏す。

「まあよくないことしてた自覚はあるけどさ、別に公爵に迷惑かけたわけじゃねーと思うんだけどなあ。そもそも過去だし。今更どうしようもねーよ」

「あ。もしかしてカラムが遊んだ相手の中に公爵の好きな人がいたとか!?」

ミカがポンと手を打った。

その言葉に俺はガバッと顔を上げる。

「たしかに……そう考えると色々と納得いくよな。王立学院の頃から俺のこと嫌ってたっぽいし、もしかしてあの頃から片想いしてる子がいるのかもな」

「あの堅物が恋愛ねえ。気になるっつーか……おもろいな」

フィル先輩は悪魔のような微笑みを浮かべている。

「心当たりとかないの?」

ミカに訊ねられ、俺は昔の記憶を手繰り寄せて考えてみた。

正直、同じクラスだったとはいえ絡みはゼロに等しかったので話した記憶は思い出せない。

ただ彼があまりにも強い殺気や嫌悪を含んだ眼差しで俺を睨みつけるようになったのは、最初からじゃなかったはずだ。

「そういえば……2年の聖クピードーの日、あの日から少し経ってから、公爵からすげえ睨まれる様になった気がする」

「きっとそれだ!　おまえあの頃……たしか誰かと付き合ってたよな?」

親友でもあり3年間、同じクラスだったローナンの記憶力は頼りになる。

「1週間〜2週間付き合って別れて……ってのを4、5人とは繰り返してたはず」

「相手のこと覚えてるか?」

「え〜と……」

俺は目を閉じて記憶を呼び覚ますために必死になった。頭の中にいろんな女の子の顔が浮かぶ。けれど、そのどれもがぼんやりとしているのだ。要はよく覚えていないということ。

俺、最低すぎるだろ。

「う〜ん……多分、一人目はキーティング男爵家のレイチェル。で、次がゲイトリー子爵家のエマかな。次がグラハム伯爵家のヴィクトリア……だったような気がする。次が…誰だっけな」

「おまえホントっとにクズだな」

フィル先輩は呆れたような表情で俺を見る。

「先輩に言われたくないですよ。先輩だってだいぶ遊んでたじゃないですか」

「お前よりは長続きしてたっつの。今思い出したけど、おまえが〝1回着た服は二度と着ないし、一度寝た女とも二度と寝ない〟って言ってんの聞いたことあるぞ」

「は?　そんなこと俺……言ってた……な……」

前世の俺はもちろんそんなクズ発言はしたことがない。だが今、頭の中にははっきりと、当時のカラムの記憶がある。とんでもない黒歴史だ。恥ずかしい。死にたい。

皆の呆れたような視線が自分に集中しているのがわかり、俺はいたたまれなさのあまり、書類を読み込むふりを始めた。

カラムにとっての最大の関心事はトレンドだった。ファッションのトレンド、レストランやカフェのトレンド。インテリアのトレンド。

とにかく最新の流行を誰よりも早く取り入れることに命を懸けていた。女性に対しても同様で、「〇〇家の〇〇嬢が今、一番人気」と聞けばその令嬢を口説きにいく。

好きな女の子がいるから付き合うのではなく、一番可愛い子や一番おしゃれな女の子と付き合っている自分に満足していたのだ。

心から好きで付き合った子は、一人もいなかった。それでもカラムと短期間でもいいから付き合いたいと願う女の子たちは後を絶たなかった。

レイチェルはひとつ上で学院で一番セクシーと言われていた。エマは後輩で、学院で一番可愛いと評判だった。同じクラスのヴィクトリアは学年で一番の美人と言われていたことだけは覚えている。

彼女たちの容姿や性格はカラムにはどうでもよかった。彼女たちに付いて回る「学院で一番〇〇な」というところだけが重要だったから。

そうだ、ヴィクトリアとは同じクラスなこともあって校内でイチャつく頻度も高かった気がする。

「あ……そういえば誰もいないと思ってた教室でヴィクトリアとイチャついてたら、公爵がいたことがあった気がする」

ヴィクトリアは生きる人形と言われるほど美しい顔と完璧なスタイルで全校男子の憧れの的だった。たしかものすごい爆乳で、本人もそれを自慢にしていた気がする。とはいうものの、実はどんな顔でどんなスタイルだったかは正直、あまり覚えていない。

カラムにとって大事なのは、皆が憧れているという事実だけだったから。必死に記憶の糸を手繰り寄せると、それでも少しずつ断片的に蘇ってくる。

ヴィクトリアは大胆なところのある子で、性的な欲求も強いほうだった。校内でも人影のない場所ではぴったりとくっついてきて、キスやもう少し進んだことをねだる。

たしかあの日もそんな彼女の誘惑に乗って誰もいない教室でキスをしていた。

徐々にキスはエスカレートし、俺は机に彼女を押し倒した。キスをするだけであんあんとわざとらしく大声で喘ぐのがうるさくて、確かそれが生理的に無理になって別れたんだっけ……。

そうして彼女の制服のリボンを外し、ブラウスのボタンをすべてはずして豊かな胸元に顔を埋めた瞬間、ガタンという物音が響いた。

驚いて顔を上げると、少年が驚きと恐怖の入り混じった目で俺を見ていた。そんな公爵に向って俺は「よかったらきみも混ざる？」と誘いをかけたのだ。だが少年は眉を顰めてゴミでも見るような目つきで俺たちを一瞥して去って行った……ような気がする。


それだ！　と皆が口々に騒ぐ。フィルがオエッと舌を出すジェスチャーをする。

「その頃公爵ってまだまだガキんちょだったろ」

ミカも腕組みしてうんうんと頷いている。

「さすがに公爵も可哀想だったかもね。その頃ってきっとまだ11、12歳でしょ？　そういうの免疫なさそうだし。きっと不潔だ！　とか思ったんだろうねえ」

「うわ……俺が嫌われてんのってもしかして自業自得ってこと!?」

俺の叫びに皆は黙って頷いた。

ローナンが励ますように俺の肩に腕を回してきた。

「まあでも過去は消せないし変えられない。公爵が許して認めてくれるようになるまで頑張るしかないだろ！」

「一生無理な気がする……」

俺は何度目かもうわからない重いため息を吐いた。

その日は退勤時間まで何度も何度も公爵に呼び出された。信じられないぐらいどうでもいい用事も多く、嫌がらせとしか思えなかった。

とはいえ原因が自分にあったことがわかった今、俺は大人しく公爵の指示に従った。仕事後、皆に飲みに誘われたがどっと疲れてそんな元気もない。

夕食もそこそこに、足を引きずるようにして自室に辿り着くとベッドに体を投げ出した。

「あ～……ほんっとに疲れたわ……」

前世とはまた違う疲労感に頭の中がぐるぐるする。二人分の人生の記憶が頭の中にあるということも関係しているのかもしれない。

「あ〜風呂、入んなきゃ」

口に出して言ってみるが、体は一向に動かない。そうしてぼんやりと天井を眺めていると、ドアをノックする音が響いた。

「びっっくりしたァ！」

俺は飛び上がるようにして体を起こす。声が大きかったのか、ドアの向こうからくぐもったシーマスの声が聞こえた。

「驚かせてすまない。シーマスだ。もしかしてもう休んでいたのか？」

「ああ、いや……大丈夫」

返事をしてすぐにドアを開ける。そこにはなぜかとても疲れきった顔のシーマスが立っていた。

「なんかやけに疲れてるな。なんかあったのか？」

「大丈夫だ。それより明日は1日、イースト・エンドの視察に行ってもらいたいと考えているんだが問題ないだろうか」

「もちろん！　街の中を実際に見て回りたいなって思ってたんだよ」

そう言うとシーマスはなぜかほっとしたような表情になった。

「そうか。良かった……では明日8時に迎えをよこす。それまでここにいてくれ。庁舎への出勤は不要だ。ちなみに制服では目立ちすぎるからこれを着てくれ」

渡されたのは街中で一般的な庶民が着るシャツとパンツ、それにキャスケットのような帽子だった。シャツはベージュでパンツは深い緑色。帽子は焦げ茶色で全体的に地味だった。

「お。サンキュ。いいなこれ。目立たなそうで」

俺の言葉にシーマスはぽかんとした、なんとも間抜けな表情になる。いつも隙のないクールな男の激レアな顔に、俺はこらえきれず吹き出した。

「なんて顔してんだよおまえ」

「……少し驚いただけだ。きみの口から目立たなくていいなんて言葉が聞けるとは思わなかったから」

シーマスは落ち着きを取り戻すように細い銀縁のブリッジをくいと上げる。

「まあ確かにそうだよな。でも俺、今はもう目立ちたいなんて思わないんだよ。服は消耗品だろ。それにバカみたいに金かけるなんてストレスでしかないからな」

シーマスは目を見開いて俺を見た。

「きみは本当に……変わったな」

(やばい。変に思われただろうか。こいつ頭いいから気をつけねえと)

俺は慌てて話題を変えた。

「あ、あはは。頭打ったせいなのかもしれないな。目が覚めたらそれまでとは世界が全然変わって見えたんだよ。ところで明日って俺一人？　それはないよな。誰の同行？」

シーマスは一瞬焦ったような表情になったが、すぐにいつものポーカーフェイスに切り替わる。

「迎えを見ればわかる。それまでは言えない」

「なんだよそれ。どうせ同じ部署の誰かだろ」

「それは間違いない」

「そこまで言ったら誰か教えてくれてもいいだろ？」

けれどシーマスはなぜかそれ以上は教えてくれない。

「仕事の後、久しぶりに遊びたいからローナンだといいなあ」

俺の何気ない一言にシーマスの肩がピクリと跳ねた。

「おまえ……それ明日、同行する奴の前で言うなよ」

「はぁ？　なんでよ」

「なんでもだ。とにかく明日はよろしく頼む。イースト・エンドの現状をしっかり見てきてくれ」

そう言うとシーマスはさっさと背を向けて歩き去ってしまった。

「なんだあいつ。変なの……まあいっか。街が見られんのは楽しみだし」

俺は思いきり伸びをして、浴場へ向かう準備を整え始めた。

馬車の中は沈黙に満ちていた。中は深緑のビロード張りで、座席部分も柔らかくクッションもある。シンプルではあるがとても乗り心地がいいだろう。通常時ならば。

だが俺は今、非常な混乱と気まずさの中にいた。

なぜなら、膝がぶつかりそうなほどの距離で真正面にはランドルフ公爵が座っているからだ。ちなみに、俺たち以外の人間は車内にはいない。

今朝、時間どおりに迎えに来た公用馬車に意気揚々と乗り込んだ俺は、先客の姿を見て戸惑った。てっきりローナンかジェイドあたりが同行者だと思い込んでいたのに、そこにいたのはアルテミス・ランドルフ公爵その人だったのだ。

扉を開けたまま、呆然と立ちつくしている俺に気づいた公爵は不機嫌そうな低い声で呟いた。

「何をしている。さっさと乗れ」

「あ、すみません……」

俺が乗り込むと同時に馬車が走り出す。公爵は何か書類らしきものをずっと読んでいて顔を上げることもない。もちろん会話もない。

俺は窓にかけられたカーテンの隙間から、朝の街をぼんやりと眺める。

庁舎や王宮の周辺は道が整えられていて振動は少なめだ。そのせいか次第に眠気に襲われる。

（やばい、このままだと上司の前で居眠りしちまう）

そう思っても、瞼がどんどん重くなっていく。なんとか必死に睡魔と戦っていると、公爵の声が聞こえた。

「イースト・エンドまでは1時間近くかかる。寝ていても問題ない」

「あ、りがとうござい、ま、す……」

言い終わると同時に俺は意識を手放した。ああ、前世じゃ仕事中に居眠りすることなんてなかったのに。

しばらくして俺はガタンッという大きな音で目を覚ました。目的の場所へ近づくにしたがって、道はどんどん悪くなっているようだ。

おかげで今、馬車は激しめに揺れていた。すっかり覚醒した俺は、ガタガタと大きな音を立てて揺れる馬車に必死で対応していた。

「……このあたりは道がまだ整備されていないところも多い」

突然公爵に話しかけられる。

「ああ。そうなんだ……じゃなくて。そうなんですね」

しまった。タメ口をきいてしまった。焦る俺に公爵はアイスブルーの瞳を向ける。怒られるか嫌味のひとつでも言われるのかと身を固くしたその時。

「別にいい」

「そうですよね、ええわかってます。これからは気をつけ……え!?」

公爵はうるさそうに顔を顰めた。

「だから別に敬語を使わなくてもいいと言っている」

俺は思わず正面に座る公爵の方に身を乗り出した。腕組みをして背筋を伸ばして座っている公爵の顔を下から覗き込むような姿勢になってしまう。

「ほんとに!?　いいの!?」

俺の勢いがすごすぎたせいか、公爵は一瞬目を見開く。そして俺が近づいた分だけ、後ろに背を反らした。視線も俺から逸らし、眉を寄せて呟く。

「乱れた敬語を聞かされる方が不愉快だ。……それに元クラスメイトで年齢もきみの方が年上だ。何も問題ないだろう」

「確かにそうだよな。じゃこれからは遠慮なく――ッ!?」

突然、馬が大きく嘶く。次の瞬間、馬車が大きく揺れ動き俺が座っている側が上に持ちあがり、車内が斜めになる。必然的に俺は公爵の胸に顔を埋めるようにしてくっつく形になってしまった。

「うわッ!!」

「――ッ」

公爵は反射的に俺の体を抱きしめるような格好になる。馬車はすぐに大きな音を立てて元に戻り、停車した。

外がバタバタと騒がしくなり、扉がノックされる。

「公爵様、おケガなどされていらっしゃらないでしょうか？　大変申し訳ございません。路上に突然飛び出してきた鴨に馬が驚いてしまって。少し休憩をさせていただきたいのですが」

「構わない。ケガもしていない」

公爵が返事をすると馬車はゆっくりと動き出し、少しだけ進むと完全に停車した。

「……大丈夫か」

言葉は気遣っているようだが、公爵の声は地獄を這ってきたように低い。やばい。せっかくタメ口ＯＫをもらったばかりなのに怒らせてしまったようだ。

それも当然だ。馬車の揺れと傾きのせいで公爵に抱き着くような体勢になったままフリーズしている。俺は視線を上げて公爵の顔に視線を向けた。

「ひっ!!」

公爵の目はカッと見開かれ、真顔で俺を見下ろしている。目線が合わないので、どこを見ているのかわからないが表情の無い美形は怖い。怖すぎる。

「すみません……」

俺は慌てて体を離した。公爵はよほど腹が立っているのか一言も発さず窓の方へ顔を向けている。

（やべ。こりゃ激ギレだな……またネチネチ雑用言いつけられたりすんのかな。やだなー）

公爵に気づかれないよう、俺は小さくため息を吐いた。

休憩中のため、馬車はまだ動かない。気まずい車内の沈黙に耐えかねた俺は、勇気をふり絞って声をかけた。

「あ、あの。ランドルフ公爵」

「……なんだ」

「ちょっと外出てきてもいいです……じゃなくて、いいかな？」

「好きにしろ」

「ありがと！」

俺は素早く扉を開け車外に出た。足元は柔らかい草地になっていて、目の前には大きな湖が広っている。陽の光を浴びたアクアマリン色の湖面はキラキラと輝いてとても綺麗だ。

「わあ……!!」

草や花の香りがする気持ちのいい空気を肺いっぱいに吸い込むと、心も体も浄化されるような気持ちになる。

前世から俺は自然が好きで、週末は近所にあった自然公園をウォーキングするのが何よりのストレス解消法だった。

美しい自然の景色を眺めていると先ほどまでの気まずさが嘘のように消えていく。

「ここにずっといたい……」

「きみは自然が好きなのか？」

「おう！　週末になるとよく公園で――って、公爵!?」

いつの間にか隣にはランドルフ公爵が立っていた。相変わらず表情は無いが、目はまっすぐに眼前の美しい自然に向いている。

「週末は公園に行くのか。クリスティー伯爵家の領地に公園があったとは知らなかった」

「あ、いや、あの。公園じゃなくて、えーと菜園な、あはは」

「そういえばシーマスがきみは実家で菜園を造ったと言っていたな」

「そうなんだよ！　もともと家族だけのための菜園だったんだけど、野菜も果物も余りまくって廃棄してたからさ。もったいなくて領民にも提供したんだ。庭園も無駄に広いし整備に金もかかりまくるから、一部は菜園に造り変えたんだよ。もともと土いじりは好きだったから、みんなと一緒に種植えたり肥料撒いたりしてさ。すっげー楽しいの。俺が得意なのはトマトとズッキーニ。ズッキーニは実もだけど花もめちゃくちゃ美味い。花で作るフリットとパスタが絶品なんだよ」

　そこまで一気にしゃべった俺は顔から血の気が引いた。

（やべえ。しゃべりすぎた……）

　また公爵の機嫌を損ねてしまったんじゃないかとビクビクしてしまう。恐る恐る隣をチラ見すると、公爵は目を皿のようにして俺を凝視していた。

「きみは料理もするのか」

「え？　ああ。簡単なもんばっかだし自己流だけど。よかったら今度――」

　言いかけて俺は口を噤む。危ない。菜園や料理のことになるとつい饒舌になってしまう。

　公爵はさらに目を見開いて俺のことを見ている。

（何言ってんだ俺……今度こそブチ切れられるぞ）

　俺は肩を竦めた。近距離から浴びせられる刺すような視線が痛い。馴れ馴れしすぎたと謝ろうとしたその時。

鬼のような形相で公爵が低い声を出した。

「よかったら今度、なんだ」

「は!?」

「今、言いかけただろう。よかったら今度、その後はなんだ」

「あ、えーと。あの。よかったら今度、作ろうか……なーんて冗談だよ、冗談！　さすがに馴れ馴れしくてごめ――」

「わかった。では今度」

「は？」

「今度作ってくれ」

「今年はもうズッキーニの季節は終わったから、もし作るなら来年になるぞ」

「わかった。覚えておく」

「あ、はい……」

そこで会話は唐突に終了した。それからしばらく俺たちは大自然の美しい風景を眺めていたが公爵は一言も発することはなかった。


「着いたぞ」

公爵の呼びかけで意識が浮上する。イースト・エンドに到着するまで、車内での会話は一切なかった。しかも俺はすっかり眠ってしまった。

「ごめん。いくら寝てもいいって言われたからって、さすがに寝すぎだよな俺。勤務時間中なのに申し訳ないです」

「問題ないと言っているだろう。気にしなくていい」

目の前で部下が盛大に居眠りしていたというのに、なぜか公爵は少しだけ機嫌が良さそうに見える。何を考えているのかまったくわからない。

だが今は公爵のことより視察に集中するべきだ。馬車を降りた瞬間、腐った生ごみのような臭気が鼻をつく。

臭い空気を思いきり吸い込んでしまい吐き気に襲われる。

「……ぐッ」

俺はポケットからハンカチを出して鼻と口を覆った。先を歩く公爵は俺とは違い特に臭いを気にする様子もない。

足元の悪いガタガタの石畳の上を一歩一歩、転ばないように注意して公爵の後をついていった。奥へ行くに従って臭気はさらに酷くなる。その上、道はゴミだらけでたまに人間のものと思われる排泄物（はいせつ）が落ちている場所もあった。

それらを踏まないように注意しつつ、でも直視もしないよう集中して歩き続ける。そうしてしばらく歩いていると、公爵が薄汚れた1軒の家の前で立ち止まった。控えめにドアをノックすると静かに開く。

公爵はそこで初めて振り返ると、俺に声をかけた。

「入るぞ。きみもついて来い」

「あ、うん」

俺は慌てて彼の後について家の中に入った。

11

昼間だというのに薄暗い室内には、60代ぐらいの女性、そして小学校高学年くらいの少年と、中学年くらいの少女の姿が見えた。３人ともつぎはぎだらけの洋服を着ている。部屋もとても古かったが、きちんと掃除が行き届いていていて清潔感に満ちていた。

「あら。また来てくれたのね」

揺り椅子に座って縫物をしていた女性が立ち上がる。彼女はそのまま歩いて公爵の正面に立った。

「いえ。仕事で近くまで来たものですから、ご挨拶に」

公爵は俺たちに見せる真顔や仏頂面ではなく、慈しみに満ちた微笑を浮かべている。

「アル兄ちゃん！　この前の続き教えてくれる？」

少年が走り寄ってくる。

「お兄ちゃんずるい！　あたしもアル兄と遊びたいのに！」

少女もまけじと駆け寄ってきて、公爵の膝のあたりに抱きついた。公爵はさらに笑みを深めると、彼らの頭に手を置いて、ポンポンと撫でる。

「二人とも、喧嘩するな。今日はまだ時間があるから、順番で1時間ずつだ。どうだ？」

二人は声を揃えてにこにこと返事をする。

「この人、アル兄のお友達？」

ぼんやりと公爵たちのやりとりを眺めていたら、いつの間にか少女が俺の目の前に立っていた。大きな瞳で俺を見上げている。

「いや、彼は――」

気づいた公爵の言葉を遮って、目線の高さを合わせるようにしゃがむと少女に答えた。

「うん、そうだよ。アル兄ちゃんの友達。カラムっていうんだ。よかったら俺とも仲良くしてくれる？」

「うん、わかった！　あたしはクローディアだよ。あっちがお兄ちゃんのウィル」

俺は立ち上がって今度は少年の方へ移動する。

「こんにちはウィル。俺はカラム。よろしくな」

そう言って手を差し出す。まだ小さいが、男はプライドの生き物だ。初対面の男同士なら年齢や身分に関係なく対等な相手として接するのが一番いい。

おかげでクローディアほどではなかったが、ウィルの警戒心も解けたようだった。

「アルがお友達を連れてくるなんて初めてだわ」

俺たちのやりとりを眺めていた女性に話しかけられた。

「そうなんですね。僕はカラム、カラム・クリスティーと申します。以後、お見知りおきを」

右足を引いて右手を体に添え左手を横に差し出すボウ・アンド・スクレープと呼ばれる貴族のお辞儀で挨拶をすると、女性は優雅なカーテシーを返してくれた。

「こんな所ですけれど、ようこそいらっしゃいました。私はオーラ。この子どもたちは私の孫なの」

（この方はもしかして貴族の令嬢だったのだろうか）

この国では下級貴族が没落して貧民街まで堕ちていくことも珍しくはない。その原因の一端を担っているのは間違いなく行政だ。

「そうだわ、せっかくだから一緒に昼食でもいかが？　大したものはないのだけれど、これから準備しようと思っていたの」

「いいんですか!?　喜んで！　俺、お手伝いします!!」

「おい、きみは……」

振り返ると公爵の目には戸惑いの色が浮かんでいる。俺は任せろという意味を込めて微笑んだ……のに公爵は何か見てはいけないものでも見てしまったかのようにビクリと肩を震わせると、さっと目を逸らした。

「俺はオーラさんの手伝いするから、公爵はクローディアたちと遊んでやれよ」

「カラムお兄ちゃんとアル兄はお友達なんでしょ？　それなのに公爵って呼んでるの？」

変なの、とクローディアが首を傾げる。

「あ、いや、間違っちゃった。アル、とにかくそっち頼むわ！」

「……わかった」

公爵は相変わらずの真顔で頷き、クローディアとウィルを連れて階段を登っていった。

俺はシャツの腕を肘まで捲り上げるとオーラさんに声をかけた。

「さて！　何から取り掛かりますか？」

オーラさんは驚いた表情になる。

「あなた、貴族の方よね？　お料理ができるの？」

「はい！　料理は俺の趣味なんです。特技は節約料理です」

「節約料理？」

「はい。できるだけお金をかけない安い材料で美味いものを作ることなんですけど」

「まあまあ……それは頼もしいわ」

オーラさんは上品な微笑みを浮かべると、キッチンの方へ俺を案内してくれる。古く、使い込まれているが、よく掃除されていて汚れや臭いもほとんどない。

料理スペースには少し萎れたトマトやナス、そしてじゃがいもがゴロゴロと転がっている。

「オーラさん。このジャガイモ俺が使ってもいいですか？」

「ええどうぞ。何を作ってくれるのかしら」

オーラさんは微笑んでジャガイモを譲ってくれた。

「おっしゃ！　やりますか」

まずは鍋に水を入れ、ジャガイモを茹でる。茹で上がったジャガイモをグラスの底などを使って潰したあと、天板に並べる。

その上にオリーブオイルを塗り、塩とハーブ、ニンニクを乗せていく。子どもたちの分にはニンニクは乗せないようにしてオーブンに入れた。

しばらくするとジャガイモの焼けるいい匂いが部屋中に漂ってくる。

「チーズがあればもっと美味いんだけどな」

オーラさんは俺の隣でトマトのスープを作っていて、鍋からは温かな湯気が立ち上り、グツグツと煮える音がする。

俺とオーラさんはさまざまな話をしながら料理を進めた。

「え！　家庭菜園があるんですか？」

「そんな大したものじゃないけれど。裏庭でバジルやズッキーニを少しだけね。でも土が悪いのかなかなか上手く育たなくて」

「あとで見せてもらってもいいですか？　俺、じつは実家で野菜を育てているんです」

「まあ！　ぜひお願いしようかしら」

会話は驚くほどに盛り上がり、気づいた時には料理が全部出来上がっていた。

「そろそろ子どもたちとアルを呼んでこなくちゃ」

「あ、俺が行ってきます！」

「じゃあお願いできるかしら」

オーラさんの年齢では階段の上り下りは楽ではないはずだ。しかも1時間近く立ちっぱなしで料理していた体にはきついだろう。

階段を一段飛ばしして登り終えると、2つの部屋があった。ドアが開け放たれている方から子どもたちのはしゃぐ声が聞こえる。

部屋の中をそっと覗いてみると子どもたちに挟まれるような姿勢で床に座った公爵が、古ぼけた本を読み聞かせていた。

いつも無愛想な彼とは思えないほどの優しい声。時折、本から目を上げて子どもたちへ向ける瞳もとても穏やかだ。

(公爵ってこんな顔もするんだな)

俺は呼びに来たことも忘れて、しばらくその様子に見入っていた。

ふと顔を上げた公爵と目が合う。

「や！　あの、昼メシできたから呼びにきた」

子どもたちはきゃっきゃっと叫びながら我先にと俺の横を通り過ぎて階段を降りていった。

ドアの前に立つ俺と部屋の中で立ち上がった公爵は無言のまま視線を交わす。

先に目を逸らしたのは公爵だった。彼は手にしていた本を机の上に置く。

「それ……あの子たちに読み聞かせしてるのか」

「ああ。ウィルとクローディアには少し前から読み書きを教えている。このあたりの子どもたちはろくに学校も行けないから。学校もないしあったとしても学費が払えない家庭がほとんどだ」

「そうなのか……」

前世にも貧困は確かに存在したが、ここまでの格差ではなかった。初めて目の当たりにする貧しさという現実に俺は言葉を失う。

気まずい沈黙の中、階下から俺たちを呼ぶ声が聞こえた。公爵は今行くと返事をすると俺の脇を通り過ぎて部屋を出ていく。俺も慌てて後に続いた。

昼食は賑やかに過ぎていった。俺の作った節約料理の数々に子どもたちはとても喜んでくれた。

「カラムお兄ちゃんのごはん、すごく美味しい！」

口の周りに食べかすをたくさんつけたクローディアがキラキラした目で俺を見つめる。

「俺もカラム兄のごはんまた食べたい！」

負けじとウィルも叫ぶ。前世では誰かに料理を振る舞う機会なんてなかったが、こうして褒められると承認欲求も満たされて気分がいい。

「任せとけ！　また来てもっとうまいもん作ってやるから!!」

そう言うと手を叩いて喜んでくれる。食べ終わった後は3人で遊びながら後片付けをした。

子どもたちは部屋の中を跳ね回っていたが、しばらくすると糸が切れたように動かなくなった。

「すげー。子どもっていきなり寝落ちすんだな」

「今日は特にはしゃいでいたからな」

ウィルを公爵が、クローディアを俺が抱き上げて二階へ運ぶ。子どもたちをベッドに寝かせると、静かに部屋を後にした。

「今日は本当にありがとう、アル。それに……カラムさんも。お客様なのにお料理までしていただいて」

オーラさんは俺の手を取ってありがとうと繰り返す。

「大したことはしてないですよ！　逆に好き勝手やっちゃってすみません。あ、今度来る時は家庭菜園、しっかり見せてくださいね」

オーラさんに見送られて家を出ると、腕時計で時間を確認する。時計の針はちょうど15時を回ったところだった。

「なあアル、視察は何時まで……」

言いかけて口を噤む。やばい、さっきまで友達のフリをしていたせいで、アルなんて気軽に呼びかけてしまった。

前を歩いている公爵が勢いよく振り返る。その目は大きく見開かれていた。

(やばい！ 怒られる!!)

けれど公爵は感情の読み取れない表情で俺を凝視すると、何も言わずに再び前を向いて歩き出した。

「あ、あの……！ ごめん!! さっきのアレでついうっかり……」

「別にいい」

「え？」

「いいと言っている……シーマスたちもそう呼んでいる。問題ない」

「え?!」

もしかして。もしかして怒ってるんじゃなくて、よくわからんけど俺のこと少し認めてくれたのか?!

呆然と立ちどまる俺をよそに公爵はどんどん歩いていく。驚きのあとから、じわじわと嬉しさが込み上げてくる。

「わかった！　じゃあこれからは俺のこともカラムって呼んでくれよな」

「……善処する」

公爵、いやアルは前を向いたまま小さな声で呟いた。

（なんか…よくわからんけど少し仲良くなれたんじゃね?!）

嬉しくなった俺は、走ってアルを追いかける。そのまま右隣に並んで歩いた。

12

視察をすべて終える頃には、あたりは薄暗くなっていた。

「そろそろ戻ろう。このあたりは夜になるとさらに治安が悪くなる」

アルに促されて馬車に乗り込んだ。窓の外から見る景色は、たしかに昼間よりも殺伐としている。

「昼間よりガラの悪い人が多い気がする」

「仕事終わりの男たちが帰ってくる時間だからな。これから酒場も開店して、夜中まであちこちでトラブルが起きる」

「なるほどな……」

男たちは薄汚れた作業服を身につけているが、鍛えられた体で鋭い目つきをしている。俺なんか囲まれたらあっという間に殺されてしまうだろう。

俺だけじゃない。ほとんどの貴族が彼らに襲われたら勝てないはずだ。

もし彼らが武器を手にしたら。歴史の時間に習った革命や暴動の記憶が蘇(よみがえ)り、背筋に寒気が走る。

「煽動(せんどう)者が出てきて労働者が暴動起こしたら、貴族なんてひとたまりもないな……」

「その通りだ」

独り言のつもりだった言葉をアルが拾う。窓から視線を移すと、真剣な表情の彼と目が合う。

「イースト・エンドやその近辺に住む住民たちの不満は溜まっている。だが政治に携わっている連中のほとんどは自分たちの生活や利益にしか目が向いてない」

「だけど人口で言えば労働者の方が圧倒的多数だよな。国の上の連中は、彼らが自分たちに歯向かうなんて思ってもみないだろうが」

「その通りだ。そんなことになったらこの国は終わる」

アルの力強い言葉に俺は息を呑んだ。事態は俺が想像していたよりもずっと深刻なんだ。

「暴動が起きたら、子どもたちや女性たちも危険にさらされることになるよな……オーラさんやクローディアのような人たちをそんな目に遭わせたくない。今日視察に連れてきてくれてありがとな。イースト・エンドの対策部署を立ち上げたアルはすげえよ。俺、仕事もっと頑張るわ」

俺の決意を聞いたアルは目を見開く。そうして少し照れたように俺に笑いかけた。

「……ありがとう」

(うっ。可愛い……！　なんだこいつ、笑うと急に可愛いじゃん)

真剣な話をしていたというのに、目の前の可愛い笑顔に一瞬で心を乱されてしまった。そんなことを考えている俺に、そういえばとアルが声をかけてくる。

「きみは本当に……その、なんというか……服やアクセサリーの趣味が変わったようだな」

「カラムでいいって。まあ正直に言って、頭打ってから前ほどファッションに興味がないんだ」

「そうか」

「いきなりどうしたんだよ」

「いや。カ、ラム……にしてはずいぶんと飾り気のない時計をしているなと思って」

「たしかに倒れる前ならしてないかも。けど、これ気に入ってんだよ。シンプルなのにしゃれてて。センスいーよな。まあ貰(もら)いものなんだけど」

アルは急に険しい顔になる。心の中で俺はパニックになった。

（え?! 今の会話で地雷になるとこある？ 何がいけなかった?!）

「……っ」

アルは右手で口元を覆い、窓の方に顔を向ける。しばらく気まずい沈黙が流れる。

（やばい。せっかく仲良くなれたと思ったのに、明日からまたネチネチいじめの日々かよ）

がっくりと肩を落とし俯(うつむ)いたその時。アルは窓から目線を戻して俺の目をじっと見てきた。何かを確かめるような、見極めようとするような色が滲(にじ)んでいる。

「……本当にセンスがいいと思ってるのか？」

「は？」

俺をじっと見るアルからは圧を感じる。いったい今の会話のどこに、こんな空気になる要素があったんだ、わからん。

「お、思ってるよ。いいと思わなきゃ着けないだろ」

謎の圧のせいで、つかえてしまった。

「そうなのか」

「そうだよ。俺、黒が一番好きなんだけどさ。この時計は黒ベースでシンプルな上に文字盤の白い花がしゃれてるだろ。秒針がシルバーなとこも気に入ってる……ってもしかしてこの時計、アルから見たらダサいとか？」

やけに絡んでくるのは、彼にとってはこの時計がダサいからなのかも知れない。気に入っているものなだけに、正直ショックだ。まあでも俺はファッションオタクのカラムと違って、前世からファッションやトレンドには疎い方だったから、自分のセンスには大して自信はない。

感情を読みとろうと顔を覗き込むと、ふいと視線を逸らされる。もしかして、また何か知らないうちに地雷を踏んでしまったのかと考えたが、よく見るとアルはソワソワしたように視線を彷徨（さまよ）わせていた。

（こいつ、顔はいいし悪い奴じゃないけど……やっぱちょっと変人だな）

一人で納得していると、今度はチラチラとこちらに視線をよこしてきた。真っ白な頬がほんのり赤らんでいるようにも見える。具合でも悪くなったんだろうか。

大丈夫かと声をかけようとしたその時。

「そんなことは、ない」

アルがやけにぎこちなく返事をした。

「あ、まだ会話続いてたんだ。でも、よかった〜。あんまり黙ってるから、この時計をいいと思ってる俺のセンスがおかしいのかと思っちゃったよ」

「誰からもらったんだ」

「それが、わかんねえんだよな。昔聖クピードーの日に机の中に入ってたから。カードもなくて無記名だったし」

「そうか」

「こんな上品なプレゼントをくれる子なんだから、きっと控えめで清楚(せいそ)な子なんだろうなー。ガキの頃はこういうシンプルなもののよさってわかんないけど、大人になるとわかるよな。てかあの頃にもうこのデザインを選ぶセンスがあるってことは、その子きっと大人っぽい子だったのかもな。まじで誰だろ……会ったらお礼言いたいな。なあ、アルはどう思うよ」

「さあ。俺にはよくわからない」

言葉はそっけないが、やけに声が上ずっている気がする。やっぱり様子がおかしい。俺は視線をアルの顔に向けると、じっと見た。

アルは一瞬、こちらに視線をよこしたが再び窓の方へ顔を向けた。頬が明らかにさっきより上気している。それに顔全体にいつもの鋭さというか、冷たさがない。なんだか全体的に緩んでいるように感じる。

これは、熱があるに違いない。しばらくそうして観察していると、アルがため息を吐(つ)いて俺の方を見た。

「さっきからなんだ。人の顔をじろじろ見て」

俺はずいとアルに近寄ると、自分の額を彼のそれにくっつけた。熱い。かなり熱い。さらに言うと少し汗ばんでいる。

額をくっつけた瞬間、アルの肩が跳ねた。

「っ！　おい、何をする!!」

慌てて額を離そうとする彼の後頭部に手を回してそれを阻止する。しばらくして俺はゆっくりと額を離した。

「うん、間違いない。やっぱりアル、熱が出てる。でこがめちゃくちゃ熱い」

「……は？」

「さっきから顔が赤くなってて、落ち着かないし変だなと思ってたんだよ」

「それは……っ」

やはり心当たりがあったようだ。アルは珍しくしどろもどろになり、口を噤む。

「だろ？　ったく。いつからだよ、我慢しないで言ってくれたらよかったのに」

体は大きくて頭はよくても、まだまだやっぱり子どもなのかもしれない。そう思うとアルがなんだか可愛く思えてくる。

俺は黙って俯くアルの隣に移動した。隣に座った瞬間、アルが息を呑む。そんなに驚くことかと不思議に思ったが、具合が悪いからなのだろうと納得する。

「ほら、肩かしてやるから」

「は？」

アルは目と口を大きく開きぽかんとした表情になる。隙のない冷徹公爵の見たことのない表情に、俺は思わず笑ってしまいそうになった。

「具合悪いんだろ？　窓も壁も硬いし、こっちのがちょっとはマシだから。ほら」

そう言うとアルの頭に手を回し、自分の肩に乗せてやった。アルは一瞬、体を強張らせたが、大人しく俺の肩から鎖骨のあたりに頭をもたれさせてくる。

「少しはラクだろ?」

声をかけると、蚊の鳴くような小さな声でうん、と呟いたような気がした。

13

結局、大丈夫だと言い張るアルを黙らせて庁舎へ戻る予定を変更し、アルのことを自宅へ送り届けることになった。彼が体調を崩すことはほとんどないそうで、御者に行先の変更を告げるとひどく驚いて心配していた。

着いた先は高位の貴族たちの館が建ち並ぶ一角だ。公爵家や侯爵家、それに王家と血縁のある大貴族たちの館だけあって、どれもとても大きい。

ランドルフ公爵家の王都の邸宅も、やはりとても大きかった。ちなみに大きさと派手さだけは我がクリスティー伯爵家も負けてはいない。だがさすがは超名門貴族のランドルフ家。シックで上品、かつシンプルという洗練された美しさが漂っている。

黒い柵でできた正門には、白い花の紋章があしらわれていた。この花をどこかで見たことがあるような気がしたが、思い出せない。

門兵が馬車をみとめ、門を開けてくれる。馬車は吸い込まれるように開いた門の中へ入り、やがて玄関の前で停車した。俺は一人で大丈夫だと言い張るアルの手を取って馬車から降りると、半ば無理矢理に肩を貸す。

すぐに上品な老紳士が慌てた様子で駆け寄ってきた。

「アルテミス様！　いったいどうなさったのです⁉」

「今日の視察の帰り道で具合が悪くなってしまったようで。部下の私が送り届けることになったんです」

　何も言わないアルの代わりに答えると、老紳士は丁寧にお辞儀をしてくれる。

「左様でしたか。それはそれはありがとうございます。失礼ながらあなた様はクリスティー伯爵のご子息のカラム様でいらっしゃいますね」

「ええ。そうですが」

「わたくしはランドルフ公爵家の王都邸宅を預かっております、執事長のハワード・ドナルドと申します」

　どうして俺のことを知っているんだろう。だが今はそれよりもアルを早く休ませなければ。

「このとおりアルはかなり具合が悪いみたいなんです。誰かご家族の方は？」

「旦那様も奥様も領地にある本宅におりまして。アルテミス様のご意向もありまして、この館には最小限の者しかお仕えしていないのです」

「と言いますと？」

「私の他にはメイドが二人、あとは通いの庭師とシェフのみです。都合の悪いことにメイドたちは今日から休暇中、庭師とシェフも今日はすでに帰宅しておりまして……」

　ハワードさんは困ったような表情を浮かべている。背筋はピンとして元気なことに間違いはないが、どう見ても60代以上だ。

（この人にアルを支えて階段を登らせるのは無理がありすぎる。俺がやるしかねーな）

「あの。よければ俺が彼を部屋まで運んでもいいでしょうか」

そう宣言すると、それまでじっと黙っていたアルが慌てたように体を離そうとした。

「い、いい、カラム。もう大丈夫だ。そこまでさせるわけにはいかない」

俺はアルを支えていた腕に力を込める。

「こんな時まで無理するな。いいから、俺のこと頼れよ」

「そうですよ、アルテミス様。そんな状態で階段を上るのは危険すぎます。カラム様のお力をお借りしましょう」

「そうだぞ。階段から落ちてケガでもしたらどうすんだよ」

最初は抵抗していたアルも、ハワードさんと俺の畳みかけるような説得に首を縦に振った。

そうしてハワードさんに見守られながら、アルを支えながら正面に鎮座する階段をゆっくりと上っていく。

「どっちだ？」

階段を上り切ったところには踊り場があり、そこからまた左右に分かれて階段が据えられていた。

「……左に行ってくれ」

左の階段を上がると、薄暗い中にいくつもの扉が並ぶ。

「アルの部屋は？」

「一番奥の黒い扉の部屋だ」

俺たちの足音は深緑色の絨毯（じゅうたん）に飲み込まれていく。音もたてずに長い廊下を歩ききると、最奥の黒檀（こくたん）でできたような漆黒の扉の前に辿（たど）り着（つ）いた。

アルを支えていない方の手で押してみると、扉は静かに内側に開く。

「入るぞ」

いちおう声をかける。もう陽はすっかり落ちてしまったせいで部屋の中はとても暗く、黒いカーテンの隙間からわずかに月のあかりが漏れていた。

目を凝らすと、部屋の中が見えてくる。図書館かというほど大きく背の高い本棚にはたくさんの本がぎっしり詰まっており、天井も高く部屋の中にも階段があった。

その本棚に囲まれるようにして配置されたベッドは黒でまとめられていて、装飾の少なさがアルらしさを感じた。

転ばないよう足元に注意してベッドまで来て、肩からアルの手を外す。ゆっくりとベッドに横たえたつもりが、俺よりも大きくて重い体に引っ張られて一緒に倒れ込んでしまった。

さらに悪いことには、仰向けになったアルの上に背面から倒れ込んだせいでラッコの親子のような体勢になった。

「ごごごめん！　今どくから!!　……って、え??」

慌てて起き上がろうとしたのだが、胸と腹のあたりにアルの腕が回され、強い力で体の動きを封じられている。

「離してもらえるか？」

「……」

返事がない。見ると、目を閉じた美しい顔が目に入る。寝てしまったのだろうか。腕をどかそうと格闘してみるが、びくともしない。くそ、前世の俺だったら難なくどけられたのに。

カラムの身体は細く非力だ。運動や農作業をするようになって以前より多少はマシになった気がするが、体質のせいなのかどうにも筋肉がつきづらい。

洋服を綺麗に着こなすのに筋肉はいらないと、ダイエットばかりしていたからかもしれない。

(ほんと、なんでこんなに俺とは正反対の奴に転生しちまったんだろ……って今さらグチっても仕方ないか)

なんだか疲れてしまった。これはもうアルが目を覚ますまでこのままでいるしかないと腹を括り、腕をどかす努力をやめる。身動きも取れずに暗い部屋で寝転がっているだけでは目を開けていても見るべきものもない。

仕方がないので目を閉じてみると、急激な眠気に襲われる。背中から伝わるアルの体温に身体中の力が抜けていく。そういえば今日は朝から視察で街に出ていたし、色々いつもと違って体力を使ったんだよなあ。

(あ、やば……これ俺も寝ちゃうかも)

思うと同時に、俺は意識を手放した。

規則正しい寝息が聞こえてきたのを確認し、アルテミス・ランドルフ公爵は目を開いた。体も顔も動かさず、視線だけを下げる。

「……っ」

公爵はゆっくりと静かにカラムの体に回していた腕を解いた。支えを失ったカラムの体はごろりと側に転がる。起きてしまうかと思ったが、カラムは小さく呻いただけだった。

(声をかけた方がいいのだろうか。いいのだろうな。そうに決まっている)

公爵は体をカラムの寝ている方に顔を向けてみた。早く起こせばいいのに、声が出ない。

寝ているカラムの顔を眺める公爵の目は愛おしそうに細められ、無意識に唇の両端も上がっている。

(こんな機会はもうないかもしれない。今だけ、ほんの少しだけなら許されるだろうか)

カラムの寝顔は今まで何度も想像してきた。けれど現実のカラムの寝顔は想像では追い付かないほどに可愛らしかった。

閉じられたまぶたを彩る長いまつ毛、透き通るような白い肌、軽く開いた唇は荒れひとつなく艶やかで、桜貝か桃色の花びらかのように可憐だ。時折、むにゃむにゃと口を動かしている様子は小さな子どものようで、とても年上とは思えない。

「可愛い」

口を突いて出た言葉に自分でも驚いて公爵は右手で口を覆った。だがカラムは起きることなくまだ夢の中だ。愛しい人の寝顔は長い時間眺めていても飽きることがないと、昔読んだ小説に書いてあったような気がする。

今、まさにその言葉を公爵は体感していた。すうすうと可愛らしい寝息を堪能しつつ、公爵は心の中で自分に話しかける。

なんの接点もなく、ついこの前までは夜会でしか姿を見ることができなかった想い人が私室のベッドで眠っている。こんなに幸運なことが自分に起きるなんて、信じられない。

「ん……」

ふいにカラムが呻く。鼻にかかったような声が色っぽくてドキドキしてしまう。ついに目を覚ましてしまうのかと公爵が身を固くした次の瞬間、彼の体に温かいものがしがみついてきた。

気がつくと一瞬のうちにカラムに抱きしめられていた。身長差があるせいで抱きしめられるというより抱き着かれたという方が正しいかもしれない。

「……は」

予想外の展開に公爵の体も頭もフリーズしてしまう。カラムは自分を抱き枕やクッションなどと勘違いしているのだろうか。

現状の体勢でも理性を保つのに必死だというのに、やがてカラムは脚も公爵に巻きつけてくる。

「くそ……」

人の気も知らないで。すやすやと安らかな寝息を立てているカラムを見下ろして、公爵は小さな声で悪態をついた。

今日の俺はおかしい、と公爵は思った。あの贈り物を今になってカラムが愛用してくれていたからだろうか。

時計を褒められた時は天にも昇るような気持ちになり、そのせいか体調が悪いと勘違いされてしまった。違うと言えばいいだけなのに、具合の悪いふりをした。さらには部屋まで送らせた。普段の自分なら、こんなことは絶対にしない。

赤くなった頬も、上がった熱も、速くなった鼓動も体調のせいなんかではない。全部カラムのせいだ。こんなにも自分に恋い焦がれている男にこんなにも無防備に密着するなんて。人の気も知らないで、なんて呑気なんだろう。

目を覚ましたら、抱き着いていることに驚いて慌てて離れていくのだろう。そう思うと寂しくなる。腕を回し返して、胸の中に閉じ込めて寝たふりをしてしまおうか。

早くあの綺麗な瞳を見つめたいと思う反面、眠ったままでいてくれたら、彼をこの部屋に閉じ込めて自分だけのものにすることができるかもしれないという考えが頭を過る。

思いの強さは自分でも自覚していた。だがこんなにも強い独占欲が心に潜んでいたことには、今のいままで気づかなかった。

(きみはどこまで俺を夢中にさせたら気が済むんだ)

公爵は静かにため息を吐き、目を閉じた。何年もの間思い続けている相手が自分に抱き着いて眠っているなんて、いったいなんの拷問だろうか。

「んん〜」

カラムがまた可愛らしい声をあげた。眉が寄り、まつ毛が少し震える。今度こそ目を覚ますのだろうか。

だが彼の瞼は閉じたまま自分へと回された腕に力が籠められる。顔が胸に埋められた。まるで水の檻に囚われたように動くことができない。公爵の右手の小指だけが、ほんの一瞬、ぴくりと動いた。

　想い人と密着している時間が長くなってきたせいか、体が反応してしまいそうになる。だがそれだけは絶対にいけない。公爵は己の欲望が頭をもたげないよう、今年の財政計画案やそれに関わる数字、それシーマスやローナンの顔などを必死に頭の中に思い浮かべた。

14

「あれ。俺、寝てた?」

「……ぐっすりとな」

返事を求めたわけではないひとり言に返事が返ってきた。驚きのあまり俺は跳ね起きた。

「なんでアル? あ、そうか。俺、送ってきて寝ちゃったのか……。ごめん!」

病人を家まで送り届けたまではいい。だが病人のベッドで寝てしまうなんて許されることではない。しかも相手は上司である。

腕時計に目をやる。

(よかった、思ったより時間が経ってたわけじゃない)

今日1日で多少、仲良くなったとはいえアルは俺に対してはいろんな意味でまだまだ半信半疑だろう。そんな時にこれ以上の失態は重ねられない。

「ごめんな。すぐ帰るよ」

そうしてベッドから飛び降りようとしたのだが、後ろから片腕を掴まれた。

「え?」

振り返るとアルの右手が俺の右腕をなぜか掴んでいる。

「どうした?」

問いかけるとアルはハッとした表情になり、慌てて手を放した。

「あ、いや。なんでもない。すまない……まだ体調が――」

アルの言葉を遮るように、部屋中にぐぎゅるるるるると大音量の腹の虫が響き渡る。もちろん俺のではない。その音はなかなかおさまらず、たっぷり30秒は鳴り続けていた。

最初は我慢しようと思ったが、これは無理だ。俺は左腕で口元を押さえたが、こみ上げてくる笑いを抑えることはできなかった。

「ぶっ。くくくっ……あははっ!!!!」

申し訳ないと思いつつ、一度笑い出したら止まらない。いつも冷静で表情筋が死んでいる冷徹公爵とのギャップが可愛くて、おかしくて。

床の上を転げまわる勢いで笑ってしまう。

「おい。生理現象だぞ。そんなに笑うなんて失礼だろう」

拗ねたようなアルの言葉に、笑うのをやめようと試みるが、そうすればそうするほど笑いがこみ上げてきてしまう。ついにはアルも笑い出して、俺たちはしばらくそうして笑い転げていた。

「はーっ。めっちゃ笑った。ごめんアル」

ようやく笑いが治まった俺は床から起き上がった。

「笑ったら腹減ったな。アルは……もちろん減ってるもんな……くっ」

「さすがに笑いすぎだろ。たしかに腹は減っているが、今日はもう水でも飲んで耐えるさ」

「何で……ってそうか。今日はシェフはもういないんだっけ」

アルは無言で頷く。

(あんなにデカい音させるぐらい腹減ってんのに。なんか可哀想だな)

そう思った瞬間、名案を思いつく。よく考える前に、口から言葉が漏れていた。

「よかったら俺が、何か作ろうか?」

「……は」

俺の提案にアルはぽかんとした表情を浮かべている。目も口もまん丸に開いた顔は年相応に見える。

「いや、だから俺がメシ作ろうかって」

「きみは料理ができるのか……?」

「まあ多少だけど。今日だってオーラさん家で手伝ってたじゃん」

「そういえば、そうだったな」

「ちょっと調理場見せてもらえたらテキトーに何か作るよ。病人だから消化がいいものがいいよな。嫌いなものとかある?」

「特にない……だが本当にいいのか?」

「もちろん! ただ俺も腹減ってるからさ。作ったら一緒に食べてもいいか?」

「ああ」

「やった! ありがとな! じゃあせっかくだからハワードさんも誘おうぜ」

俺が言うとアルは少しだけ微笑んだ、ような気がした。

2時間後、アルとハワードさん、そして俺の3人は、大きな調理場と間続きになった小さな部屋でダイニングテーブルを囲んでいた。

当初はいつもアルが使っているダイニングルームでの食事を考えていたのだが、使用人が主人のための部屋で食事をすることは許されないとハワードさんに固辞されてしまったのだ。

ならばと使用人の食堂へ押しかけたのだが、席に着くまでにひと悶着(もんちゃく)あった。料理が冷めてしまうからと、なんとかその場を収めてやっと3人が席に着いたのが今だ。

テーブルの上にはサラダの盛り合わせ、アスパラガスのリゾット、ひよこ豆のポワレが並んでいる。さすがの大公爵家、あまり馴染(なじ)みのない超高級食材だらけで戸惑いの連続だったが、俺でも扱える素材があったのでなんとか形にはなった。

アルは先ほどから黙りこくったまま料理を凝視するばかりで、一向に手をつける様子がない。

(よく考えたら、公爵に出すような料理じゃねえよな)

俺は今ごろ冷静になり、後悔し始めていた。どの料理も昼間にオーラさんと作ったものよりも、さらに自分の色が出てしまった気がする。

前世仕込みの節約料理にしか縁のないド庶民が作ったものなど、口に合うはずがないではないか。

沈黙に耐えきれなくなった俺は、妙に明るい声を出してみる。

「あ、あの……！　口に合わないかもしれないし、無理に食わなくていいからな。気ィ使ったりすんなよ？」

するとと突然、ギロリと鋭い視線で正面から睨まれた。やっぱりこんなものは食べられないとでも言われるのだろうか。テーブルの上で両手を思わずぎゅっと握りしめる。

アルは黙ったまま、意を決したような表情でフォークを手にするとサラダの盛り合わせへ手を伸ばした。

大皿には、6種類ほどのサラダが載っている。千切りにした人参のラペ、ズッキーニと庭のハーブ、いんげんとポテト、アマランサスのタブーレ、トマトとアボガド、それにきのこのマリネ。すべて違う味付けになっている。

ひとつひとつはシンプルだが、実はこういうのが一番手間がかかる。前世では日曜日に1週間分、作り置きをしていた俺の常備菜である。

ラペとタブーレ、それにマリネを取り分けたアルが静かにそれらを咀嚼する。美しい所作に見とれつつも反応に緊張してしまう。

「……どれも美味い。昼間も思ったが、きみは本当に料理が上手なんだな」

アルは皿に目を落としたまま、独り言のように呟いた。美味しいと言われて、ホッとする。

「ありがとう。でも体調悪いだろ？　無理しないでいいからな、ホントに」

「ああ、大丈夫だ」

「そうか、良かった」

それからしばらくの間、小さな部屋の中には静かだがゆったりとした時間が流れた。ハワードさんは気配をほぼ消すくらい静かに食事をしていたし、アルも時折思い出したように俺に話しかけてくる他は、無言でフォークやスプーンを動かしていた。

体調が悪いわりには旺盛な食欲で料理を平らげている姿に、嬉しくなる。

(よかった。とりあえずは喜んでもらえたみたいだな)

ようやく俺も安心して食事を楽しんでいたその時、俺は目を疑った。

「は……」

正面に座ったアルの両目から透明な雫が、いくつもいくつも零れている。嗚咽するわけでもなく、ただただ涙を流していた。

「っおい！　どうしたんだよ」

(何か、泣くほど苦手な食材でも入っていたんだろうか)

慌てる俺に、アルは静かな声で答えた。

「なぜなのか、自分でもわからない。見苦しいところを見せてしまったな。すまない……」

やっぱり体調が悪いのだろうか。どうしたらいいのだろう。

「ハワードさん、アルが――ってあれ？」

隣にいるはずのハワードさんの姿がない。

「ハワードならだいぶ前に離席したぞ」

「……全然気づかなかった」

「食べるのに集中しすぎていたんじゃないのか」

揶揄うような口調のアルを軽く睨みながら、少しホッとする。

(良かった。思ったよりは元気そうだな)

「食事もあらかた終わったし……そろそろ部屋に戻るか?」

アルは静かに頷いた。なんだかいつもより子どもっぽく見える仕草に、自然と頬が緩む。

「一人で部屋に戻れるか? 俺は皿洗いして、後は適当に帰るよ」

俺の言葉にアルは首を横に振った。

「片付けは俺がやる。それにきみのことも寮まで送る」

立ち上がったアルの目からはもう涙は引いていた。まだ潤んでいるアイスブルーの瞳はキラキラと輝いて見えて、とても綺麗だ。一瞬見惚れてしまった自分をごまかすように、俺は大きな咳払いをする。

「俺がやるって……おまえ、皿洗いなんてできんのかよ? 無理すんなって」

公爵家の令息が家事をするなんて聞いたことがない。けれどアルは流し場に立つ俺の横に立つと、洗い終えた皿を慣れた手つきで拭いていく。

「料理はできないが、これくらいは」

皿を拭くなんて誰にでもできることのように思えるが、コツがある。タオルで皿をしっかり挟むように持ち、まずは表を拭いていく。

次に皿を裏返して縁を回しながら拭き、底を拭くのだ。アルは慣れた手つきでその一連の動作を繰り返している。

「皿を拭くの、本当に上手いんだな。びっくりした」

俺の言葉に、アルはフンと鼻を鳴らす。瞳が少し得意げに光っている。

「だから言ったろう。これくらいはできると」

その様子が生意気な子どものようでなんだか可愛らしい。俺が思わず小さく笑うと、途端に不機嫌な声が飛んでくる。

「何がおかしい」

「いや。……可愛いなと思って」

「なッ！」

次の瞬間、アルの顔が林檎(りんご)のように真っ赤になる。あ、耳まで赤いなと俺は思った。いつも無表情な真顔で、冷徹公爵なんて言われている姿からは想像できない。

真っ赤になって慌てたり怒ったりするアルが面白すぎて、可愛くて。俺はこみ上げてくる笑いを堪えきれず大口をあけてしまった。


後片付けを終えた後、半ば無理矢理アルの馬車に乗せられてしまった。

「送りなんて別に良かったのに。ここから寮までなんて、歩いたって大した距離でもないだろ」

歩くのは嫌いじゃない。前世で終電を逃してしまった時は1時間以上かけて歩いて帰ることもよくあった。歩いていると、普段は気づかなかったような店や街並み、景色に気がつくことができるのが面白くて好きなのだ。

頬杖(ほおづえ)をついて外を眺めていたアルがこちらを軽く睨むと、呆(あき)れたように息を吐く。

「仮にも有力な伯爵家の令息だろう、きみは。こんな夜中に一人出歩いて何かあったらどうする」

「いやいやいや。こんな暗い中歩いてるだけじゃ、目立たないし身分なんかわからないだろ。さすがにそれは心配性すぎるんじゃ——」

「銀狼(ぎんろう)盗賊団」

俺の抗議を遮るようにアルが低い声で呟く。

その単語には聞き覚えがある。といっても知ったのはごく最近の話だ。

「最近の奴らは夜に出歩いている貴族を狙ってるんだ。ウォルシュ子爵が襲われた件、きみも知っているだろう」

「ああ」

ルイ・ウォルシュ子爵は社交界きっての遊び人だ。少し前までは夜会など夜の社交場でそれなりに付き合いがあった。

彼が夜闇に紛れて愛人の館に向かう途中、銀狼盗賊団に襲われ身(み)ぐるみ剥(は)がされた事件は貴族のゴシップを扱う新聞でも面白おかしく記事にされていたらしい。

「きみは社交界でも有名人だ。奴らが知らないはずはない。今後も気をつけた方がいい」

鋭い視線を向けられ、なんだか怒られているような気分になる。心の中では考えすぎだろと反論したい気持ちもあったが面倒なので無言で頷く。

そうしてしばらく銀狼盗賊団について話しているうちに、馬車はあっという間に寮に到着した。

けれど――。

「嘘だろ⁉ 何があったんだよ……！」

目の前に広がる衝撃的な光景に呆然とする。立ちすくむ俺たちの方へ、誰かが走り寄ってきた。

「シーマス！」

いつもきっちりと整えている髪も服も乱れ、眼鏡も斜めにずれている。彼は俺たちの前までやってくると、安心したように息を吐いた。

「良かった、まだアルと一緒だったんだな。カラムだけ行方が掴めなくて、取り残されたのかと心配していたんだ」

そう話すシーマスの背後では、必死な消火活動が続いている。この国は石造りの建造物が多いが、俺たちの寮は木造だ。

「死傷者は？」

隣で低い声がする。視線を向けると、アルが燃える寮を厳しい表情でじっと見ていた。

「ゼロだ。発火に気づいたのが早かったのが幸いした」

「わかった。となると今はまず類焼を防がないといけないな……行くぞ、シーマス」

アルとシーマスが歩き出す。俺は慌てて後をついて行った。

15

「とんでもないことになったな……」

数時間後。俺はシンプルだが品のある上質なベッドに仰向けになり、天井を見つめていた。

独り言が部屋の中に響く。窓から差し込む月の光は優しく柔らかく、突然すみかを失ってしまった俺を慰めてくれているような気がする。

寮に住んでいた職員たちはシーマスをはじめとする上官たちの邸宅で間借りすることになったが、俺はとりあえず今日のところはアルの屋敷に戻って一晩を過ごすことになったのだった。

必死の消火活動のおかげで延焼は防ぐことができたが、結局寮は全焼してしまった。大した荷物を持ってきていなかったことだけが不幸中の幸いかもしれない。

貴族の場合ある程度の財力がある者たちは皆、王都には別宅を構えているので寮に住んでいるのは平民出身の職員や、あまり豊かでない地方貴族の職員たちだった。

我がクリスティー家ももちろん王都に邸宅は持っているが、ド派手で大きな邸宅は現在、家賃収入のために貸し出しており、余っている部屋はひとつもない。

だからこそ、寮に入っていたわけなのだが。

「明日からどうするかな」

俺は大きなため息を吐いて目を閉じた。今日は本当に長い1日だった。イースト・エンドの視察に始まり、火事で終わるなんてこれから先の人生でもそうそう起こることじゃない。

さらに今回の火事は放火の疑いが濃厚らしい。シーマスの話では事件扱いで軍も出動しての捜査が行われるということだった。話の中で、何度か銀狼盗賊団という単語が聞こえていたのを思い出す。詳しくは知らないが、どうやら盗賊団が絡んでいる可能性があるらしい。

「まあしばらくはローナンのとこにでも居候させてもらえばいいか……」

ローナンなら2つ返事で承諾してくれるだろう。何より幼馴染だから気を使わなくてもいいし、彼の家の王都の邸宅には何度も遊びに行ったことがあるので慣れている。

ローナンは優しいから、困っている幼馴染を放り出すなんてことはしないはずだ。うん、大丈夫そうだな。なんとか明日からも住むところは確保できそうだ。

悩みが消えると同時に、どっと疲れが押し寄せる。興奮状態で昂っていた神経も急速に鎮まっていく気がした。

「今日はめちゃくちゃ疲れたな……」

俺は大きなあくびをひとつして、眠りに身を任せた。

翌日、俺が起きた時にはすでにアルの姿はなかった。ハワードさんは馬車を用意してくれようとしたが、断って歩いて出勤することにした。

朝の爽やかな空気の中を歩くのは気持ちがいい。歩くと血行がよくなるし、ポジティブな気持ちになれる。

出勤すると、皆が駆け寄ってきた。

「聞いたよ！　寮、火事で全焼したんだってね」

ミカの言葉に俺は頷いた。

「ああ。木造だからびっくりするぐらい綺麗に焼けたよ。でも類焼しなくて本当に良かった」

「まあね。確かに死傷者が出なくて一安心だけどさ。あの時間に出火するのは放火の可能性が高いって話だよ」

ミカの目つきがいつもより鋭くなっている。いつも穏やかなジェイドも厳しい表情をしていた。

「今回の火事、やはり銀狼盗賊団の一味が絡んでいるらしい。銀狼のアジトがイースト・エンドにあることは調べがついているから、俺たちも独自で捜査するらしい」

財政改革部なのに。俺は目を丸くした。

「マジか。かなり大事になってるんだな」

「それにしてもおまえなんで寮に住んでんだよ」

フィル先輩が不思議そうな顔をしている。

「おまえん家、王都にどデカい悪趣味な屋敷持ってんじゃん」

「そうなんですけど、じつはしばらく前から貸してるんです」

俺は皆に我が家のド派手屋敷について説明をした。もともと王都に住む予定がなかったことや維持管理費もバカにならないこともあり、部屋はすべて賃貸にして貸し出していた。

　屋敷一棟すべては借り手が見つからなかったが、一部屋ずつマンションのように貸し出したところあっという間にすべての部屋が埋まったのだ。

「ふーん。で、昨日はどこ泊まったんだよ」

「ア……公爵の家に泊めてもらったんです」

　なんとなく皆の前でアルと呼ぶのはやめてしまった。

「公爵って俺らのボスのアルテミス・ランドルフ公爵か!?　おまえよくあんなにいびられてる上司の家に泊まれんな」

　フィル先輩が感心したように呟いた。

「あ、いや……なりゆきで。昨日、一緒に視察に行ってたんすよ」

「ああ、そういえばそうだったな。じゃあ今日からはどうすんの？」

　俺が答える前にローナンが明るい声で叫んだ。

「そんなの俺の家に来ればいーじゃん！」

　ローナンは俺の肩に腕を回して抱き寄せる。さすが心の友よ。俺から頼む前に申し出てくれるなんて。

「昔はこっちの屋敷にも泊まりに来てたよな。懐かしい！　二人で一緒に夜会に出て、朝まで飲んで、帰って来て俺のベッドでよく雑魚寝してさあ」

　ローナンが懐かしそうに語る。あんな自堕落な生活は二度と送る気はないが、確かにあの時のカラムは心の底から楽しんでいた。俺はうんうんと相槌を打った。

「ありがと！　マジで助かる。じゃあ遠慮なく今日から――」

「ずいぶん騒がしいな。始業時間は過ぎているはずだが」

背後から突然、低い声で遮られた。振り向くと眉間に皺を寄せたアルが腕組みをして立っている。

アルは俺とローナンに近づいてくると、肩に回されていた腕を俺の身体から乱暴に引き剥がした。

「職場での過度な接触は禁止だと言ったはずだが。風紀が乱れる」

「はいはい、すみませーん」

ローナンは肩をすくめて俺から離れた。いつも以上に不機嫌そうなアルを前にすると、昨日二人で過ごした時間がまるで夢だったかのような気がする。

「何を話していたんだ」

厳しい光を湛えたアイスブルーの瞳が俺へと向けられる。その圧に、悪いことをしていたわけでもないのに、しどろもどろになってしまうのが我ながら情けない。

「あ、えーと…その……寮が焼けちゃったから、今日からしばらくはローナンの屋敷に置いてもらえることにな」

「ダメだ」

言い終わらないうちに低い声で告げられた。驚いて声も出ない俺たちに、アルはなぜか一瞬だけ気まずそうな表情になる。

「きみにはまだまだ覚えてもらわなければいけないことが山のようにある。いい機会だからしばらくは俺の家に住んで、終業後も財務官の仕事について学んでもらう」

早口で一気に言い終えると、アルは足早に執務室に戻っていった。

「鬼公爵の地獄の個人課外授業だな……ドンマイ」

フィル先輩が励ますように俺の背中を軽く叩く。それに続くようにミカ、ローナン、そしてジェイドまでが頭やら肩やらを叩きながら、ドンマイと口にする。

（そうだ、アルは冷徹公爵なんて異名のある厳しいクソ真面目人間なんだった。昨日はきっと体調不良で弱気になってただけなんだ……！　こっちが真の姿だろ！　あやうく騙されるところだった！）

今日から始まる地獄のような日々を考え、心の中で毒吐きながら俺はガックリと肩を落とした。

執務室に戻ってきたアルテミス・ランドルフ公爵は椅子に腰かけると、デスクに突っ伏した。

「……頼むから今は何も言うなよ」

「言わないよ。というか……何も言えないね」

シーマスが眼鏡のブリッジを押し上げながら呆れたように返事をする。

「嫌われてしまっただろうか……」

くぐもった公爵の声は、先ほどとは比較にならないほど小さく頼りない。

「怖がられたのは間違いないだろうな。冷徹公爵って言葉がぴったりの口調と態度だったぞ」

親友の言葉に公爵はぐしゃぐしゃと艶やかな金髪を掻きむしり、大きなため息を吐いた。

「あの二人が幼馴染で仲がいいのはわかってる、俺も。頭では理解しているんだが……」

二人が親し気に密着し、ローナンがカラムの肩を抱き寄せているところを見ただけで目の前が真っ赤になり、気づけば二人を引きはがしていた。驚いたようなカラムの目が頭から離れない。

今までなら我慢できていたかもしれない。けれど昨日1日で今までとは比べものにならないほどカラムとの距離が近づいた気がした。夢じゃないかと思うほど幸せだった。

けれど。だからこそ。自分以外の人間に、あのきらきら輝くような笑顔を向けることが許せなかった。自分以外が彼に触れているのを見ただけで腹の中からどす黒い感情が湧き上がってくるのを感じた。自分は彼にとって職場の上司であり、昔の級友——ただ同じクラスに在籍していただけで、特に親しくもない——であるだけなのに。

「どうしたらいいんだ、シーマス。嫌われたら生きていけない……」

蚊の鳴くような声で呟く公爵の姿は、これまでの長い付き合いの中でシーマスも初めて見る姿だった。どんな時でも顔色ひとつ変えないことから、冷徹公爵なんて言われている男とは思えない。

今の公爵は、さながら捨てられた大型犬のようだ。

シーマスはしばらくの間、落ち込む親友を見つめながら何かを考え込んでいたが、やがて公爵に声をかけた。

「アル、きみも今日は特に急ぎの仕事はなかったよな。視察に行こう。付き合ってほしい場所があるんだ」

公爵はくぐもった声で返事をすると、緩慢な仕草で立ち上がった。

16

「視察じゃなかったのか」

　視察という話だったのに、シーマスは市街を軽く歩くとすぐに一軒の小さなカフェに入った。後に続いた公爵は怪訝そうな顔をしている。

「これも立派な視察さ。この店の茶葉は国内産なんだ。最近かなり評判なんだよ」

　言いながらシーマスは公爵にメニューを渡した。しぶしぶ受け取った公爵はそこに並ぶ文字を見て軽く目を瞠る。

「こんなにたくさんの種類があるのか……。しかも、どれも美味そうだ」

　アルスター王国は紅茶の消費量が非常に多い。だが国内では良質な茶葉が育たず、茶葉の生産で有名な隣国から大量に輸入している。

　もしこの茶葉を国内で生産できたら……とこれまでたくさんの農民や商人が夢見ては失敗してきたのだ。

「だが実際に口にしてみるまではわからないな」

「確かにな。俺も実は初めてなんだ。ローナンが今、親しくしているヘリング子爵の令嬢から聞いたそうだ」

「なるほど。あの令嬢は王都の流行を取り入れることにいつも必死だ。情報の信憑性は高い」

公爵の身も蓋もない言葉にシーマスは苦笑する。そうしているうちに二人の前に紅茶が運ばれてくる。二人はさっそく香りを確かめた。

「いい香りだな」

公爵は独り言のように呟くと、カップに口をつけた。華やかな香りとまろやかな味が口の中に広がる。

「美味い。これが国産とは信じられない」

感心したような顔の公爵に、シーマスも同意した。

「ああ。本当だな。俺も驚いたよ。さすがカラムだな」

「は?」

どうしてここでカラムの名前が出てくるのだろうか。ぽかんとした表情の公爵にシーマスは笑顔で告げた。

「この紅茶を生産しているのはクリスティー伯爵の領地なんだよ」

「なん、だって……!」

「しかも主導しているのはカラムだ。これまでたくさんの貴族や商人が手を出しては失敗していたというのに、あっという間に成功してしまった。本当にすごいよ」

公爵の頭の中に自然にカラムの顔が思い浮かんだ。いったい何があったのかはわからないが、短期間で彼は本当にたくさんの偉業を成し遂げているらしい。

自分とはなんの関係もないのに、なぜか誇らしい気持ちになる。だから彼が好きなのだ、と公爵は心の中で呟いた。

「学生時代の彼のことは好きではなかったが、今のカラムは官僚としても人間としても素晴らしい。それにアル、俺はきみのことも大切に思っている」

「突然どうしたんだ」

公爵は探るような目で目の前の親友を見る。シーマスは真剣は表情で居住まいを正すと大きく息を吸った。

「俺はきみの恋を応援すると決めた」

「なっ……俺は別にきみにそんな、いや別にそんな」

先ほどまでの冷徹公爵らしい表情はすっかり消え去っている。公爵は意味不明な言葉を並べ立て、酸素を求める魚のようにパクパクと口を開閉する。

「善意からというより、あまりにもきみが見ていられないからだ。このままだとそのうち業務にも支障が出る」

「そんなことは……ない、と思う……」

「いや。あるね。絶対に。そこでだ」

シーマスは力強い光を宿した瞳で公爵を捉える。

「これは今朝報告が上がってきたんだが。新しい寮の物件が見つかった」

「そうか、それはよかった」

「ただし物件には1ヶ月後じゃないと入居できないという条件がある。だからそれまでの1ヶ月間だけは今それぞれ身を寄せている上官の家で過ごすことになるだろう……わかるよな？」

「悪いがまったくわからない」

首を傾げる公爵を前にシーマスは軽くこめかみを揉(も)んだ。

「アル……官僚としてのきみは恐ろしく頭が切れる。他省との交渉力も抜群だ。それなのに……恋愛になるときみのＩＱは格段に下がってしまう気がするんだが」

シーマスの言葉に公爵は両眉(まゆ)を下げる。

しょんぼりと垂れた耳と尻尾(しっぽ)の幻覚が見えるような気すらしてきた。

「つまり、きみは自分の屋敷にカラムが滞在する1ヶ月の間に距離を縮めて、あわよくば思いを伝えることができるということだ」

「えっ?!」

公爵の顔はおもしろいほどに一瞬で真っ赤になる。

「いやシーマス……心の準備が……」

「逆に言うがこの1ヶ月でカラムとなんの進展もなかったり告白して振られたら、きっぱり諦(あきら)めろ。前に進め」

「えっ」

公爵の顔は赤から青に変化する。

「そんな…無理だ、俺にはできない」

「アル、よく聞け」

シーマスは一度言葉を切った。

「きみのカラムへの態度は明らかにおかしい。それだけなら構わないが、正直いつ公務に支障が出てもおかしくない。原因はきみが長年にわたって拗らせてしまった片想いに他ならない」

公爵は絶句し、がっくりと項垂れる。

「……返す言葉もない」

「カラムがここで働くことになったのは神がくれたチャンスかもしれないぞ。とにかくこの1ヶ月でかたをつけろ」

「でも……」

アイスブルーの瞳にはいまだ戸惑いと混乱、そして不安の色が滲んでいる。

「イースト・エンドの住民の生活改善、銀狼盗賊団の壊滅。俺たちが命をかけて取り組むと決めたことだろう」

公爵はハッとした表情で顔を上げた。

「俺たちが何を最優先するべきか、よく考えてくれ」

「……わかった」

公爵はシーマスの目を見て頷く。

「心配をかけてすまない。この1ヶ月で絶対にけりをつける」

そう宣言した公爵の瞳には、強い意志の光が煌めいていた。

「おはようレオ！　今日は何が入ってんだ？」

俺の問いかけに、銀糸のような髪とルビーのような色をした切れ長の瞳の男が微笑む。

「おはようカラム。今日はズッキーニの花があるよ。フライにすると美味しいし、パスタにもよく合う。それにディルとバジルもいいのが入ってる」

それを聞いてテンションが上がる。

「俺、ズッキーニの花めちゃくちゃ好きなんだよ！　ズッキーニの花と……スモークサーモンがあるからな。ディルももらおうかな」

「毎朝ありがとうね、カラム」

「こちらこそ！　じゃあまた明日な」

手際よく包まれた食材を抱え、俺はレオと店の人たちに手を振る。

公爵の家に居候させてもらってからはや10日。俺は今、アルと自分の朝と晩の食事を作っているのだ。

居候生活から3日目、アルの屋敷のシェフが出勤途中で馬車に轢かれかけるという事件が起きた。不幸中の幸いで、命は取りとめたものの全治2ヶ月はかかるという大ケガを負ってしまったのだ。

それならケガが治るまでの間、新しいシェフを雇えばいい話なのだがそういうわけにはいかなかった。

ハワードさんの厳しい表情が目に浮かぶ。

「アルテミス様は、以前に何度も毒を盛られたことがあるのです」

どうやらランドルフ公爵家には複雑な事情があるらしい。

ハワードさんは多くを語らなかったが、そういうわけでシェフを雇う場合は候補者が定まっても、身元確認や人間関係を調べるだけで何ヶ月もかかるのだという。

やたら大きなこの屋敷に最低限の使用人しか置いていないのも、そういった事情が関係しているらしい。

「どうしたものか……」

独り言ち、大きなため息を吐いたハワードさんに、俺はそれならば自分が作ろうと提案したのだ。

最初は驚いて、伯爵家のご子息にそんなことはさせられないと何度も言われたし、アルにもダメだと言われた。

だが、アルもハワードさんも料理はできない。俺は毎日できるだけ美味いものが食べたい人間である。ということで約1日にわたる激論の末、1ヶ月限定シェフの座を勝ち取ったのだ。

この世界は冷蔵庫や冷凍庫は存在していないが、どういう原理か前世よりも食材が傷みにくい。肉や魚も3～4日であれば常温でもまったく問題ないことがわかった。

とはいえできるだけ新鮮な食材を使いたいので、毎朝屋敷の近くで開かれているファーマーズマーケットに足を運んでいる。野菜だけでなく果物、精肉、シーフード、乳製品などさまざまな食材を扱う店が並んでいる。

その中で知り合ったのがレオだ。『トマトストール』という名の店で、野菜やフルーツ、ハーブなどを扱っている。

背が高くすらっとしたスタイルの上に、若く整った顔立ちのレオは、マーケットでとても目立っていた。

（しかもピアスもたくさん付けてるし。最初はちょっと怖かったんだよな）

それでも興味本位で彼の店を覗いてみると、どこよりも新鮮で美味しそうな野菜たちが並んでいて、すぐにこの店を気に入ったのだ。

早朝にマーケットに来る20代の若者はそう多くない。俺たちはすぐに仲良くなり、よく会話をするようになった。

つい先日、朝ごはんを食べながらアルにこの話をしたのだが、なぜか途中から不機嫌になってしまった。

「あいつ、よくわかんねーとこあるよなあ」

同じ家に住み、一緒に食事をすることでだいぶ距離は縮まったと思う。だが性格はまだ掴めないところが多い。特に不機嫌になるタイミングが謎すぎる。

昨日は仕事終わりにローナンに誘われて、久しぶりに飲んで帰った。

ほろ酔いでご機嫌で帰宅したのだが、鬼のような形相で入口で待ち構えていたアルに激怒されてしまった。

「ちゃんとメシは作ってたし、俺に落ち度はなかったと思うんだけどなあ」

アルの地雷はよくわからないけど、とりあえず朝食はいつも以上に腕によりをかけて機嫌をとろう。そう決めて、俺は屋敷へ帰る道を急いだ。

17

「これがズッキーニの花……」

――白い皿の上に盛られたフライとパスタ、それに新鮮なハーブや葉野菜、トマトで作ったサラダを前に、アルは子どものように目をキラキラさせている。

「来年にならないと手に入らないと思ってたんだけどな。今日、レオの店に行ったらいいのが入ってたんだよ」

どうやら前世とは作物の収穫時期や旬も違うらしい。この世界は一見すると前世の世界の過去のようにも思えるのだが、暮らしてみると違いは様々なところにあった。

そんなことをぼんやり考えていると、アルの一段低い声が耳に飛び込んできた。

「レオ……この前もその男のことを話していたな、きみは」

唸(うな)るように言う様子は、ハッキリ言ってめちゃくちゃ怖い。寝起きで機嫌が悪くなりやすいのかもしれない。

「そうだけど、単に朝のマーケットで野菜売ってる店の店主ってだけだぞ」

怒られるようなことなんて何もないはずなのに、責めるような目で睨(にら)まれて思わず浮気男のような言い訳をしてしまう。

「ずいぶん、仲が良いようじゃないか。呼び捨てにして」

嫌味ったらしい台詞（せりふ）に恨めしそうな顔。何がそんなに気に入らないのだろうか。

不機嫌な上司にはゴマをするに限る。

「それより早く食べてよ。せっかくアルのために作ったんだからさ」

頑張って笑顔を作って言うと、今度は急に真っ赤になって先ほどとは違う色の視線をチラチラと俺の方に寄越す。なんなんだコイツは。本当にわけがわからない。ただ、不機嫌でなくなったことは確かだ。

「それもそうだな……いただくよ」

いつもの声音で呟（つぶや）くと、ナイフとフォークを手に取った。それを確かめるように見て、気づかれないように小さく息を吐いた。

この家に来て最初に驚いたのは、アルの普段の食事量だった。

昼は忙しいのと時間短縮のために摂らないそうで、そのかわり朝にかなりの量を食べるのだ。

（よくこんな食えるよなあ。朝から揚げ物とパスタなんて、アラサーにはきついわ……）

身体は若返ったけど気持ちはおっさんなままなので、俺はなんとも食指が動かない。それに昼も普通に食べたい。

アルの食事とは別に、簡単な朝食――パンを焼いて、ハムやベーコンエッグにサラダ――を摂ることにしているのだ。

「ご馳走様（ちそうさま）。今日も美味しかった」

俺がぼんやりしている間に、アルは綺麗にすべての皿を空にした。食事を終えて2人で立ち上がる。

「ズッキーニの花、気に入ってくれたみたいで良かったよ」

その細身の身体のどこにそんなに入るのか不思議でならない。太らない体質なんだろうか。羨ましすぎる。

「どうした」

「え？」

「……こちらをずっと見ているだろう」

「あ、ごめん！　そんなつもりなかったんだけど」

ごまかそうとする俺にアイスブルーの瞳が迫ってくる。

「じゃあどんなつもりだったんだ」

まただ。最近やけに距離が近い時がある。しかもなんとも言えない妙な雰囲気を漂わせてくるから、正直こまっている。

「いや、あの……細身なのによく食べるなあ、太らなくていいなあって思っただけ……で、す」

言いながら、どんどん近づいてくるアルと距離をとるように後ずさる。だが数歩下がっただけですぐに背中が硬い壁に当たる。

「……そうか」

アルは掠れたような声で呟くと、俺の顔の側に片手をついた。俺は恐る恐るその手に視線を投げ、その後再び正面を向いた。

（え？　これ壁ドンってやつだろ！　なんで俺いきなり上司に壁ドンされてんの!?　いや違う、これは……あれだ！）

壁ドンは少女漫画の定番らしいが、俺はそれだけでないのを知っている。少年漫画——特にヤンキー漫画では、カツアゲされているモブがよくこの体勢で脅されるのだ。

主人公が助けにきてくれるのがセオリーだが、今ここにそんなヒーローは存在しない。どこで間違ってしまったんだろうか。どうやら俺は今朝、二度目の上司の地雷を踏んでしまったらしい。

（殴られたりするんじゃないか。これ）

心なしかアルの顔が近い。俺は思わずぎゅっと両目を瞑（つぶ）った。

「カラム」

名前を呼ばれ、俺はこわごわ目を開けた。

目の前ではアイスブルーの瞳が、何か言いたげに揺れている。殴られるのかと思ったけど、どうやらそうではないらしい。

切羽詰まったような表情で、アルは再び俺の名前を呼んだ。

「何」

答えただけなのに、アルは目を見開く。しばらく無言で見つめ合っていたが、やがてアルは視線を逸らし、大きく息を吸った。

そうして再び俺の目を見据えると、思い切った様子で口を開いた。

「カラム。聞いてくれ。俺はずっと前から——」

その瞬間、ダイニングルームの扉が大きな音を立てて開いた。反射的に俺たちは扉の方に視線を向ける。次の瞬間、ドアから見知った顔が部屋の中に乱入してくる。

「おっはよー！　お二人さん！」

「カラムが作った朝食が食べられると聞いて!!」

「腹減ったぞ早くしろ」

口々に叫びながら飛び込んできたのはローナン、ミカ、そしてフィル先輩だ。

「あ？　おまえら何やってんだ？」

壁ドンされている俺と、しているアルを見比べながらフィル先輩が怪訝そうな顔をする。

アルはハッとした表情を浮かべ、慌てて手を退けた。

「えー！　なになに、喧嘩でもしてたの？」

好奇心に目を輝かせたミカも会話に参入してくる。

「いや、違うと思うけど……多分」

頭ひとつ分は身長の高いアルの顔を見上げる。アルはなぜか小さく何かを呻いて後ずさった。

「出勤の準備をしてくる。きみたちは好きにしてくれ」

アルはそれだけ言うと急ぐようにして部屋を出ていく。

「あ」

思わず呼び止めようとして、そんなことを思った自分に驚く。呼び止めて、いったい何を言うつもりなんだ俺は。

そんなことを思っている間に、アルは振り返ることなく行ってしまった。

「あいつは朝からクソ真面目だな。家でも変わらねえのか」

フィル先輩が悪態をつく。

「びっくりするほど変わらないですよ。ア……じゃなくて公爵らしいっていえばらしいですけど」

「ふーん。あんなんで休まんのかね。にしても腹減ったな。メシ」

「……っス」

(先輩、顔が死ぬほどいいから成立してるけどとんでもない亭主関白だよな)

「ねーねー早く朝ごはん作って!!」

「おまえが料理できるなんて昨日聞くまで知らなかったぞ!」

子どものように飛び跳ねるミカと騒ぐローナンを宥めてキッチンへ急いだ。

ズッキーニの花はもうないけれど、他の食材はまだまだある。アルは好きにしろって言ってたし、キッチンを使っても大丈夫だろう。さまざまな種類の小さなオープンサンドを手早く作ると、騒ぐ3人に食べさせる。

美味しい、うまいと賑やかに感想を話しながらどんどんオープンサンドを平らげていく3人を眺めながら、俺はアルが言いかけたことをぼんやり考えていた。

「で、あいつらに邪魔されて今日も言えなかったと?」

シーマスの射抜くような視線が痛い。公爵はがっくり項垂れて小さく頷いた。

「もうあと少ししかないんだぞ。モタモタしてる場合じゃない」

「そうだよな。それはわかってる。でも……」

公爵は思い切ったように顔を上げる。

「上目遣いで俺を見るカラムが可愛すぎて……気持ちを伝える前に皆の前で思いきり抱きしめてしまいそうだった……危なかったよ本当に」

その時を思い出しているのか、うっとりとした表情で空中を見ている親友をシーマスは薄気味悪そうに眺める。

「……早く決着をつけてくれよ。俺たちの目的のためにも」

その声で我に返った公爵は、今日こそはやり遂げると意気込んでみせた。


翌朝マーケットへ行く支度をしているとアルに呼び止められた。

「どうした？　何か買ってきて欲しいものでもあるとか」

「俺も行く」

俺の言葉に被せるようにしてアルが返す。

「え？」

目を丸くした俺をアルがギロリと睨んだ。

「俺が行ってはダメなのか？　何か不都合があるのか？」

「や、ない、けど……」

ないけど、せっかくの楽しい朝の一人時間を邪魔されるのは正直ちょっと嬉しくはない。今日1日で飽きてくれるといいなと思いつつ、俺たちは並んで歩き出した。

「朝早くからずいぶんとたくさんの人がいるものだな」

アルはマーケットの活気ある様子を珍しそうに眺めている。

「うん。毎日こんな感じよ。週末は家族連れなんかもいて、かなり混む」

「そうなのか。今日よりも人が多いと、小さな子どもは迷子になってしまいそうだな」

「確かにそうだな……あ！」

いきなり大声を出した俺にアルがビクリと肩を揺らす。

「どうした」

「あ、ごめん。いや、今日もだいぶ人多いしさ。アルは初めてだろ？　だから迷子になったら困るなと思って。ほら」

俺は左手を差し出した。

「……は？」

限界まで見開かれたアイスブルーの瞳が俺の左手と顔を何度も往復する。

「だから、アルはでかいし顔もいいからどこにいてもすぐ見つけられるだろうけどさ。こんだけ人多いし、はぐれたら困るから」

（嫌なんだな。まあでも、迷子にでもなられたら時間がなくなっちゃうし面倒なんだよなあ）

今日は買うものがたくさんあるのだ。

「いいから。行くぞホラ」

俺はなぜか無言でフリーズしているアルの手を掴むと、目当ての店々へと急いだ。

いくつかの店を回り、目当ての食材を買い込む。やけに大人しいのが気になったが、アルが荷物持ちとして活躍してくれるおかげでとても助かった。

「次の店で最後だ」

アルが頷く。少し歩くと、すぐにレオの店が見えてくる。

「おはようカラム」

俺の姿に気づいたレオが目を細めた。

「おはようレオ」

「今日はお友達が一緒なのかな？」

「あ、ああ。こいつは俺の友達のア……」

（やばい。本当の名前なんて言っちゃダメだろ俺！）

いくら仲良くしていると言ってもお互いに素性は知らない。ここでアルの正体を明かすのはやめた方がいいに決まってる。

「ア、アラン！　そう、アランって言うんだ。な！　アラン」

けれどアルは何も答えない。不思議に思って見上げると、彼の視線はレオにじっと注がれていた。

18

俺は掴んでいた手を放し、アルの服の裾を引いた。けれど反応はない。

(やば……俺、なんか変な地雷踏んだかな。テキトーな名前で呼んだからキレたとか?)

焦る俺にはまったく気づいてないレオが話しかけてくる。

「カラム、今日はいいハーブがたくさん入ってる。特にエンダイブとディル、あとはブラッシュって珍しいハーブもある。サラダにすると美味しいんだ」

「ブラッシュ? 聞いたことないな。気になる……」

「それならぜひ見てごらん。フィン、カラムを案内してあげて」

「ア……ランも行くか?」

いちおう呼びかけてみる。けれどアルはじっとレオの顔を見たまま、低い声でここにいると返してきた。

少し様子が気になったが、ハーブへの興味の方がもちろん勝つ。俺はフィンと呼ばれた青年に連れられて、ハーブが置いてある棚の方へ移動した。

カラムが少し離れた場所に移動したのを確認すると、公爵は目の前の男に再び視線を戻す。

「……何を企んでいる。ご丁寧に偽名まで使って」

レオは楽しそうに笑った。

「久しぶりに会えたのにそんな言い方するなよ。オマエだってあの頃とは違う名前で生きてるじゃないか」

「カラムに近づくな。指一本でも触れたら殺す」

「あの子、クリスティー家のバカ息子だよね。昔見た時とはずいぶんと印象が変わっていて、最初は誰だかわからなかったよ。オマエの影響？」

「カラムに興味を持つな」

「いつの間にそんなに仲良くなったんだよ。意外だな」

レオは赤い目を煌（きら）めかせた。

「そんなに怒んなって。まだ何もしてないだろ」

「……何かする前におまえを八つ裂きにしてやる」

「本当にオマエは冗談が通じないよね。楽しくないなあ」

すっとレオの瞳から揶揄（やゆ）の色が消える。二人の男は無言で睨（にら）み合った。

どのくらいそうしていただろうか。しばらくすると、両手いっぱいに色とりどりのハーブを抱えたカラムが戻ってくる。

「おまたせー！　ごめんア……ル、じゃなくてアラン！　面白いもんいっぱい見つけちゃって夢中になっちゃった」

元気いっぱいの声に二人の間に流れていた一触即発の空気は一瞬にして霧散する。

「わあ。今日はずいぶんたくさん買うね。ふふ。毎度ありがとうございます」

レオはきちんと訓練された営業スマイルでカラムに向き直った。

「初めて見るやつがたくさんあって、めちゃくちゃ楽しかった！　おかげて朝ごはん作る時間がやばい」

二人が何気ない会話を交わしながら代金をやり取りし、包みを受け取る様子を公爵はどこかぼんやりとした様子で眺めていた。


「うお、やべえ。ほらア……ラン！　早く帰って朝食食べて、出勤の準備しようぜ」

俺はアルの片手を掴むと、マーケットの出口へ向かって早足で歩き出した。

しばらくそのまま歩き続け、屋敷が見えてくる頃にパッと手を放す。

「ごめんなアル。いきなり名前変えて。びっくりしただろ」

「いや、いい。俺の正体を隠すようにしてくれたんだろう。礼を言う」

静かだが怒っているわけではなさそうな様子に、ホッとする。

「いいって。それより俺がいない間レオと何話してたんだ？」

アルの左肩がピクリと動いた。

「……特には。今年は豊作だとか、天気が良好だとか。そんな話だ」

「いい奴だろ、レオ。あんなにピアスとかバチバチに開けて派手なのにマーケットで野菜とか売ってるの、なんかかっこいいよな」

話を盛り上げるつもりで言ったのに、アルは低い声を出す。

「……きみはああいうのが好きなのか？」

「えぇ?! 好きって言うほどレオのこと知らないし。いやそういうんじゃなくてさ、おもしれーよなって話」

「……そうか」

「じゃあさ、アルはどんな人がタイプなんだ？」

アルは少し考え込んだあと、俺の方をじっと見る。

「料理が上手で笑顔が可愛くて頭がよくて優しい心を持った人だ」

「具体的すぎる!! でもさ、そんな子なかなかいないだろ」

あまりに具体的な条件の羅列に思わず吹き出してしまう。

「そんなこともない」

「え。いるの？」

アルはゆっくりと頷いた。

「てことは、アルは好きな子がいるってこと?!」

「そうだ」

「うわ——!! 意外!! えー!!」

貴族の中に料理のできる娘はほとんどいない。ということは、視察などで知り合った街娘なのだろうか。

「俺の知ってる人？ 知らない人？」

「さあ。どうだろうな」

なぜか少し熱を孕んだアイスブルーにじっと見つめられると、なんだか落ち着かない気分になってくる。なんなんだ、この雰囲気は。

「あ……てかだいぶ時間すぎてる！ ちゃっちゃと食べて仕事行こうぜ」

おかしな空気を断ち切るように、俺は早足に屋敷の中へと急いだ。


それから数日後。

いつものように向かい合って朝食を食べている最中に、アルが思い出したように言った。

「今日の夕食、俺の分は準備しなくて大丈夫だ」

「珍しいな。何かあるのか？」

「ああ。……どうしても出席しなければならない夜会がある」

心底嫌そうな表情だ。

「あんなもの時間と金の無駄だ」

「確かになあ。その金と時間があったら、国のためになること、もっとできるのにな」

その夜、いつもなら寝る時間になってもアルは帰ってこなかった。

「あいつも大変だな……」

朝に話をしたことを思い出しながら、俺は自分のベッドに潜り込む。悪いが寝ずに帰りを待つような関係でもないし、先に寝てしまおうと目を閉じたその時。

廊下からバタバタと乱れた大きな足音や慌ただしい物音が聞こえてきた。

(帰ってきたのか)

それにしても騒がしい。いつも規則正しい足音を響かせて帰ってくるアルとは思えない。もしかして泥酔でもしてしまったんだろうか。

心配1割、好奇心9割で部屋の扉を開けてみる。

「良かった、カラム！　起きてたか」

「シーマス!?」

アルの部屋は、俺の部屋から数えて2つほど先にある。その前でシーマスとハワードさんに、もたれかかるようにしてぐったりしたアルの姿が見えた。

ケガでもしたんだろうか。ふと銀狼盗賊団のことを思い出し、顔から血の気が引いていく。

「ケガしたのか……？　襲われたのか？」

シーマスは首を横に振る。

「ケガはしてないよ。ただ夜会でちょっと、とんでもない奴がいてね。酷い目にあったんだ」

ハワードさんが扉を開け、シーマスがアルを支えて中へ入っていく。心配になった俺も後について入ろうとしたその瞬間。

「来るな！」

急に振り返ったアルが、肩で荒い息を吐きながら鋭い叫び声を上げる。

「おいアル‼」

シーマスが慌てて声をかけたが、アルは鋭い目で俺を睨みつけると、再び厳しい声で入ってくるなと言い捨てた。

目の前で静かに扉が閉まる。俺は黙ってとぼとぼと部屋に戻るしかなかった。

「せっかく仲良くなれたと思ったんだけどな」

変なとこは多いし、地雷ポイントがいまいちよくわからないけれど毎日暮らす中で少しずつ絆(きずな)のようなものができていた気がしていた。

「俺の勘違いじゃん……ださ」

独り言は、自分で思っていたよりずっと寂しく室内に響いた。

19

しばらくベッドの縁に座ってぼんやりしていると、ふいにドアの向こうから控えめなノックが聞こえた。

扉を開けると、立っていたのは疲れ切った表情のシーマスだった。

「シーマス……？」

「こんな夜中にすまない。少しだけ話をしてもいいか？」

俺は頷（うなず）いて部屋に招き入れた。

「ちょっと待っててくれ。今、お茶を淹れるから」

「いや、気を使わないでくれ。こんな夜中に突然押しかける以上の迷惑をかけるつもりはない」

「そんな酷い顔のおまえと話すほうが気ィ使うって。ちょっと待っとけよ」

軽く睨むと、シーマスはもう一度すまないと呟（つぶや）いた。

部屋の中についてる、間続きの簡易キッチンでお茶の用意をする。夜にぴったりの心安らぐ香りのハーブティーを淹れると、シーマスに渡した。

「落ち着くな……ありがとう」

シーマスは微笑むと、ティーカップを傾ける。それからほうっと息を吐いた。

「さっきはアルがすまなかったな」

「いいって別に。俺もさ、居候させてもらってる身でちょっと踏み込みすぎたなって反省してたとこ」

「いや、そういうわけでは……」

「いいって、気使うなよ。俺もこれからもうちょい気をつけるわ」

「いやそうじゃない、違うんだカラム」

珍しくシーマスは慌てたような表情になる。

「違うって何が？」

「今日の夜会にさ、ベルモア公爵夫人が来てたんだ。お前はよく知ってるだろう」

「ベルモア公爵夫人?!」

深夜だと言うのに、驚きすぎて大声が出た。ベルモア公爵家は王家の血を引く名門貴族だ。ただ夫婦揃って好色で知られてもいる。

（実際俺も何回か誘われたんだよな……）

「アルは公爵夫人に狙われていたんだが、あの調子だろ。すげなく断り続けていたんだが……あの女、とんでもない強硬手段に出やがった」

口調が乱れたシーマスを目にするのは初めてで、思わず息を呑む。

「何かされたのか……？」

「あの女、アルにレッドカメリアを飲ませた」

「えっ！！！」

「声が大きすぎる」

「ごめ……でもこれはさすがに驚くなって方が無理だろ。あのおばさん、度胸あるなあ」

「まったくだ。だが相手はベルモア家だからな。いくらランドルフ公爵家でも正面切って抗議なんてできない」

シーマスは悔しそうに顔を歪める。レッドカメリアは少し前から貴族や夜の社会で流行している媚薬だ。

今までのどの媚薬よりも、劇的な効果をもたらすという触れ込みで、好色な人間たちはこぞって手に入れていた。

（思い出したくないけど、俺も使ったことあるんだよなあ）

甦るカラムの過去が頭の中に再生され、吐きそうになる。

レッドカメリアを飲むと、少なくとも半日は激しい性的興奮に襲われる。そういえばレッドカメリアのせいで丸3日、愛人とベッドの上で過ごしたなんて豪語していた奴もいた。

「アルは毒に敏感だが、媚薬は毒薬とはまた違う。吐き出そうとしたが無理だった」

「それは……つらいな」

「ああ。その辺の女たちに襲いかからなかっただけでもすごい理性だよ。馬車の中でもずっと苦しそうだった」

先ほどの、荒い息を吐きながら真っ赤な顔をしていたアルを思い浮かべる。

「だから、さっきあいつがカラムに来るなと言ったのはそういうわけなんだ。わかってやってくれ」

シーマスが俺の両肩に手を置いた。だが俺は首を傾げた。

「どういうわけだよ？」

「あ、いや」

シーマスはわかりやすく、しまったという表情を浮かべる。

「なあ、意味わかんないんだけど」

「悪い。俺も疲れてるみたいだ。言いたかったのは、その……あの薬のせいで気が立ってるってことだ」

「そんな作用あったかな」

もうだいぶ使っていないので、そこまで詳しくは覚えていない。だが確かに、人によって副作用の個人差も大きい薬だったはずだ。

「そろそろ帰る。明日は休みだし、おまえもゆっくりしろよ」

シーマスの疲弊しきった後ろ姿を見送った俺は、何か大事なことを忘れている気がしてベッドに座り込んだ。


驚きすぎたせいもあって、目が冴(さ)えて眠れない。

「レッドカメリアって、たしか即効性のある鎮静剤みたいなお茶があったよな」

レッドカメリアの常用者の中では知る者も少なくないが、この媚薬には、作用を鎮める効果のある飲み物があるのだ。

目を閉じて記憶の底を探る。確か意外と身近なもので作れたような……。

「そうだ！　あれだ！」

足音を立てないようにしてキッチンへ向かう。花束のようにして吊るしてあるハーブの中から、エルダーフラワーといくつかのハーブを選びとり、沸騰したお湯に放つ。そこへ蜂蜜と砂糖を加える。

「よし」

ある程度冷めるのを待って、マグカップに注ぐ。それを持ってアルの部屋を目指した。

カラムは以前に何度か大事な予定のある日にレッドカメリアを飲んでしまい、このお茶を作らせたことがあったのだ。

（過去の俺の経験がここで役にたつとはな。何事も経験と思えばまあ……）

はっきり言ってかなり複雑ではあるが、自分でもアルの役に立てることが嬉しい。

レッドカメリアの効果はかなり強いので、今もきっと相当に辛いはずだ。眠るのもまず無理だろう。

アルの部屋の前に立つと、深呼吸をする。先ほどの厳しい目と声を思い出すと、一瞬怯んだ。きっと情けない姿を部下に見せたくなかったのかもしれない。

俺は覚悟を決めて、静かに扉を押した。

薄暗い部屋の中、ベッドの方から荒い息と唸り声が聞こえてくる。ベッドの天蓋は下ろされていて、中はまったく見えない。まるでベッドの中に猛獣が潜んでいるようだ。驚かせないように気をつけて近寄り、アルに声をかけてみた。

「アル、俺だよ。カラム」

「……あ？」

普段のアルからは想像もできない荒っぽい反応に、身がすくむ。前世の俺ならまだしも、こんなに細い身体では殴られても応戦できそうにない。

(打ちどころが悪かったら、最悪死ぬかもな)

それでも苦しむ友達を目の前にして何もしないではいられない。

「俺、カラムだけど」

「来るなと、言ったはずだ」

「でも……」

「いい！　早く出ていけ!!」

大声で怒鳴られ、怯んでしまう。やっぱり本当は、思った以上に嫌われていたのかもしれない。でも、これさえ飲めば苦しまなくてすむのだ。腹に力を込め、声が震えないように努める。

「嫌だ」

返事はない。聞こえるのは獣のような息づかいだけだ。

「アル、俺の話を聞いてほしい」

「無理だ。カラム頼む……早くここから離れてくれ」

「話を聞いてくれたら戻るよ。すぐに済むから。今じゃなきゃダメなんだ。それまでは出て行かない」

「……どうしてもか？」

「うん。どうしても」

「アル！　これ、俺が……うわっ!!」

天蓋がサッと音を立てて開き、暗闇の中に白く引き締まった腕がぼうっと浮き出て見える。

だが言い終わる前に一瞬にして強い力で引っ張られ、ベッドに投げ出されてしまった。

もちろんお茶は悲しいほどにベッドにぶちまけられてしまった。

カップだけは落とさず死守できたが、ほっとしたのも束の間、素早い動きでカップが取られた。

「おい！」

アルは俺の抗議の叫びもまるで聞こえていないように見えた。俺の正面に立ち膝の姿勢で向き合うと、俺に視線を固定したまま、ティーカップを後ろに放り投げる。

遠くでカシャンとカップの割れる音がした。

「何すんだよ！　今のでカップ絶対割れただろ！」

アルは何も答えない。乱れた長めの前髪の隙間から見えるアイスブルーの瞳には獰猛な光が宿っている。

「俺は来るなと言ったよな、何度も」

してもらうために大声を出した。

「早まるなアル！　俺はおとこ――んぅっ!?」

うるさい黙れと言わんばかりに唇が塞（ふさ）がれる。今度こそはっきりとキスされていると感じた。

20

ゆっくりと唇が離れた。猛獣のように荒い息が顔にかかる。

（いやいやこれはかなりマズイだろ）

バグりそうな頭を必死に働かせて、この状況をなんとかする方法を探る。

とりあえず、これ以上唇を奪われるのは避けたい。相変わらず至近距離からの視線を痛いほど感じながら俺は少しだけ顔を横に逸らした。

「ダメだ。こっちを見ろ」

だが片手を頬に添えられ、無理やり視線を合わせられる。

「やめろよ……っ」

緊張で声が震える。アルは低い声で笑った。

「俺が怖いのか？」

「そんなことは、ないけどっ」

「けど？」

「こんなのダメだろ、間違ってる」

俺の言葉に、アルが冷ややかな笑みを浮かべる。

「ああ、そうだな。間違ってる。だから言ったんだ、来るなって。でもお前は来た。もう引き返せない」

「何言って……あ、や、んむぅっ」

反論しようと開いた口の中に、ぬるりとしたものが滑り込んできた。

（これ……舌入れてんのか?!）

口を閉じようと試みるが、頬に添えられていた方の親指が唇にひっかけられているせいで自分の意思では閉じることができない。

僅(わず)かに顔を左右に振るぐらいの抵抗では、獰猛なキスから逃げるのは不可能だ。

自分の意思とは裏腹に、俺は貪(むさぼ)るようなキスを必死で受け入れることしかできなかった。

どれくらいそうしていたのだろうか。少しずつ、俺の体にも変化が現れ始めた。

（こいつ、どれだけレッドカメリア飲まされたんだよ）

おそらくキスによって、俺にも媚薬(びやく)が少しうつったのかもしれない。身体の奥に熱が生まれ、どんどん末端で広がっていくのを感じる。

「ん、ん、だ、めっ、んっ」

砕け散りそうになる理性を必死に掻(か)き集(あつ)めて抵抗する。だが口では何を言っても、身体快感を拾うだけだ。

上あごや歯茎、舌の裏まで余すところなく舐(な)められ頭がぼうっとして何も考えられなくなっていく。

ようやく解放された時には、お互いが肩で息をしていた。

アルはゆっくり顔を離すと、上体を起こす。今度は何をする気なのかと目線で追うと、彼の指先が俺の寝巻きの腰紐を捉えた。

「あ！　それだけは……っ！」

思わず声を上げたが、アルはチラリとこちらへ視線を投げただけだった。

シュルっと音を立てて絹の紐が解かれる。薄いガウンのような作りになっている寝巻きは頼りなくはだけてしまう。

アルは両手で寝巻きを左右に引っ張ると、胸元があっという間に露わになった。

「ちょっ……！　なにすっ」

慌てて隠そうと伸ばした手は、頭の上でひとつにまとめられてしまう。解いた腰紐で、俺の両手首をあっという間に縛る。どういう縛り方をしているのか、痛くはないのにほとんど動かすことができない。

「おい、これ以上はさすがにシャレにならないって！　なあ聞いてんのか！」

俺の言葉など聞こえていないかのように、アルは再び上体を倒して覆い被さってきた。

「ちょっ、聞いてんのかよ、おい！」

「大丈夫だ」

いったい何が大丈夫だというのか。アルは微笑を浮かべて俺の頬をひと撫でずると、素早い動作で右胸の先端に舌を這わせた。

「ひゃ、ま、ア……ッ!!」

快感が全身を巡り、背中が反る。そのせいで、アルに向かって胸を突き出してしまう格好になってしまう。

「もっと欲しいのか？　……カラム、可愛い……」

アルはうっとりした様子で囁く。その瞳は、どろりと熔けた情欲を湛えていた。

「や、ちがっ！　おいアル、ほんとにっ！」

俺の叫びを無視して、今度は左の先端を口に含む。飴玉を転がすようにして舐められると、全身の力が抜けて抵抗できなくなってしまう。

先に舐められた右胸は、唾液に濡れててらてらといやらしく艶めいている。そこへ白く長い指が淫靡な悪戯を始めた。

やがてアルは左の先端を軽く噛み、そして強く吸い上げた。右はその間もずっと、指先で刺激され続けている。

「あ、う、あ……ッア、ん、」

気持ちよくて、腰が揺れる。これはダメだ。気持ちいい。気持ち良すぎてすべての思考がふっとんでしまう。

「カラム、気持ちいいか……？」

「……っ、うんっ」

必死で答えたのと同時に、再び唇を奪われる。

「あ、う、あ……ッア、ん、」

「カラム……カラムッ！　可愛い……好きだ……」

深く激しいキスの合間に切羽詰まったような掠れ声で、愛を囁かれる。きっとこれもあの薬のせいなんだろう。その間も両胸は指先に激しく責められ続けていた。

「ひぁっ、アッ！　やっ、うぁ、あ、んぁっ！」

「カラム、カラム……ッ」

アルはバカになったみたいに俺の名前を呼び続ける。俺はアルから与えられる快感と刺激に啼き声をあげることしかできなかった。


目を開けると、視界いっぱいに金色が広がる。それがアルの髪の毛だというのを認識するのに、たっぷり5分はかかってしまった。

朦朧とする意識を半ば無理やり覚醒させると、昨晩のとんでもない記憶が蘇ってくる。

（いやいやこれは本当にやばすぎるだろ……）

恐る恐る隣に目を向けると、人形のように美しい寝顔が飛び込んできた。

とても控えめだが規則的な寝息が聞こえる。アルはまだ熟睡しているようだ。

俺は息を止めてできるだけ静かにベッドから降りる。そして一歩一歩、慎重に慎重に進むと扉の前まで辿り着いた。

音を立てないよう、細心の注意を払って扉を開けて、部屋の外に出る。少し耳を澄ましてみてもアルが起きた気配はない。

(良かった……!!)

ほっと息を吐くと、一目散に部屋へ戻った。そのままベッドに潜り込む。

(安心したらまた眠くなってきたな)

昨晩のことは夢だったんじゃないか。いや、夢であってほしい。むしろまだ夢の中で、俺はこれから起きるところなんだ。うん、そうに違いない。

そんな風に強く願いながら、俺は再び重くなった瞼(まぶた)をゆっくりと閉じた。

次に目を覚ました頃には、もうすっかり日が高くなっていた。

「やべ!! 遅刻!!」

飛び跳ねるようにして起き上がってから、今日は公休日だったことを思い出す。

ほっとしたのも束の間、ふと下を向くと胸元に散った紅い華が目に入った。

「嘘だろ……夢じゃなかったのかよ……」

最悪だ。どんな顔でアルに会えるというのか。動揺と衝撃と緊張で、いやに喉(のど)が渇く。とりあえず水でも飲もうとサイドボードの水差しに手を伸ばしたその時。

「なんだこれ」

水差しのすぐ脇に、綺麗(きれい)に折り畳まれた青い紙が置いてあった。

開いてみると、美しい文字で『今夜、きみに話がある』と書いてある。

この筆跡は間違いなくアルのものだ。

（どうしよう……絶対やばいやつだ）

俺は頭を抱えた。

来るなと言われたのを無視して乗り込んで、挙げ句にあんなことになるなんて……。最後まで至らずに、どちらからともなく意識を失ってしまったようだったが、あれだけキスや激しい愛撫（あいぶ）を受けておいて、何もなかったような顔はできない。

（来るなって言われたのに部屋に入った俺が悪い……きっと激怒してるんだろうなあ）

出ていけと言われるかもしれない。いや、それならまだマシな方だ。せっかく入ったこの職場にも、もういられなくなるかもしれない。

「ダメだ。散歩でもしてこよ……」

一人ベッドで蹲（うずくま）っていてもなんの解決にもならない。気持ちが落ち込むばかりだ。

俺は気合いを入れるために両手で顔をピシャンと叩（たた）いて、出かける準備を始めた。

21

陽の光を浴びるとセロトニンが増えると聞いたことがある。屋敷を出たものの、目的地があるわけでもない。

(とりあえずこの辺、散歩でもするか)

確かもう少し歩くと、湖のある大きな公園があったはずだ。

公園の湖の周りにはたくさんの人がいて、思いおもいに過ごしている。その様子は、さながら『グランド・ジャット島の日曜日の午後』のようだ。

運良く空いていたベンチに腰掛け、日の光を受けてキラキラと輝く湖面をぼんやりと眺めた。こうしていると、昨晩の出来事はやっぱり夢だったんじゃないかという気がしてくる。

「はぁ――。まじで気まずい。帰りたくねえなあ」

「何かあったの?」

「いやそれがさぁ……え?! は?!」

驚いて顔を上げると、楽しげなルビーの瞳が俺を見下ろしていた。

「レオ?! びっくりさせんなよ」

「ごめんごめん。そこ座ってもいいかな」

白く長い指先が俺の隣のスペースを指し示す。

「もちろん！」

レオはありがとう、とにっこり微笑むと優雅な仕草で隣に腰を下ろした。いつもは白いコットンのシャツにグリーンのエプロン姿だから、あまり気が付かなかったが、こうしてみるとまるで貴族の息子のような品がある。

その証拠に、周囲を歩く女性たちもチラチラとレオの方を見ている気がする。

（クソ……イケメンはいいよな）

そんなことを思いながら見惚（みと）れていると、レオが話しかけてきた。

「それにしてもすごい人だね。公園がこんなに混むなんて知らなかった」

「俺も。でも賑（にぎ）やかでいいな。朝のマーケットみてえ」

「たしかに。そういえば今日は珍しくマーケットに来なかったね」

「あー……」

途端に昨晩のことが頭の中に浮かび上がってくる。顔が勝手に熱くなっていく。

「や、ちょっと。まあ、色々あって。それに今日、公休日だからゆっくりしてたんだよ」

「そっか」

明らかに挙動不審な俺を気にする風でもなく、レオは湖の方へ視線を向ける。湖面にはたくさんのボートが浮かび、付近の芝生はたくさんの人たちが思いおもいの姿勢で芝生に寝転がったり敷物を敷いてランチを楽しんだりしていた。

（俺と違ってみんな平和だな……いいなあ……）

ぼんやりとそんなことを考えていたその時。

「一緒に来てたお友達は、元気？」

「え？」

思わずレオの方を振り返る。

「ほら、昨日一緒に来てた友達だよ。背が高くて金髪の」

「アル……じゃない、アランな！」

「そう。その彼。もしかして、友達じゃなくてカラムの恋人？」

「はぁ?!」

驚きすぎて大声が出た。近くにいた人々がぎょっとしたような顔で視線をよこす。レオもおかしそうな顔で俺を見た。

「あはは。声でっか」

「ごめん！　でもレオが変なこと言うからだろ」

「だってあんな朝早くから一緒にいるなんてかなり親密だろ？　それに手も繋いでたね」

さすが客商売。よく見ている。だが大変な誤解をされていることは確かだ。

（だけど昨日は恋人同士がするようなこと、しちゃったんだよなあ）

昨夜のことを思い出さないように、頭を振って記憶を打ち消した。

「はァ？　なわけねーだろ。俺今、アランの家に居候させてもらってんだよ。家ってか住んでたとこがちょっと前に火事になってさ。１ヶ月ぐらいで新しい家に引っ越せるんだけどね」

「へぇ。一緒に住んでるんだ」

レオが少しだけ驚いたような声を出す。

「変な言い方すんなよ。居候だって。メシもちゃんと作ってるんだぜ」

「ああ……だから買い物に来てたんだ」

「そうそう。レオの店は野菜もハーブも新鮮で助かる」

「ありがとうカラム。きみ、本当に変わったよね。別人みたいだ……アイツが気にいるわけだね」

「え？」

どういうことだろう。レオの言葉に違和感を感じ、頭の中で繰り返してみる。

本当に変わった？　別人？　それにアイツって……。

「レオ？」

気がつくと隣にいたはずの彼の姿が消えている。

「あれ？　なんだよ…いきなり帰って……」

次の瞬間、トン、首の後ろを軽く叩かれた、ような気がした。そう思ったと同時に、俺の意識は途絶えた。

22

意識を取り戻した俺の視界は真っ暗だった。というより、何かで強く覆われているせいで目を開けることができなかったのだ。

（どうなってんだ……!?）

口は自由に動かせたが、動物的な勘で声を出さない方がいい気がする。手を動かそうとして身体の自由が奪われていることにも気がついた。

途端にドクドクと心臓が胸を打つ。パニックになりそうな感情を抑えるため、俺は何度も深呼吸をする。

視界を奪われた中でも確認できたのは、どうやら椅子に座ったまま縛られているということ。両手は椅子のひじ掛けに固定され、脚も同じように左右の椅子の脚に縛りつけられている。着衣の乱れはないようだ。靴も履いたままだ。

気配を探るが、同じ空間に他人の息遣いや気配は一切ない。これで逃げ出すにはよほどの怪力か、魔法でも使えないとほとんど不可能だろう。そんなわけで俺は自力では逃げられないと踏まれ、どこかの部屋に放置されているのだろう。

身ぐるみ剥がされたわけではないことに、少しだけ安心する。金はほとんど持っていなかったが、ポケットに突っ込んできた銀貨や銅貨はそのままそこにあるようだった。

目的はわからないが、おそらくこれは誘拐に近いものだろう。

（でも誰が、なんのために……）

最近はめっきり大人しくなったとはいえ、クリスティー伯爵家はド派手なことで有名だ。その息子を誘拐して身代金でも要求しようというのだろうか。

おそらく両親は払ってくれるだろう。でもせっかく皆で稼いだ金が、こんなクソみたいなことで奪われるなんて我慢ならない。

（こりゃ自力で脱出する方法、考えるしかねーな。失敗したら、最悪死ぬけど）

まあその時はその時だ。一度死んでいるせいか、変な度胸がついた気がする。

ひとまず立ち上がれるかどうか、試してみることにする。身体を前方に倒して、椅子の脚を浮かせてみようと試みる。だが椅子は想像以上に重く、持ちあがらない。

安物の椅子は軽く持ちあがるのだが、この椅子はおそらく高級な木材で丁寧に作ってあるのだろう。その証拠に、縛り付けられている手足に椅子は妙にフィットして、大して痛みはない。

（クソ、無駄に高い椅子をこんなことに使ってんじゃねーよ）

別に自分のものではないが、腹立たしい。この椅子一脚で、庶民の何日分の食費になるかわかってんのかこの野郎。

怒りの方向がずれ始めた時、キィと控えめな音を立ててドアが開いた……ように感じた。

コツコツと一人分の足音が響き、俺の近くで停止した。

（やべ……いきなり殴られるとか刺されるとか、そういう展開かこれ!?）

死を覚悟しているはずなのに、いざ目の前に危機が迫ると身体から冷や汗が噴き出る。

だが手足の自由も視界も奪われた俺は、どうすることもできない。とりあえず俯いて脱力し、敵意の無いことを示してみる。

足音の主はどうやら椅子か何かに腰を下ろしたようだ。次はどんな動きに出るのか。相手の気配を感じ取ろうと、全神経を集中させたその時。

「起きてるよね？　カラム」

俺は勢いよく顔を上げた。

「その声……もしかしてレオ？」

「そう。さっきぶりだね。よく寝られたかな」

状況にそぐわない明るく弾んだような声。それが逆に恐ろしい。油断してはいけない。俺は警戒を表面に出さないように、極力落ち着いた様子を見せることに注力する。

「おかげさまで。で、なんでこんなことになってんの？　とりあえず目隠しだけでも取ってくれないか？」

すぐに目隠しが外された。厚手のカーテンはきっちりと閉じられて外の光は入ってこない。部屋の中は仄暗く、簡素なランプの炎がぼんやりと周囲を照らしている。

おかげで目隠しを外しても眩しさで目がやられることもない。真正面の椅子に腰掛け、長い脚を組んだレオがじっと俺を眺めていた。

「意外と落ち着いてるね。もっと騒ぐかと思った。ちょっとつまんない」

「おまえなあ……さすがにじゅうぶん焦ったっつの。おおかた金目的の誘拐ってとこか。俺のこと知ってたから攫ったんだろ」

「半分当たりで半分外れ。きみのことは知ってる。カラム・クリスティー。クリスティー伯爵の次男。放蕩息子で有名だね。ここ最近はすごく大人しくなったみたいだけど」

「本当によく知ってんだな」

俺は素直に驚いた。一般庶民なら俺の顔を知っているはずがない。レオはいったい何者なんだろうか。

「最初にマーケットで話した時は、きみだって気が付かなかったよ。髪と目の色、今の色じゃなかったよね？　今は染めてるの？」

「いや、こっちが本当の色。金髪に染めんのも目の色変えるのも、やたら高いし面倒だしで時間と金の無駄だなと思って。やめた」

俺の言葉にレオは切れ長の目を限界まで見開き、それから声を上げて笑った。

「おい。さすがに笑いすぎ」

「ごめんごめん。きみがそんなこと言うと思わなかったからさ。ちょっとびっくりしちゃった。ほんとに前とは別人みたいだ」

「俺たち前にどこかで会ったことあったか？」

「さぁ。どうだろうね」

レオは隙のない微笑みではぐらかす。

「今のきみは本当に面白い。アイツが気に入るのもわかる気がするよ」

「あいつ？」

さっきから何かひっかかる。

俺の問いには答えず、レオは立ち上がると俺のすぐ隣に移動してくる。

「何」

じろじろと眺められて居心地が悪い。

「気に入っちゃった」

「はァ？」

「最初は別人みたいな見た目も行動も、ワガママお坊ちゃんの気まぐれかと思ってたんだ。でも違う。きみはまるで別人みたいに変わったんだって確信したよ」

（やべ……もしかして前のカラムじゃないことに気づいてんのか？）

心臓がドクリと嫌な音を立てる中、レオの手が俺の方に向かって伸びてきた。

「なんだよ?!」

反射的に少しのけ反ると、不満げに唇を尖らせる。

「ちょっと。なんで逃げんの」

「逃げるだろそりゃ。手足縛られて身動き取れねーんだよこっちは。状況次第じゃ一発でやられるかもしれないいんだぞ」

「ええー。俺、そんなことしないよ？　気に入ったって言ったでしょ」

レオはそう言って再び手を伸ばしてくる。首を後ろに引いて逃げようと試みたが、すぐに限界がくる。手はすぐに俺に追いつくと頬に触れた。

白く長い指に大きな手のひら。見た目は綺麗なのに指の腹は硬いし、全体的にゴツゴツしている。働き者の手だ。アルの滑らかで柔らかな指先とは全然違うと思った。

その途端、脳内に昨日の記憶が映し出される。俺の身体に触れる熱い手と唇。決して望んだ行為ではなかったはずなのに、最後には快感に溺れていた。身体の芯が熱くなってくる。

(こんな時に何を思い出してんだよアホか！)

俺はこんなに頭が悪かっただろうか。いやそんなはずはない。自問自答して自分の世界に没入していたが、レオの声で我に返った。

「恥ずかしいの？　赤くなってるよ」

ふふ、と楽しげに笑うとレオの指先がくすぐるような動きで頬や顎などに触れてくる。

「なってねーよ。それにこの状況で恥ずかしいとかないだろ。警戒心マックスだよ」

「ふーん」

探るような視線が俺に注がれた。俺はそれを跳ね返すように紅の瞳を睨んだ。しばらく無言で対峙する。緊張感で喉がヒリヒリする。やがて、その空気を甘い声と笑顔でレオが壊した。

「じゃあもっとすごいことしたら、恥ずかしくなるかな」

何を考えてるんだ、コイツは。俺は胸の内の動揺を悟られないようにして、注意深くできる限り平坦(へいたん)な声を出した。

「ならねーよ」

「どうかなあ。そんなの、やってみなきゃわかんないじゃん」

「は――」

次の瞬間、俺の顔周りで遊んでいた手が首の後ろに回された。考える間もなく、唇を奪われる。

ちゅっと軽い音を立てて、それはすぐに離れていく。

「は……はぁ!?　おいおいおい何してんのレオ?!?!」

「あはは。声でかい」

明らかに俺の反応を見て楽しんでいる。クソガキが。怒りが腹で燃え上がる。俺の見た目は20代前半だけど頭脳はアラサーなんだよ。大人なめんな。

俺は大きく息を吸い込むと、少し顎を上げてバカにしたように笑ってやった。

「こんなガキみたいなキスで照れるなんてありえない。俺のこと誰だと思ってんの？」

効果はあったようで、レオの片眉(まゆ)が吊(つ)り上がった。

(勝った！　今のは効いたな)

クソガキを黙らせることができてちょっと嬉(うれ)しい。俺だってやればできるんだよ。誰にともなく心の中で勝利宣言した瞬間。

大きな手がシャツの襟元を左右に力任せに開き、あまりの力にボタンが弾け飛んだ。

「このシャツ安くないんだぞ！　弁償しろよマジでっ!!」

「うわ、すごいねこれ」

俺の叫びを無視して、レオははだけた胸元を凝視している。あまりにじっと見つめられて、気まずくて仕方ない。

「おい何そんなに――」

レオの視線を追った瞬間、俺は激しく後悔した。そこにはたくさんの鬱血痕（うっけつこん）――いわゆるキスマーク――が散らばっていた。

（やべ、すっかり忘れてた……）

「大人しくなったと思ってたけど、相変わらず遊んでるんだ」

「いや、違っ！　これはちょっと事故みたいなもんでッ！」

レオが愉快そうに白い歯を見せる。

「なーに浮気の言い訳みたいなこと言ってんの」

確かに浮気の言い訳みたいに聞こえなくもない。口を噤（つぐ）むと探るような視線を向けられた。

「ねえ。それ付けたの、もしかしてあのお友達だったりする？」

「なんでそれ……じゃなくてッ！　なわけないだろ！　男同士だぞ‼」

気づけば力任せに叫んでいた。

「カラムさあ。嘘つくの下手すぎるでしょ」

「嘘なんかついてねえッ！」

喚（わめ）く俺を無視して、レオは俺に近づいてくる。次の瞬間、はだけた首元にぬるりとした感触があった。

「……は」

目線を下げるが、銀色の髪が広がるだけでレオの顔は見えない。首から鎖骨にかけてをぬるりとしたものが上下に何往復もする。

あまりの衝撃に、舌で舐められているとわかるまでに時間を要した。

「何してんのおまえ！　やめろってまじで！」

いつの間にか首の後ろと後頭部に回った手は頭を振ることすら許さない。

「いっ……!!」

突然、鎖骨あたりを甘噛みされたと思ったら、チリッと痛みが走る。何度も何度も、さまざまな場所に痛みが走る。

「痛え!!　やめろ!!」

吠える俺を宥めるように優しくひと舐めすると、再び痛みが走る。昨日も同じことをアルにされた。あの時とは違う、ひたすらに痛みと恐怖しか感じない。

「ちょっ、レオ！　やめろってほんとに……ぅぐっ」

「あ。声変わってきた。気持ちよくなっちゃった？」

レオは一瞬だけど顔を上げ、嬉しそうに笑った。そして再び俺の首元に顔を埋めた。

「ちがっ…ほんとに痛ぇんだって！　やめ、ろ……っくそ！」

何がしたいんだかわからんが、このまま噛み殺されたりしないよな。喉仏を舐められた時、頭の中に警戒のアラームが鳴り響いた。

（喉仏ってたしか急所のひとつだよな。やっぱりこのまま殺される……?!）

頭の中に、首を噛み千切られて失血死する自分の姿が浮かぶ。

そんな訳のわからない死に方は絶対にしたくない。そう思って身を固くした瞬間。突如、痛みから解放された。レオが俺から身体を離したからだ。彼の視線は入口のドアの方へ向けられている。

「へえ。思ったよりだいぶ早かったな」

レオは楽しげに呟（つぶや）くと、素早い動作で俺のシャツをさらに下まで引き裂いて、再び目隠しで俺の視界を奪った。

23

数分もしないうちに、突然周りが騒がしくなる。たくさんの怒号や剣のぶつかる音、そしてこちらに向かって近づいてくる大きな足音。

「カラムっ!!」

聞き覚えのある声が響くのと同時にバタンと大きな音を立てて、何かが倒れた。

「アル?!」

「やぁ。よく来たね。久しぶり……でもないか」

「カラムに何をした」

レオの歌うような声に被せてアルが唸(うな)るように問いただす。

「そんな怒るなよ。ちょっと悪戯しただけなんだからさ」

目を隠していても自分に強い視線が注がれているのがわかる。部屋中に漂う緊張感に喉がひりつく。

「殺す」

地を這(は)うような低い声に思わず身震いしてしまう。待ってくれ、殺すって俺のことじゃないよな。

気絶しそうなほどの殺気もレオはまったく意に介した様子はない。

「あはは。いいね、その目。昔のオマエを思い出すよ。そんなにカラムが大事？」

「貴様に話す義理はない。それに気安く名前を呼ぶな。汚れる」

「わあ。バイ菌扱いじゃん俺。ひどいなあ。大丈夫大丈夫。大したことはしてないから。そういえば俺の手下たちは？　殺した？」

「気絶させただけだ。それより」

アルはそこで気持ちを落ち着けるように大きく息を吸った。

「銀狼盗賊団の首領は貴様だったんだな」

(この文脈だとレオがってことだよな)

驚いて息を呑む。

「さすがだね。やっぱりオマエは敵に回したくないなあ」

「……キース。答えろ。なぜこんなことをしている」

「その名前はもう捨てたよ。今の俺は銀狼盗賊団の首領なんだ」

「キース！」

「呼ぶな、と言ったはずだ」

レオが鋭く遮った。

「オマエだってあの頃の名前は捨てたんだろう？」

アルは返事をしない。

「……キースもルイももういないんだよ」

ポツリと呟いたレオの声は、ひどく寂しそうだった。だがそれもほんの一瞬で、いつもの調子で言葉を続ける。

「話したいことはたくさんあるけど、今日はこれくらいにしておくよ。オマエの弱点も見つかったしな」

次の瞬間、何かが壊れるような大きな音がして冷たい空気が一気に流れ込んでくる。ひときわ大きな物音がしたかと思うと、あたりは急に静かになった。

（いったい何が起きたんだ……？）

前世で褒められていた情報処理能力の高さはどこへ行ってしまったんだろう。己のポンコツぶりに情けない気持ちになる。

「……カラム」

「アル?! アルだよな?! 悪い、迷惑かけ……」

言い終わる前に椅子ごと強く抱きしめられた。

「カラム、カラム、カラム、カラム……ッ」

返事をしようにも、息もできないほど強く強く抱きしめられて声を出すことができない。

（これ俺、窒息死するんじゃ……）

やっと助かったと思ったのも束の間、またしても命の危機に晒されてしまった。

「カラムっ、カラムっ、カラム……！」

アルは悲鳴に近い声で俺の名前をひたすら繰り返して呼び続ける。

「……うっ、あ、る……くる、し……」

抱きしめている腕にはどんどん力がこもる。俺が全力を出しても全身が少し固くなるだけで、身じろぎひとつ許されない。なんとか声を絞り出したが、名前を呼んだだけで俺は力尽きてしまった。

（やばい、まじで苦しい……そしてせめて目隠しは取ってくれよな……）

その間もアルの腕がどんどん俺を締め付けてくる。息が苦しい。

（蛇に巻きつかれて死ぬってこんな感じなのかな……てか俺、抱きしめられて死ぬのか。何これ。抱擁死？　かっこわり……）

もう限界だった。遠くの方で焦ったように名前を呼ぶ声が聞こえた気がする。そんなことを思いながら、俺の意識はブラックアウトした。

「あれ……」

心地よい温かさで目が覚めた。ぼんやりとした意識が少しずつ覚醒していく。

もう手足は縛られていない。いないのだが、しっかりと抱きしめられていて、またしても身動きが取れない。

抱きしめている人物の胸板に置いていた手に力を込めて、身体を離そうと試みる。

だがそれは許されなかった。背中と腰に回されていた腕に力が籠る。

「……起きたのか？」

低く掠れたアルの声。俺は目線だけ上げる。

「起きた……だからちょっと離してくれ」

「嫌だ」

ピシャリと言われる。だがその声にはいつものような厳しさや威厳はない。年相応の青年の、拗ねたような声だった。

「ならちょっとだけ力、緩めてくれよ。さっきも本気で窒息するかと思ったんだぞ」

「悪かった」

密着していた身体に少し隙間ができた。俺は何度も大きく深呼吸をしてみる。

「なあ。手足も思いっきり伸ばしたいんだけど」

「……今はまだダメだ。もう少ししたら離す」

渋々と言った調子で返事が返ってくる。

(なんだ？　やけに子どもっぽいな)

俺は身体を上にずり上げて、目線を合わせてみた。

拗ねた子どものようなアイスブルーの瞳が俺をじっと見る。

思わず頬に手を伸ばすと、自分からすり寄せてくる。なんだか大きな犬みたいで可愛い。自然と笑みが溢れてしまう。

「なぜ笑うんだ」

バカにされたと思ったのか、アルが口を尖らせる。

「拗ねんなって。可愛いなって思ったんだよ」

「可愛い？　誰が」

「アルが」

「そうか。……これでも可愛いと？」

アルは俺の前髪をかき分けると、そっとキスを落とした。

「んなっ！」

あっという間に顔に熱が集中していく。アルは満足気な表情で俺の頬をひと撫でると嬉しそうに笑った。

「真っ赤だ。可愛い」

「おっ、俺の方が年上なんだぞ！」

「関係ない。年上だって可愛いものは可愛い」

「……くそっ」

気づけばやたらと甘い空気が部屋の中に充満している。どうしたらいいのかわからなくなって、俺は顔を伏せた。

「カラム」

上から優しい声が降ってくる。

「何」

「こっち見て」

「やだ」

「お願いだ」

言いながらアルの右手が頬を撫でる。仕方なく少しだけ顔を上に向ける。アルが笑った。

「ありがとう」

それからすぐに真剣な表情になる。

「昨晩は本当にごめん。あんなことしてしまって……謝ったところで許されないこともわかってる。それでも今夜、きみに謝ろうと思っていたんだ」

「そんな、いいのに」

だってあれは事故のようなものだ。薬は盛られたものだし、あんなことになった原因は間違いなく俺にある。アルが悪いところなんて、ひとつもない。

俺の言葉にアルは少しだけ目を見開いた。

「カラムは優しいな……どこまでも」

「そんなことないけど、昨日のは俺のせいだろ」

アルは力なく首を横に振る。

「全部、俺のせいだ。あの男のこともそうだ。きみがあいつに攫(さら)われたと知って、息が止まるかと思った。部屋できみのあんな姿を見て、本気であいつを殺したいと思った。きみが俺の前からいなくなることも、誰かのものになることも、考えただけで頭がおかしくなりそうなんだ」

そこでアルはいったん言葉を切った。

胸が上下するほど大きく息を吸い込む。頬に触れている手が震えている。

「俺はきみのことが好きだ。ずっと前から」

24

突然の告白に、頭の中が真っ白になった。ちょっと待ってくれ。誰が誰を好きだって？

「は……え……？」

脳の処理が追いつかない。待て待て。今、なんて言った？

「好きだ、カラム」

「あ、の……その好きってのは、その」

「叶(かな)うのなら、俺の恋人になってほしいという意味の好きだ」

「え…ええええ！！！！！」

あまりの驚きに絶叫が部屋の中に響き渡る。心臓が、痛いほどに早鐘を打つ。

「あ、でも……昨日は俺に来るなって怒ったよな？」

もしかして揶揄(からか)われてるんだろうか。まだその可能性も捨てきれない。

「それは……薬のせいで理性を抑えきれなくなるのが怖かったからだ。きみを目の前にしたら無茶苦茶にしてしまうと思って……だが、結局は理性を抑えきれなかった。怖い思いをしただろう。本当にごめん」

アルは頭を下げる。しょぼくれた大型犬のような彼を見ていると、励ましたくなってしまう。

「いや、あれは俺の自業自得。来るなって言われてんのに無理に部屋に入ったんだから」

「でも……」

「でもじゃない。それに怒ってねーよ。びっくりはしたけど」

「カラムはどうして部屋に来てくれたんだ？」

「実はあの薬に効く鎮静効果のあるお茶があるんだよ。俺はそのレシピを知ってるから、飲ませようと思って」

お茶はシーツにぶちまけられてしまったわけだが。

「俺のために、作ってくれたのか」

「え？　ああ、うん」

次の瞬間、ふわりと抱き寄せられた。

「ありがとう。すごく嬉しい」

「そ、そうか。そりゃよかった……」

こいつ、こんなに素直だったか？　なんだか調子が狂う。

「ところでカラムは俺のこと、どう思ってる」

何かを強く願うような切なさの籠った眼差しで見つめられると、心がそわそわして落ち着かなくなってしまう。

「俺、は」

自分の気持ちを整理しながら、ゆっくりと言葉を探す。

「まだすげー混乱してる。アルのことは好きだよ。だけどその気持ちがアルと同じ意味なのかとかは、正直まだわからない。けど……もうちょっと時間をかけて、自分の気持ちと向き合っていきたいって思ってる」

アルの顔がパッと明るくなる。

「本当に？」

「お、おう」

「じゃあまだカラムのことを好きでいてもいいだろうか。もし許してくれるなら、カラムが俺のところに来てくれるように頑張りたいとも思っている」

「それ、は……」

アルの願いを拒否をするという選択肢はなかった。俺は言葉のかわりに首を縦に振る。

「ありがとう。やっぱりカラムは優しいな。昔からずっと」

アルは花のように笑った。回されている腕に少しだけ力が籠る。けれど次の瞬間、ハッとしたような顔になる。

「ごめん、俺……まだ恋人になれたわけでもないのにこんな……嫌だったら離れるか――」

「い、嫌じゃない!!」

反射的に大きな声が出て自分でも驚く。

(何言ってんだ俺は)

アルは少しだけ驚いたような表情を浮かべた後、蕩(とろ)けるような甘い瞳を向けてきた。

「じゃあこれからも、こういうことは……しても、いいということだろうか」

いやダメだろ。付き合ってもないのに。取り消せ俺。そう思うのに、俺の身体は勝手に動き、またしても首を縦に振る。アルの瞳いっぱいに歓喜の色が広がっていく。

「夢みたいだ……もちろん昨晩のように無理矢理に触れることは絶対にしない。事前に許可を得る。気持ちが通じ合うまでは、抱きしめる以上のことはしない」

「わ、わかった」

「……早速だが、今きみをもう少し強く抱きしめても？」

「あ、はい……どうぞ」

アルは小さくありがとう、と呟（つぶや）くと優しい力で俺の腰を抱き寄せて再び隙間なく身体を密着させた。

アルは上半身に何も身に着けていないが、俺は寝巻きを着ている。意識を失っていた間に着替えさせてくれたんだろう。

薄い生地を通して、アルの体温と鼓動が伝わってくる。腰と肩甲骨のあたりに添えられた手のひらも熱い。

俺たちはしばらくの間、無言で抱き合っていた。どれくらい経っただろう。先に沈黙を破ったのはアルだった。

「ひとつ、聞きたいことがある。嫌だったら答えなくても大丈夫だ」

「うん？　何？」

「俺が助けに行く前に……あの男に何かひどいことをされたりはしなかったか」

「あいつってレオのこと？」

「……そうだ」

本当のことを言うべきか否か、一瞬迷う。口にすることでおそらくアルは嫌な思いをするだろう。でも、何もなかったと嘘をつくのも気が咎(とが)めた。アルに嘘をつきたくなかった。

「えーと。その……ほんっとに一瞬だけど、キス、された、かな……」

アルの体がピクリと震える。俺たちの周囲の空気が、不穏な雰囲気を漂わせている気がした。アルの声が一段と低くなる。

「どこに」

「……口」

「そうか。他には？」

「あと、は……ですね、ほんとにほんっとうに少しだけだけど。首とか鎖骨らへんとか、ちょっとだけ舐(な)められたり吸われたりした、かな。多分」

嘘はつきたくないなんて格好いいことを思ったわりに、しどろもどろで答えてしまった。我ながら情けなさすぎる。アルは何も言葉を発さない。煮え切らないような発言に、苛々(いらいら)させてしまったのだろうか。

「あの……アル？」

心配になって呼びかける。下から顔を覗(のぞ)き込もうとすると、優しく、けれどしっかり頭を胸に掻(か)

き抱かれてしまった。

「……嫉妬と怒りで言葉が出てこない。頭がおかしくなりそうだ」

「ごめん」

アルは自嘲的な笑いを零す。

「自分がこんなに馬鹿な男だとは知らなかった」

背中に添えられていた手が後頭部にまわり、ゆっくりと梳くように髪を撫でる。

「きみは何も悪くない。悪いのはあいつだ。それにそもそもきみが攫われたのは俺のせいだ。巻き込んでしまって本当にすまない」

「……ああ」

そういえば、レオとアルは知り合いのような話し方をしていたことを思い出す。

「あのさ。アルはこの前マーケットで会う前から、レオのこと知ってたんだよな」

聞いてはいけなかったのかもしれない。短く返事をしたあと、黙り込んでしまった。沈黙に耐えかねてもう一度話しかけようとした時、アルが大きく息を吸った。

「俺ときみがレオと呼んでいるあの男は……俺の親友だった」

「え!?」

予想もしなかった答えに、大声を出してしまった。ハッとして両手で口を覆う俺に、アルは苦く笑う。

それから俺の両頬に手を添えて、そっと顔を上に向けさせる。不安そうに揺れるアイスブルーの瞳(ひとみ)が俺をじっと見る。

どうしてそんな目をしているのかわからないけれど、なんだかとても頼りなさそうに見える。無意識に手が伸びて、彼の頬を撫でた。

「カラム……」

アルは俺の手を優しく捉(とら)えて少しだけ微笑んだ。そうして何かを決意したような表情に変わる。

「カラム。今から俺の、過去の話を聞いてくれるだろうか」

俺はしっかりと頷(うなず)いた。


アルテミス・ランドルフという名前になったのは9歳の頃だった。それまで俺は、イースト・エンドの片隅で生きる、ルイ・アンズリーという名前のただの少年だった。

自分の父親が有力な公爵家の人間だなんて知る由もなかった。病弱だが優しい母と祖母と暮らしていた。

二人を守れる男になりたくて、必死で勉強して身体も鍛えていた。きっと同じような環境の友人がいたから頑張ることができていたのかもしれない。

勉強は性に合っていた。努力すればするほど成績は上がり、いつしか「アルスターきっての神童」「天才」などと言われるようになった。

特に数学はこの国が力を入れている学問で、参加した大会で上位に入ると賞金が貰(もら)える。まだ算数レベルの知識しかなかったが、ダメ元で出場した初めての大会で俺は優勝した。

今まで見たことのないような大金。家族の嬉しそうな表情。自分の力で稼いだ金で、家族を幸せにできるかもしれないという希望が生まれた瞬間だった。

少しでも早く大人の仲間入りをして自分の手で家族を支え、守りたい。

そうして今まで以上に勉強にのめり込んでいった。

そんなある日のことだ。

学校から帰ると、見知らぬ来訪者たちが俺を出迎えた。

「きみがルイだね？　本当に賢そうな顔をしている。公爵様にそっくりだ」

何を言っているんだろうか。俺を取り囲む大人たちの隙間から、青ざめた顔の母とそれを支える祖母の悲し気な顔が見えた。

そうして、その日から俺の生活は一変することになる。

男たちはランドルフ公爵家の従者たちで、公爵の息子である俺を認知するとともに、公爵家に迎え入れるためにやって来たのだ。

生まれた時から父親なんてものはいなかった。朧げに記憶にあるのは、物心つく頃に亡くなった祖父だけだ。

だが、俺に選択権はなかった。

「きみさえ大人しく着いてきてくれれば、お祖母様とお母様には毎月100万リーベルを生活費として送金すると公爵様はおっしゃっているんだよ」

従者はきちんと訓練された笑みを浮かべて俺に言う。優しい言葉の裏には、その代わりお前が従わなかったら、家族がどうなるかはわからないぞという本意が見て取れた。

「本当におばあ様と母様に金を送ってくれるんだろうな」

声が震えないように、腹に力を入れて精一杯の虚勢を張る。

「もちろんだよ。公爵様は一度、約束したことを違(たが)えることなんてない御方だよ」

知るか、と思った。今日だって来てもいないような奴をどうやって信じろというのか。

「俺はいつから公爵家に行くことになる？」

「今日からだよ。荷物なんて何も持っていく必要はないからね。きみはその身ひとつで来ればいい」

とても素晴らしいだろうとでも言いたげな大人たちの目が腹立たしくて、恐ろしかった。

「……わかった。でも俺は公爵サマに会ったこともないし、まだ信用できねえ。今日俺を連れていくなら、今アンタたちが持ってる有り金全部、うちに寄越せ。それなら黙ってついてってやるよ」

従者は眉(まゆ)を跳ね上げ、意地悪そうに笑った。

「……なるほどね。さすがイースト・エンドで育っただけのことはある。いいだろう、そうしよう」

テーブルの上に金貨や銀貨が入った革袋がいくつか置かれる。俺は袋を開けて中に入っている金が本物であることを確認すると、男たちに向かって頷いた。

「いいぜ。俺を連れてけよ」

ランドルフ公爵家に住むことになって1ヶ月が過ぎた頃、ようやく俺の父だという男が顔を見せに来た。

「正式に手続きが終わってね。今日からおまえはアルテミス・ランドルフ。ランドルフ公爵家の子息だ」

金髪に青い目の父は想像していたよりずっと若く、そして自分でもわかるほどに俺に似ていた。常に微笑みを浮かべている父の目の奥は冷たく凍っている。そうしてその日以来、父が俺を訪ねてくることもなかった。

それからの毎日は勉強以外に言葉遣いやアクセントの矯正、マナーなど貴族として必要なさまざまな知識を叩き込まれた。

朝9時から夜中まで、日曜日以外はずっとその生活が続く。そんな毎日を送っているうちに、俺はいつしか感情を殺すようになっていった。

辛かったけれど、俺が耐えることで祖母と母の暮らしが保証されるのなら、安いものだと思えた。

そんなある日、ランドルフ公爵の夫人――戸籍上は俺の母となった人に呼び出された。

あの日のことは今でも忘れられない。酒くさい部屋の中で見るからに高価そうなソファにゆったりと座ったその女は、俺には座ることを許さなかった。

金糸や銀糸を贅沢に使った華やかなドレスに身を包み、たくさんの宝石を身に着けているのに、少しも幸せそうではなかった。

大理石のローテーブルの上にいくつも転がるシャンパンやワインの空瓶も、それを物語っているように思える。夫人は俺の顔を見るなりひどく歪んだ笑顔で高らかに笑った。

「あの女と、あの人にそっくり。見ているだけで吐き気がしてくる」

俺は黙っていた。歓迎されていないことなど、この家へ来てすぐに理解した。おそらく何らかの事情で血の繋がった子どもが欲しかっただけなのだろう。

夫人は俺をじっと見ている。その目には嫌悪、憎悪、恨み……さまざまな感情が渦巻いていた。

「私にも子どもがいたのよ。とても可愛くて元気な子だった。でも2年前に森の古井戸に落ちて死んでしまった。そのショックで私は子どもを産めない身体になってしまったの」

夫人はしゃべりながらグラスに血の様な色のワインを注ぐと、水のように一気に飲み干す。

「公爵に側室を持つことは私が許していない。これからも、今までも。でもそれではランドルフの直系が途絶えてしまう。そんな時に一族の誰かが思い出したのよ、あなたのことを」

数学の大会で最年少の優勝記録を塗り替えたりしていたことは、俺が知らないところでかなり大きな話題になっていたという。それをたまたま一族の誰かが見つけ、ランドルフ公爵に報せたらしい。

「私はあなたのことなんか、ランドルフ家の一員としても家族としても認めない。絶対に。でもね。

ここに住んでいる以上、過去は捨てなさい。いいわね？」

この女が何を言おうと俺にはそんなことどうでも良い。口では従っても心の中までは誰にも支配することはできないし、させない。

一刻も早く退屈な話を終わらせて部屋に戻りたかった。

「承知しました。お話はそれだけでしょうか、公爵夫人。大変申し訳ないのですが金融財政学の授業に5分ほど遅れてしまっているのですが」

夫人は眉根を寄せてチッと舌打ちをする。俺を睨みつけながら、手に持ったゴテゴテした装飾の重そうな扇子でドアの方を指し示す。下品な女だと思った。

「いいわ。さっさと下がって頂戴」

「では失礼致します」

部屋から一歩、廊下へ踏み出したその時。

「あら嫌だ。言い忘れたことがあったわ、アルテミス」

嫌な言い方に胸がざわつく。

「エマが死んだわよ。1週間前に。ずいぶんと早くあの世に行ったけど、人の夫に色目を使って子どもまで成したんだもの。突然の報いね。ああ、葬儀ももう終わっているようだし、お墓にも行ってはダメよ。あなたはもうランドルフ公爵家の人間なんだから」

その後、どうやって部屋に帰ったのか思い出すことができない。

あの女の嘘かもしれない。とにかく真実を確かめたかった。部屋の中のものをすべてなぎ倒して叫びたい衝動を必死に抑え、深夜になるまでひたすらに耐え忍んだ。

皆が寝静まった頃、俺は静かに一番地味な服に着替えて、窓から木を伝って屋敷を脱走した。誰にも見つからずに通用口を出たところで、ほっと息を吐く。今からイースト・エンドまで、歩きでは2時間はかかる。

(やるしかない。バレて公爵家から追い出されたってもうどうでもいい)

もし本当に母が亡くなってしまったのなら、もうこんなところにいる意味はないのだから。

母の持病には高額な治療費が必要だった。そのために公爵家へ来たと言っても過言ではない。

祖母だけなら俺だけでもなんとか面倒を見れるはずだ。

その時の俺は、自分では冷静なつもりでもかなり動揺していた。背後から近づく気配に気がつくのが遅れた。

「よう」

ポンと肩を叩かれる。しまった。バレたか。勢いよく振り返りそこに立っている顔を見た瞬間、体中から力が抜けていくのを感じた。

「キース……」

「久しぶりだな、ルイ。いい服着て、別人みたいだぜ」

「おまえ、何でここに」

「おまえのこと迎えに来た」

悪戯っぽく笑う赤い瞳に、涙が出そうになる。

「キース、母様は……」

「悪いけど話は後な。行くぞ！」

どこから連れてきたのか、艶(つや)のある黒毛の馬が一頭、キースの後ろに立っている。

キースは慣れた様子でひらりと飛び乗り俺に向かって手を差し出した。

「ルイも乗れって、ホラ」

あの瞬間のことは、俺たちの関係がどうなっても忘れないだろう。星の瞬く夜空を背景にして笑っていたルビーの瞳(ひとみ)は、無敵だった。

深夜だというのに家の明かりはまだ灯っていた。コンコン、コンコン、コンコンコンと家族だけの秘密の合図でノックする。すぐに扉が開く。俺たちを見た祖母は目を丸くした。

「おばあ様！　母様は」

祖母は何も言わずに首を横に振る。あの女の言っていたことは真実だったのだ。

「そんな……どうして」

あの生活費だったら、十分過ぎるほどの治療を受けられていたはずだ。こんなに早く逝くなんて、母は他にも病気を患っていたのかもしれない。

ルイ、私の可愛いルイ。

そう言いながら2階から降りてくる母の姿を思い出す。今にも姿を現しそうなのに、もう二度母に会うことはできないのだ。

　両目から涙が溢（あふ）れ出す。

「う……うわぁぁっ!!　母様!!　どうしてっ!!」

　その夜、俺は声が枯れるまで泣き続けた。

「ルイ、本当に大丈夫なのか？」

　帰り道の馬上、背後から聞こえる心配そうなキースの声に俺は首を振った。

「無理すんなよ。オーラさんとこには俺が毎日顔出すから。心配すんな。もしなんかあったらすぐに知らせに来てやる」

「ありがとう」

「当たり前だろ！　俺たちは無敵の親友だからな」

　それだけで気持ちが強くなる。キースの明るい声は、いつだって俺の光だった。

　王立学院に通うようになった頃には、キースはたびたび夜中に屋敷に忍び込んでくるようになった。たいていは窓から入ってくるから、いつも窓を開けて寝ていた。

　キースのために戸棚に常備するようになった菓子を食べながら、街の皆の話から俺たちが大人になった時に国を変えていく夢物語まで。とにかく二人でたくさんの話をした。想像の中の俺たちは唯一無二の相棒で、無敵だった。

　俺たち二人は一生友達で、助け合っていつしか国を変える勇者になれると本気で思っていた。キースが隣にいてくれれば、それは間違いなく現実になる気がしていた。

それから数年が経った頃。キースから突然、夜中に会うのは今日が最後かもしれないと言われた。

「どういうことだよ……！」

動揺と衝撃を受けてキースの両腕を掴む。彼は痛ぇと顔を顰めて俺の手を外した。

「ばーか。最後まで聞けって」

キースは人差し指で俺の額をぱちんと弾く。

「痛っ!!」

額を押さえて蹲る姿に、キースがゲラゲラと笑う。

「俺も引き取られることになったんだ、父親のところに。あと1週間もしたら屋敷に住むことになったから、これからは別の形で会える」

俺は目を見開いた。キースは力強く頷いてみせる。

「おまえのことびっくりさせたくて黙ってたんだ。これで俺たちで国を変える未来が、もっと近づく」

「……そうだな」

これからはくだらない舞踏会やパーティーでもキースがいる。そう思うと心強くなる。

だが一方で、もし彼も俺と同じような目に遭ったらと思うと不安になる。

「おまえの父親の名前は？」

「ヒューゴ侯爵って知ってるか」

「ああ。ランドルフ家とも付き合いがある。一度、屋敷に行ったことがある」

「そっか！　なら俺たちまたすぐ会えるかもな」

そう言ってキースは白い歯を見せて笑った。だがその後、キースと会うことはなかった。

26

話し終えると、アルは静かに上体を起こす。ベッドサイドに備え付けられた水差しを手に取りグラスに水を注ぐと、一気に飲み干した。俺の視線に気づいて振り向いた瞳は甘く優しい光を湛（たた）えている。

「話を聞いてくれてありがとう。長すぎて退屈させてはしまわなかっただろうか」

「そんなわけないだろ」

言いながら俺も身体を起こした。微笑むアルの身体は俺よりも一回り大きく、引き締まって筋肉もついている。それなのに触れたら壊れてしまいそうに思えて、気づいたら彼を抱きしめていた。

「カラム……？」

「話してくれてありがとう」

「こちらこそありがとう」

アルの手がそっと俺の背中に触れる。キースとアルがその後、会うことがなかった理由は簡単に推測できた。

ヒューゴ侯爵家の事件は当時しばらく社交界で人気のスキャンダルだった。皆が恐ろしげに、けれど瞳を輝かせて話していて、もちろん当時は俺もその中の一人だった。

侯爵家にはもともと3人の息子がいたが、ある年、流行り病で立て続けに亡くなってしまった。跡継ぎに困った侯爵は、昔侍女に産ませて放置していた息子を探し出し、引き取ったことも静かな噂になっていた。

だがそれからすぐに夫人が妊娠する。高齢で、もう子どもは望めないと医者に言われた矢先の妊娠だったことで社交界では格好の話題となっていたのを覚えている。そうして夫人はめでたく元気な男の子を出産したのだ。

しかし1年後のある晩、ヒューゴ侯爵夫妻は自室で惨殺された。引き取られた息子もその晩から姿を消した。

証拠は何も見つからなかったが、彼が夫妻を殺害して逃亡したのだというのが、当時一番支持を受けていた考察だった。

だがどれだけ探しても息子は見つからず、次第にその事件のことすら人々の口の端にものぼらなくなった。

「それから俺がキースを見かけたのは2年ほど前だ。この屋敷に賊が侵入した事件があったろう」

その事件は記憶にまだ新しい。王都の屋敷に滞在中だった公爵夫人が襲われたことは大きく世間を騒がせたものだ。

「夫人は賊に足の腱をズタズタにされて今はもう一人では歩けない」

「そんな……」

初めて知るむごい事実に、両手で口を覆った。アルは淡々と話し続ける。

「あれ以来、夫人は性格もすっかり変わった。俺の顔を見るとひたすら謝ってくるんだ。ごめんなさい、許してくださいと」

「なんで……」

「あの日、報せを聞いてすぐに屋敷に向かった。たくさんの従者が斬られていた。一人の命も助けられなかった。夫人の部屋に辿り着いた時、一瞬だけ犯人らしき男の姿を見た」

胸がざわざわする。

「もしかして、夫人を襲ったのって」

アルは悲しそうに瞳を伏せた。

「……キースだった。よく似ている別人かとも思ったが、昨日で確信した」

「なんで、そんなこと」

「わからない。でも多分、俺のためだと思う」

「アルのため？」

「俺が公爵家に引き取られた後、生活費がまともに支給されたのは最初の3ヶ月だけだったんだ。その後、送金は途絶えて、従者からの連絡もなくなったらしい」

「え、まさか……」

「夫人の仕業だ。父にバレないよう、従者を脅して買収していたらしい。知ったのは、母が死んだ後だよ。それからは俺もなんとか夫人の目を盗んで祖母を支えていたが、キースがずいぶんと協力してくれた」

「キースは知ってたのかな。夫人のしたこと」

「おそらくな。俺は詳しく話したことはないが、あいつの情報網なら簡単に調べられるだろう」

「でも、そんなことアルは望んでなかったんだろう」

俺の言葉に、アルは静かに頷いた。

「もちろん俺は夫人のことを許してはいない。だが彼女にあんな形で復讐したいとは思っていなかった……大切な親友に、あんな人間のために手を汚させたくなかった」

背中に回された手に力が籠る。

「アル」

何を言ったらいいのかわからなくて、ただ名前を呼ぶ。それ以外、何もできない。俺が泣いてもなんの意味もないとわかっている。わかっているのに、涙はどんどん溢れた。

ゆっくりと身体が離され、アルが心配そうに顔を覗き込んでくる。

「どうした？　どこか痛いのか？」

眉毛が八の字になっている。見たこともないほどうろたえながら、両手の親指で優しく涙を拭ってくれた。

「アルが……そんなにつらい思いをしてたなんて、俺、なんも、知らなくて」

「シーマスでさえ詳しくは知らないんだ。当たり前だ」

「何もできなくて、ごめ、ん、」

アルは少し笑って、宥めるように俺の髪を撫でた。

「きみが食事を作ってくれた時、俺が泣いたことがあっただろう。どうして涙が出たのか、ずっと考えていた。もちろん好きな相手が自分に食事を作ってくれたことは嬉しかった。でもそれだけじゃない。あんな風に心のこもった、俺のためだけを想って作られた食事を口にしたのは、公爵家に引き取られてから初めてだったんだ。本当に本当に嬉しかった。きみは何もできなくなんかない。俺を幸せにしてくれる……ありがとう、カラム」

「……っく、……っううっ」

そんなことを言われたら止まる涙も止まらなくなる。

さらに激しく泣き出す俺に、アルは困った顔になる。

「そろそろ泣き止んでくれないか。これ以上泣いたら可愛い目が腫れてしまう」

「誰の、せいだとっ」

止めようと思えば思うほど涙が止まらない。アルはやがて悪だくみする子どものような表情になった。

「……泣き止まないならキスするぞ」

（さっき、ハグ以上のことはしないって言ったくせに）

その思いを込めて軽く睨む。けれど涙は止まってくれない。そんな俺を見てアルは目を細めた。

「睨んでるのか。その顔も可愛いな」

抗議の意味を込めて軽く胸板を叩くと、すぐに手首を捕えられてしまう。

「泣き止まないと本当にするかもな」

言いながら、顔がどんどん近くなってくる。鼻先が触れ合う距離でアルはいったん動きを止めた。

「いいのか……しても」

熱い息が顔にかかる。俺は小さくばかと呟いた。それだけですべて通じた。アルは嬉しそうな顔で、優しく目元に吸い付く。

しっとりと冷たい唇が、火照った肌に気持ちいい。両方の目尻に何度も何度もちゅっと音を立ててキスの雨が降り、やがて唇が離れていく。

「足りないって顔してる」

額をくっつけて、アルが低い声で笑う。

「アルの意地悪……ばか……もういい」

顔を逸らそうとした瞬間、唇に求めていたものが触れた。閉じていた唇を舌先で軽く突かれ、思わず開いてしまう。

途端に熱い舌が口内に入り込んでくる。

「んんっ……はぁっ」

「カラム……カラム…可愛い……好きだ……」

キスの合間に甘い言葉も注がれる。

「は、ぁ……っ、ん、……ッ」

今の自分の思いが同情なのか恋情なのか、正直言ってよくわからない。けれどアルのことが大切で守りたいという気持ちは確かに胸の中にある。今、自分の心にある気持ちを伝えるために、俺は思いを込めてキスに応じた。

それから1週間ほど、俺は在宅で仕事をすることになった。

表面上は銀狼盗賊団に襲われてケガを負ったためということになっているらしいが、首に散ったキスマークを誰かに見せることは絶対に嫌だとアルが言い張ったからだ。

当初は休みにするという話だったが、それでは時間がもったいなさすぎる。貧乏性なので何もしないで時間を過ごすのはもったいないと思ってしまう。

「で、なんでこうなるんだよ」

今俺は自分の部屋で仕事をしている。そこまではいいのだが、なぜかアルの膝の上に乗せられていた。

どう考えてもおかしな状況なのに、当の本人はのんびりとした調子で返事をする。

「俺のことは気にしなくていい。仕事に集中してくれ」

「わかったよ……ってんなわけあるか！」

腰に回された手は、全力で引っ張ってもつねってもびくともしない。俺の方が歳上なのに。悔しい気持ちを込めてデスクをドン！　と叩いた。

「それよりおまえ、自分の仕事は？　ちゃんとやってんのかよ」

「問題ない。働きすぎだとシーマスからずっと厳しく注意されていたんだ。いい機会だからきみが復帰するまで有給を取れと言われた。もちろん休暇中も最低限の仕事はしている」

「は?!」

「きみは頑張りすぎるところがあるらしい。シーマスからもきちんと監視するように言われている。だからこうして無理をしないように見張っている」

「ハグまでしかしないんじゃなかったのかよ」

「これもハグの一種だ。それにきみの監視で、私情は関係ない。大事な仕事だ」

もっともらしいことを澄まし顔で言う様が憎らしい。俺に好きだと言ったあの日から、積極的にアプローチをかけてくるようになった気がする。

口を開けば好きだ、可愛いと言って抱きしめてくる。けれど、それ以上のことはしてこない。どこかでそれを物足りなく思ってしまう自分がいることは誰にも言えない秘密だ。

触れ合ったりしたことで意識しているだけなのか、それともアルに惹かれているのか。この時の俺にはまだわからなかった。

1週間後、首のまわりもすっかり綺麗になった俺は久しぶりに職場に出勤した。

「カラム!! 俺めっちゃ心配したんだぞ!!」

姿を見るなり心の友、ローナンが駆け寄ってくる。

「傷はもういいのか? 無理はするなよ」

いつも無口なジェイドも言葉をかけてくれた。

フィル先輩は綺麗な顔を歪ませて悪態を吐く。

「銀狼盗賊団の奴に襲われたんだってな。たるんでる証拠だろ」

「はいはい。翻訳すると〝盗賊団に襲われたって聞いて心配してた。気をつけろよ〟ってことでしょ。ごめんねカラム、この人わかりにくくて」

ミカがあきれ顔でフォローを入れる。フィル先輩は、そんなんじゃねぇっ！　と怒鳴り散らしていた。

相変わらずの光景に思わず笑みが零れる。

「俺たち見舞いに行くって言ったのに公爵にダメって言われてさ。面会謝絶だったんだろ」

ローナンの言葉に耳を疑った。

「はァ!?　面会謝絶？」

そんなわけあるはずがない。第一、本当はケガなんてしていなかったのだ。

「それに公爵もあんなに長く有給取ったの初めてだから、俺たちびっくりしちゃったんだよね」

ミカの言葉にジェイドが頷(うなず)く。

「まさかアイツが看病でもしてくれてたのか？　なわけないか。あの冷徹公爵が」

フィル先輩が鼻で笑う。だがその後に俺をじっと見て、顔を顰(しか)めた。

「おいてめえ……なんで赤くなってんだよ」

先輩の言葉に、３人の視線が俺に集中する。やばい。完全に墓穴を掘った。俺は慌ててそっぽを向く。

「まさかまさか!!　あつ～い看病されちゃったわけ!?　あの冷徹公爵に!!」

「それってつまり……そういうことか⁉　えっ！　マジで‼」

ミカとローナンが楽し気に騒ぎ出す。

「やめろやめろ。なわけないだろ……とにかくもう元気だから！　今日からまたよろしくな」

無理矢理にその場を収めて自席に着いた。

27

「まあそうだよねえ。あの公爵に看病されたら余計に具合悪くなりそーだし」

寄りかかった椅子を前後に揺らしながらミカが話を続けた。

「表情筋大爆死の真顔クソ真面目野郎と1日中一緒にいるなんて考えただけで地獄だわ」

フィル先輩が吐くジェスチャーをして舌を突き出す。

「っスね……」

（膝の上に乗せられて在宅仕事をしていたなんて言っても、こいつら絶対冗談だと思うだろうなあ）

「でも良かったじゃん。もうあと10日もすれば新しい寮に入居できるらしいぜ」

ローナンがグッドサインのように親指を立てて綺麗なウインクをキメる。

「良かったな。これであの冷徹野郎との地獄生活も終わりってわけか。俺ら的にはつまんねーけど」

フィル先輩が退屈そうに鼻を鳴らした。

笑って皆に調子を合わせながら、心の中が少しざわつく。いつまでも居候しているのは悪いし、そもそも新しい寮が見つかるまでという期限付きだったのだ。何も問題はない。すべて順調だ。それなのに。嬉しいはずのことが、全然嬉しく思えない。

（なんだ……この気持ち）

俺は無意識に胸のあたりの生地を片手で握りしめた。

その日の夜、食事後の講義——イースト・エンド財政改革部の仕事について——を受け終えた後、恒例となっているお茶の時間に、俺は新しい寮の話題を出してみた。

「今日ローナンが言ってたけど新しい寮、もうそろそろ入居できるようになるんだって？」

「ああ。当初の計画よりは遅れてしまったが、予定どおりいけば来月の10日には入居できるそうだ」

「そっか。このお屋敷にお世話になるのも、あと2週間ぐらいなんだな」

何気なく口から零れた一言に、アルがピクリと反応する。

「きみは、出ていくのか」

「ええ？　そりゃそうだろ。寮に入れるまでって話だったし。俺、そもそも居候だからな。家賃だって一円も払ってないし」

「……ずいぶんあっさりしてるんだな」

いつの間にか正面から隣に移動してきたアルが口を尖らせた。

「あ！　もしかして寂しいとか？」

「当たり前だ。できるならずっとここに住んでほしい」

冗談に真顔で返されて、笑顔が引きつってしまう。

「あー。あはは。そう？　職場で毎日会えるじゃん」

「職場ではきみを抱きしめることはできないだろ……今、いいか？」

「いっ……そうやっていきなり恥ずかしいことぶっこんでくんなよ！　そういうとこだぞ」

「抱きしめていいだろうか」

「おい。聞いてんのか」

「聞こえている。抱きしめていいか」

　言いながらアルはどんどん距離を詰めてくる。近づかれた分だけソファの右端へ逃げたがすぐに捕まる。ぴったりと肩や腕をくっつけて、アルは耳元で囁いた。

「きみを抱きしめたくて堪らない。いいだろうか」

「……どうぞ」

　蚊の鳴くような声で返事をすると、アルは嬉しそうな顔で俺を胸に抱く。少し速い心臓の音と心地よい体温、そしてアルの匂いはいつしか俺にとって落ち着くものになってしまったようだ。

　されるがままに大人しくしていると、頭上からぽつりと声が落ちた。

「きみはいつも許してくれるな。……少しは期待してもいいんだろうか」

　反射的に上を向くと、キラキラ輝くアイスブルーの瞳と視線がぶつかる。甘やかな光を湛えた美しい瞳から目が離せない。その目に映る自分の顔を見た時、俺はわかってしまった。

　きっと、もう答えは出ている。けれど言うのは今じゃない気がしていた。できればもう少し気持ちをうまく伝えられるように、気持ちを整理したいし考えたい。

「来月の9日の夜、部屋に来てくれる？　その時、返事……するよ」

　アルの目が大きく見開かれ、俺を抱く腕に少しだけ力が籠る。

「わかった。必ず、行く」

この日、すぐに気持ちを伝えなかったことでちょっとした騒動になるなんてこの時の俺は思ってもみなかった。


屋敷を出ていくまで残すところあと3日となった朝食の席。俺は大事なことを言い忘れていたことを思い出した。

「今日はローナンの家の夜会に行ってくるから遅くなる。もしかしたら帰んないかも」

ほんの数秒前まで柔らかく微笑んでいた碧瞳が不機嫌そうに細められている。

「なぜ」

「今日はローナンの妹の誕生パーティーなんだよ。ヴィッキーは俺にとっても妹みたいなもんだからお祝いしたくて」

ローナンの家族は王都と領地を1ヶ月ごとに行き来して暮らしている。今回はたまたま王都へ滞在中にヴィッキーの誕生日を迎えたという。

「アルも一緒に行くか？」

「いや、いい。俺はヘンドリック家の令嬢とはほぼ面識がない。あちらも困惑するだろう」

「そっか」

一緒に行きたかったわけではないけど、誘って断られたことに自分でも驚くほどがっかりしてしまう。

「楽しんでくればいい。ただ」

「ん？　ただ？」

「できれば泊まらずに帰ってきてくれたら嬉しい」

「あ、うん」

心臓が跳ねる。咄嗟におかしな受け答えをした俺に、アルが少し笑う。やっと瞳に優しい光が戻ったのを見て、ホッとする。

「ヴィッキーのお祝いしたら、なるべく遅くならないように帰ってくる！」

アルは小さな声でわかった、と頷いた。

ヴィッキーのバースデーパーティーはヘンドリック家らしい華やかさに満ちていた。ごく内輪でのものと聞いていたが、多くの人たちが集まっていた。大広間でジェイドとミカ、フィル先輩を見つけて駆け寄る。

俺の姿を見るなりフィル先輩がギョッとしたような顔をした。

「なんだおまえ、その服。葬式じゃねんだぞコラ」

相変わらずオラついてるフィル先輩の肘をミカが小突く。

「言い方良くないよ。僕もびっくりしたけどさ」

「え、マジで？　そんな変？　似合ってない?!」

不安になって訊ねるとジェイドは首を横に振った。だがその表情はいつもより強張っているように見えるのは、気のせいだろうか。

「みんなー!! ようこそ我が家へ!! ってかどうしたカラム?!」

広間へ現れたローナンが俺の姿に目を丸くする。

「そのカッコ、冷徹公爵の物真似?!」

「なわけねえだろ。けど服はアルが選んでくれたんだ。どうよ?」


夜会に出るため一旦帰宅すると、アルに出くわした。

「俺より早く帰ってるなんて珍しいじゃん。もしかして一緒に行く気になった?」

アルは黙って首を横に振る。

「今日の夜会へは何を着て行くんだ」

「何って……あっ! やばいそうだ! 俺、ちゃんとした服持ってきてない!」

慌てる俺にアルは大きな黒い衣装箱を差し出した。

「よかったらこれを使ってくれないか。最近購入したんだが、サイズが合わなくて」

「え! いいのか?!」

「もちろんだ」

アルと俺は身長が10㎝以上は違うし、身体つきも全然違う。サイズが合わないと言っても、丈や裾が余ったりするんじゃないかと不安だったが、なぜかサイズはぴったりだった。

「アルって完璧に見えるけど、たまにそういうとこ抜けてんだよなあ」

俺が話し終えると、皆が一様に生暖かい目で俺を見ている。

「な、なに」

なんだか異様な雰囲気に気圧されてしまう。

「待って待ってもしかしてまさかとは最近ほんの少し思ってたけどそういうこと?!」

ミカが早口で興奮したように捲し立てた。

「あーね。そういうことなら今までの謎も説明つくわ」

ローナンは納得したようにしきりに頷いている。

「きっしょ。あの野郎、澄ました顔してとんだ激重クソマウント野郎じゃん」

「確かに……さすがにフィルの悪態も否定できないわ」

ミカが肩を竦めた。俺一人だけが会話から置き去りにされている。

「なあ、さっきからみんな何言ってんの？　全然意味わかんねーんだけど」

俺の言葉に4人が一斉に俺を見た。

「こいつ特大のアホだろ」

フィル先輩が呆れた声を出す。

「いきなりひどくないスか?!　俺、先輩より計算速いし間違えないじゃないですか」

「だからアホだっつってんだよ」

フィル先輩はそう言い捨てて、ワイングラスを持つ使用人の方へ歩いて行ってしまった。

「なんなんだ、あの人は」

後ろ姿に文句を呟いたその時、背中にタックルを受けたような大きな衝撃を感じた。

「カラムお兄様!!　来てくれたのね!!」

振り返るとローナンの妹、本日の主役であるヴィッキーが立っていた。

「髪の色も目の色も変わってて、誰だかわからなかった。服もいつもと全然違うんですもの。相変わらずかっこいいことには変わりないけど」

「ありがとう。おまえも前よりもっと綺麗になったな」

俺の言葉に顔を赤らめる。小さな頃は俺のお嫁さんになるって、いつも後をついてきてたなあ。

思い出すと自然と顔が緩む。昔のように撫でてやると、ヴィッキーも嬉しそうに微笑む。

「お兄様、今日は楽しんでらしてね。久しぶりに社交界の華が戻ってきたと皆喜んでいるわ」

学院時代のクラスメイトや後輩もたくさん招待されていたせいか、パーティーはちょっとした同窓会のような雰囲気でとても楽しい。仲間たちと昔話に興じて酒が進む。久しぶりにかなりのアルコールを摂取してしまったせいか身体が火照って熱くなった。

「ちょっと風に当たってくる」

皆に声をかけてバルコニーへ出た。肌を撫でる夜風が気持ちいい。目を軽く閉じ風を感じていると、背後から名前を呼ばれた。

「カラム?」

振り向くと、艶のある鳶色の髪を美しく結い上げたセオドシアが微笑んでいた。

「セオ」

カラムの記憶が洪水のように押し寄せてくる。ローナンの2つ年上の姉。カラムの初恋の人だ。だがローナンと正反対の性格のセオドシアは、煌びやかなドレスや華やかなパーティーより、シンプルで上品なドレスや果樹園の林檎(りんご)の花を愛するような人だった。

結局、カラムの思いは実ることも彼女に気づかれることもなく終わった。3年ほど前、セオドシアは素朴な笑顔が印象的なレノックス公爵の長男に嫁いだ。

政略結婚に違いはないが、趣味嗜好の合う二人は仲睦(なかむつ)まじいと評判だ。領地に籠り、用事がない限り王都に出てくることもないセオドシアの姿を見たのは本当に久しぶりだった。

「ローナンからあなたがまるで別人みたいに変わったって聞いたの。あの子は大袈裟(おおげさ)なところがあるから、あまり信じていなかったけど。驚いたわ」

セオドシアは優しい微笑みを浮かべてカラムの隣に立つ。

「髪の色も目の色も、服もよく似合ってるわ。素敵ね」

セオドシアは背伸びして、俺の髪に触れた。昔は俺の方が小さくて、彼女は屈んで撫でてくれたものだった。

「……ありがとう。セオも綺麗だよ。昔からずっと」

「あら嬉しいわ。そんなに面と向かって褒めてくれるの、小さな頃以来じゃない」

「そうだったかな」

「そうよ。わたしのこと地味だの野暮ったいだの、散々言ってたわよ」

「本心じゃなかった。自分の気持ちにも素直になれなくて、気を引きたいのにどうしていいかもわからない……ただのガキだったんだよ」

セオドシアが軽く目を瞠(みは)る。俺たちは無言でほんの少しの間、見つめ合った。やがてどちらともなく微笑む。

「セオ、幸せに」

「ありがとうカラム。あなたもね」

セオドシアは俺に腕を回す。それは兄弟にするような、親愛の情のこもった抱きしめ方だった。

彼女の思いに感謝して、俺も抱きしめ返した。

「いつか恋人と領地に遊びに来てちょうだい。果樹園やニジマスの獲れる川しかないけど」

「それ最高。今の俺が大好きな場所だよ」

ほんの少しの会話をかわし、どちらからともなくゆっくりと体を離す。

そんな俺たちのことを遠くから誰かが見ていたなんて、気づきもしなかった。

28

「そろそろ中に戻ろうか。夜風に当たりすぎると体に障るよ」

「そうね。それにカラムを独り占めしたら皆に怒られちゃう」

軽口を叩きながら広間に戻るとセオと別れ、ローナンたちの方に歩き出す。

「どこ行ってたんだよ」

ローナンが、肩を組もうとするような動作で俺に腕を伸ばしてくる。だが、素早く反対方向に引っ張られた。

振り返ると、アイスブルーの瞳が無表情に俺を見下ろしている。

「アル……?!」

すぐ近くにはシーマスも立っている。なぜかものすごく疲れた顔をしているのが気になった。

「来ないって言ってたのに」

「気が変わった。俺が来てはダメだったか」

冷たい声に心臓が嫌な感じに跳ねる。

「そんなわけないだろ」

「俺が来たら困る理由でも？」

「だからそんなわけないって言ってんだろ。てかなんでそんな機嫌悪ぃんだよ」

アルは答えなかった。代わりに腕を掴んでいる手にはどんどん力が籠っていく。

「ア……じゃなくて公爵、痛い。放せよ」

「ダメだ」

俺たちの間に漂う緊張感に、ローナンたちも心配そうな表情で様子を見守っている。

(せっかくの誕生パーティーに変な空気になるのはまずい。もう帰った方がいいな)

何か理由を考えようと頭を巡らせた瞬間、アルがローナンに視線を向けた。

「仕事について大至急の話があるのを思い出した。悪いが俺たちはそろそろ失礼する」

言い終わるが早いか、アルは強く腕を引っ張って強引に歩かせる。

「ローナンっ！　ごめん！　また明日！　ヴィッキーたちによろしく！」

振り返ってそれだけ叫ぶと、ローナンはなぜか微妙な表情で頑張れよと手を振った。

広間の扉が閉まると、俺たちの周りは静けさに包まれる。

「一人で歩ける。放せよ」

呼びかけてみても返事はない。アルは真っ直ぐに前を向いて早足で歩き続け、こちらを見ようともしない。縺れそうになる足を必死に動かして玄関まで辿り着くと、馬車に押しこまれた。

すぐに馬車が走り出す。アルは黙ったまま正面から俺をじっと見つめている。視線の強さで肌まで破られてしまいそうだ。おまけに全身からは殺気にも似たオーラが漂っている。

(とりあえずなんかすっげー怒ってることはわかった)

家を出るまでは普通というか、少し機嫌が良かったはずだ。ローナンの屋敷に来てからはほとんど話をしていないし、いったいどこで地雷を踏んでしまったというのか。

一言も話さないのに、視線だけが相変わらず俺に固定されている。いたたまれなくなって窓の外へ視線を逸らした。だがそれでも痛いほどの視線が、全身に突き刺さり続けていた。

気まずい空気のまま、俺たちは馬車を降りた。部屋まで続く廊下を歩きながら、急いで思考を整理する。このままでは気持ちよく眠れないし、明日まで持ち越すのもモヤモヤする。

何で怒っているのかだけも聞いておこう。お互いの部屋の前まで来た時、俺は思い切って話しかけた。

「あの」

「危うく騙されるところだったな」

同時に、アルも口を開いた。軽蔑に満ちた眼差しと共に投げつけられた言葉に、心が一瞬で折れそうになる。

「え？　どういうこと？」

どうにか口を開いて、訊ねた。騙すって俺が？　わけがわからない。

アルはブーツの音を響かせてゆっくりと歩き、俺の目の前で止まる。

「人妻にまで手を出しているとはな。きみの倫理観は親の腹に置いてきたのか？　ヘンドリック家の教育も大したものだな。夫のある身でありながら、妹の誕生日パーティーで不貞を働くとは。ローナンには悪いが、ろくなもんじゃない」

馬鹿にしたような言い方に、かっと腹の奥が熱くなった。

「……それ、セオのことを言ってんのか」

口に出すとさらに怒りが腹の底から湧いてくる。自分のことだけならまだしも、セオのことを侮辱されるのは許せない。怒りで目の前が真っ赤になる。

「セオ、か。愛称で呼ぶなんてずいぶんと親しいんだな」

皮肉たっぷりの言い方に、プツンと何かが切れた。

「ああ、親しいよ。冷徹公爵様と違って俺は人気者なんでね」

皮肉を返し、高い位置にある顔に向けてバカにしたような笑みを向けてやった。

すっとアルの顔から表情が抜け落ちる。鋭く凍てついた眼差しに、獲物を見つけた獣のような光が宿る。

少しでも動けば、その瞬間に頭から食われてしまいそうな緊張感の中、俺たちは少しの間睨(にら)み合った。

先に動いたのはアルだった。一歩踏み出し、素早い動きで手首を掴まれた。そうして部屋の扉を開くと、俺を強引に中へ引き込んだ。

「放せよ！　いきなり何すんだよ！」

掴まれた手を振り解こうとするが、びくともしない。そのまま引きずるようにして俺を引っ張ると、ベッドの上へ思い切り放り投げた。

「うわっ」

バランスを崩し、不恰好に脚を開いた姿勢で仰向けに寝転ぶ。上体を起こす間もなくアルが覆いかぶさってくる。開いた脚の間に大きな身体を捩じ込まれた。

力の差を見せつけられたようで悔しくて堪らない。激しい怒りで頭がクラクラする。俺は大声で怒鳴った。

「ふざけんな！　どけ！」

「きみは人気者なんだろう。いいだろう別に。俺の相手もしてくれ」

「やめろ！　おまえ本当はそういう意味じゃねえのわかって言ってんだろ！」

「どうだか。この前はだいぶ気持ちよさそうにしていたぞ」

煽るように微笑みながら投げられたその一言に、心が抉られる。確かに俺の不注意で触れ合ってしまったけれど、アルを心配して行動したことまでバカにされたようで悲しかった。ふざけんな。

「っとにッ!!　大人をバカにすんなッ！　このクソガキがッ！」

簡単には体勢を覆せないことはわかっている。わかっていても、じっとしていることができないほど頭に血が上って、脚や腕をめちゃくちゃに振り回しながら叫んだ。

アルは俺の両手首を片手で掴むと、地を這うような低い声で唸った。

「あ？」

少しでも行動を誤れば、今すぐ殺されてしまいそうな緊張感に怯んでしまいそうになる。

だがこんなことで負けたくない。

「く、クソガキつったんだよッ!!　本当のことだろうがっ！」

声が震えそうになるのを抑えるために腹筋を働かせて怒鳴る。

　ハッと皮肉な笑い声がした。

「そのクソガキにいいようにされてるくせに」

「ガキだから腕力で解決しようとしてんだろ！」

「はァ？　おまえが女好きのチャラ男だから腕力でもガキに勝てねえんだろうが！」

「おまえが力強すぎんだよ！　ゴリラかよ！」

「おまえが弱すぎるだけだろうがウサギかよ！」

　気づけばアルも大声で怒鳴っていた。そのまま俺たちは取っ組みの大喧嘩を繰り広げる。

　さすがに殴り合いはしなかったが、髪の毛や頬を引っ張りあったり噛みついたり、首を絞めたりしながら、キングサイズよりも大きなベッドの上を縦横無尽に転げ回る。

　アルのヘッドロックがきまり、俺が首に回された腕に思いきり歯を立てたその時。

「うわっ！」

「ぎゃっ！」

　ゴンッと派手な音を響かせ、アルがバランスを崩して背中から落ちた。どうやらベッドの隅っこまで迫っていたらしい。

　当然だが俺も一緒に落ちた。強く背中を打った衝撃と痛みで言葉を失う。痛みと驚きで呆然としたまま、二人とも床に間抜けな姿で倒れ込んでいた。

「クッソ頭打った……ってぇ……やべぇ」

普段のアルとは思えない荒い言葉遣いがクソガキ感満載で、思わず笑ってしまう。気づかれないように、笑いを噛み殺そうとすればするほど堪えきれなくなっていく。

ついに大声で笑い出した俺にアルがじっとりした視線を寄越した。

「何がそんなにおかしい」

「いや、だって、俺たちっ、子どもみたいなケンカして、しかもベッドからド派手に落っこちて……まじで何やってんのって思わねえ？」

笑いの合間に息も絶え絶えに伝える。仏頂面のアルの顔にも、さざ波のように笑顔が広がっていく。そうして俺たちは仰向けに寝転んだまま、笑いキノコでも食べたかのように笑い続けた。


「夜中のパスタってかなり罪深いよな」

「ああ。だがそう思えば思うほど美味いな」

大乱闘の後、激しい空腹を覚えた俺たちはキッチンでミートボールのたくさん入ったトマトパスタを食べていた。もちろん作ったのは俺だ。倍量のパスタを綺麗な所作でどんどん平らげていくアルを、肘をついて眺める。

「アルってキレるとあんな感じなんだな。口調めっちゃ荒かった」

アルの動きがぴたりと止まる。静かにフォークを置くと、機嫌を伺うように俺を見た。

「さっきのは……すまなかった。忘れてくれ」

「何が？」

「子どもみたいな喧嘩を仕掛けたことだ」

「なんであんなキレてたんだよ」

「きみが……レノックス公爵夫人と抱き合っていたのを見た」

「ああ、そういうことな……ってセオとは男女の関係じゃねーよ。子どもの頃からよく知ってるし、姉ちゃんみたいなもんだから」

「それにしては親しげに見えたが」

「だから親しいんだって」

「やはり、」

アイスブルーの瞳が昏くなる。俺は慌てて右手を横に振った。

「そういう意味じゃない。俺とローナンの家は、母親が従姉妹同士で親父たちも学生時代からの親友だし。毎日ってぐらい一緒にいた時期もある。だからあれは姉弟のする親愛のハグだよ」

「そう、なのか」

「当たり前だろ。もしかして、それだけであんなキレてたの？」

俺の問いかけに、アルは俯いて小さく首を縦に振った。

「返事をもらえるのは3日後のはずだったろう。それまで待つつもりだった。だけどきみが女性と抱き合っているのを見て、嫉妬で頭がおかしくなりそうだった。きみは俺のものではないのに、他の奴にとられてしまうと焦った。過去のきみを思い出して、やっぱりきみは女性が好きで、俺は揶揄われているだけなんだと……勝手な思い込みでこんなに暴れておいて、言い訳にもならないが。本当にすまない」

少しずつ声が細く小さく、力を失っていく。さっきまで俺を煽るようなことばかり言って締め上げていた男だとは思えない。

その様子を見ていたら、ふいに言葉が零れる。

「本当に本気で、俺のこと好きなんだな」

心の底から出た思いだった。

アルは弾かれたように顔を上げて、真剣な眼差しで俺を見た。

「好きだ。この世界で一番、きみのことが好きだ。他の人間なんて毛ほどの興味もない。きみのことだけが好きで、欲しい。誰にも渡したくないぐらい好きだ」

頭が良くて美しく若い、すべてを手にしているような男が、こんなにも俺のことを好きだと訴えている。心の中にあらためて驚きが湧き上がった。

でも、それだけじゃない。いま、心の奥底からじわじわと広がっていく感情がいったいなんなのか。俺は自覚している。

29

「俺を好きになってくれて、ありがとう」

俺の言葉を自分の告白への断りと解釈したのか、アルは傷ついたような表情で小さく息を呑む。

そうして、苦く笑った。

「そうだな。勘違いして暴走して、こんなに情けなくみっともない姿を見せてしまったんだ。待たなくてももう返事はわかっている。最後に……親愛のハグをしても、いいだろうか。それできっぱり諦める」

「ごめん。それはできない」

はっきりとした俺の拒絶に、アイスブルーの瞳が悲しみで見開かれる。

「そうか、そうだよな。図々しいことを言った。すまない」

無理やりの笑顔が痛々しい。テーブルの上の手は左右ともに硬く握られ、少し震えている。

アルは大きな深呼吸を何度も繰り返して、言葉を続けた。

「俺の気持ちが迷惑なのはよくわかっている。絶対に今後は強引に触れたりしないと誓う。きみが嫌なら二人きりになる仕事も入れないようにする。だから、その……これからも知人としての付き合いは続けてもらえないだろうか」

テーブルに置かれた拳は白くなるぐらい強く握られている。唇も小さく震えていた。

「ごめん、それも無理」

俺の言葉にアルの瞳は絶望の色に変わる。けれど俺は気にせずに彼の方へ身を乗り出して、右の拳に両手で包み込むようにして触れた。気持ちが伝わるように、思いを込めて。

戸惑ったように握られた手と俺の顔を交互に見るアルに、俺は声をかけた。

「好きだよ」

包まれていた拳がピクリと動く。

「気づくの遅くなってごめん。俺、誰かのこと本気で好きになったことなんてほとんどないから。自覚するのに時間かかっちゃった」

一度言葉を切り、大きく深呼吸する。

「アル、大好きだ」

前世でも自分から想いを伝えたことなんて一度もなかった。一世一代の俺の告白を受けたアルは、それなのに限界まで目を見開いてぽかんとした表情でフリーズしていた。

顔にNow loadingという字が書いてあるのが見えるような気さえする。驚きすぎてまん丸になった目だけが、俺の顔をじっと見ていた。

どのくらいそうしていたんだろう。ふいにアルが、掠れた声で呟いた。

「本当に？」

俺は笑顔で答える。

「うん、ほんと」

「好きっていうのは、親愛の情ではなく……」

「うん、アルとおんなじ。恋愛の好きだよ」

アルは無言で少しだけ顔を俯かせた。受け入れてくれると思っていただけに、この反応は予想していなかった。少し焦って、顔を覗き込む。

「どうし――」

最後まで言葉を続けることができなかった。テーブルに涙がぼたぼたと垂れているのを見てしまったから。土砂降りの雨のように、どんどん雫がテーブルに落ちていく。

慌てて何か拭くものを取りに行こうとアルの拳から手を放した。次の瞬間、それを許さないとばかりに強く握られてしまう。

「涙すげーから、拭くもの取ってくるよ。あ、擦るなって。赤くなる」

アルは子どものような仕草で美しい肌を左手で乱暴に擦った。鼻をグズグズさせながら涙声で拒否する。

「嫌だ。ここにいてくれ」

「わかったよ。でも後で顔、洗いに行こうな」

返事の代わりにこっくりと首を振る。いつも強くて完璧な男が、今は小さな子どものように頼りない。でもそれが俺はなんだか可愛くて仕方なくて、アルにバレないように小さく笑ってしまった。

「すまない。とても恥ずかしい姿を見せてしまった」

「可愛かったぞ」

揶揄うように言う俺に、アルはムッとしたように唇を尖らせる。あの後、涙が止まったアルの顔をよく洗ってから、俺は導かれるままに彼のベッドの上に座っていた。

天蓋のカーテンが降ろされたベッドの中、背後からアルに抱きこまれる体勢。右肩には彼の顎が乗せられている。肩にかかる金色の髪もあいまって、大きなゴールデンレトリーバーにくっつかれている気分だ。

「あのさ。俺たち、付き合うってことでいいんだ、だよな」

「もちろんだ。後でもう一度しっかり交際を申し込みたいが、それよりも今すぐきみの恋人になりたい」

「しっかり交際を申し込むって……プロポーズじゃないんだからさ」

小さく笑うと、真剣な声が返ってきた。

「当たり前だ。プロポーズは完璧なものにしてみせる」

「え!?　そっち!?」

「付き合っているんだから、いずれは結婚するだろう」

「ええ——」

そういえばこの世界では男女の結婚だけでなく、同性同士の恋愛や結婚にも特に偏見や障壁はないのだ。数は男女の方が多いが、同性をパートナーにしている人たちもいる。

「なんだ。嫌なのか」

腹に回された手に少し力が込められる。

「いやいや、そうじゃないって。でもアルは一人息子じゃん、一応。ご両親が許してくれないんじゃねーの？」

「親の許可などもう必要ない。現当主は俺だ」

急に自信に満ちあふれた声で告げられる。かと思うと、横から眉毛を八の字にして、俺の顔を覗き込む。

「俺の家よりカラムの家は大丈夫なんだろうか。こんなに可愛い息子が俺みたいな男に嫁ぐことを許してもらえるだろうか。いやいっそもう二度とカラムをこの家から出さずにいて、消息不明ということにしてしまえば……」

やばい。とんでもない妄想を繰り広げ始めた恋人を正気に戻そうと、俺は上半身を捻って、彼の額に自分のそれをぶつけるようにして合わせた。

「大丈夫だって。俺、次男だし」

急に顔を近づけたせいか、アルはうっと息を呑む。それから大きく息を吐くと拗ねるような目で軽く睨んでくる。

「カラムは本当に……小悪魔だな」

「何言ってんだよ、どこがだよ」

意味がわからない。天使か悪魔で言ったらどう考えても天使なんだが。俺が抗議すると、アルは少し呆れたような顔で、そういうことじゃないと言った。

「ずっと好きだった人の恋人になれたばかりなんだ。絶対に叶わない恋だと思っていたものが叶って、かなり浮かれてるんだ……それに、我慢もしてる」

意識してるのか無意識なのか、甘く蕩けるような声で囁かれて心臓が跳ねる。

「あ、あはは」

乾いた笑いでごまかして、身体を元の体勢に戻そうと動く。けれど素早く背中を抱かれ、動きを止められてしまった。

「どうした。顔が赤いようだが」

「そ、それより俺！　気になってることあるんだけどっ」

「何だ。何でも言ってくれ」

「ずっと好きだったって言ってくれるけどさ。ずっとっていつからなわけ？　俺、けっこう最近までアルに嫌われてると思ってたんだよ」

「俺がカラムを嫌うなんてありえない。未来永劫、神に誓ってない」

被せるように堂々と愛を宣言されて恥ずかしくなる。

「よくそういうこと平気で言えるよな……恥ずかしくねえの？」

「なぜ。本当のことだろう」

余裕たっぷりの顔が憎らしい。さっきまで大泣きしてたくせに。主導権を握られないように早口で話を戻した。

「で、いつから好きだったんだよ」

「きみと初めて会話した時からだ」

「は?! いつの話?!」

覚えていないのかとアルは少しだけ不満そうな顔になる。


アルが俺に恋をしたのは学院時代、移動教室に取り残された彼に俺が声をかけたことがきっかけだと言う。当時のアルは飛び級を重ねていたので、他のクラスメイトとは体格から違っていた。すでに声変わりを終えた16歳の少年たちにまじる高い声。一人だけ明らかに目立って低い身長。10代の前半と後半が、もっとも外見の差が顕著に現れる時期だと思う。

移動教室へ向かう間、手を繋いでゆっくり歩いてくれた俺に恋をしたそうだ。

「最近、カラムが着けてる腕時計があるだろう」

「ああ、黒に白い花のやつだろ。気に入ってんだよね。学院時代にもらったんだ」

「あの時計の贈り主、きみは知っているのか」

「それが、全っ然わかんないんだよ」

たいていの子はプレゼントと一緒に手紙もくれるから名前もわかる。でもあの時計だけは、贈り主が特定できるものは何も添えられていなかった。

「あの時計の贈り主は、俺だ」

「え?! アルなの!?」

聖クピードーの日、アルは誰よりも早く来て俺の机にプレゼントの箱を押し込んだそうだ。その後、自分のプレゼントに気づくことなく、袋にしまう俺の姿を前に、絶望感に打ちのめされたという。

「証拠に、その時計に描かれた花はランドルフ家の家紋にもなっているリナリアだ」

その後も俺が腕時計を着けている姿を見たことはなく、そのせいで捨てられたと思っていたらしかった。

「だから、カラムがあの腕時計をしているのを目にした時、本当に嬉しかった」

「でもさ、学院時代なんか特に俺のこと嫌いだったようにしか見えなかったぞ。よく睨まれてた記憶しかない」

「それは、きみの女性関係のせいだろう」

アルが少し責めるような口調で指摘する。これに関しては返す言葉がない。

聖クピードーの日から少し経った頃、アルは俺が女子生徒と教室でキスと、それ以上のことをしようとしているのを初めて目撃したのだという。それからは、しばしば校内や庭園で俺が女生徒――しかも毎回違う――といちゃついている現場を目にするようになったそうだ。

「ショックだった。きみが人気者なのは知っていたが、たくさんの女性と関係を持つような人間だと思っていなかったから。腹が立って軽蔑する気持ちと、それでもきみを好きだという思いで心がいつも乱されていた」

アルの赤裸々な思いを聞いて、呆然としてしまう。

「心当たりがありまくる。俺、その時アルに最低な発言をしたこともあったよな。本当にごめん。そんなこと思ってたなんて、まったく気づかなかった」

「俺は表情管理が完璧だからな。それにしても、きみが変わってくれて本当によかった」

「いやもう昔のことは、いやまあ……わりと最近までバカなことしてたけど若気の至りだと思ってもう忘れてくれ……二度とあんな真似はしない」

アルは少し笑って、がっくりと肩を落とした俺をぎゅっと強く抱きしめる。

「きみがこれから先、俺だけを見て愛してくれるなら忘れるよ。だがもしまた同じような過ちを犯すことがあったら、自分でも何をするかわからない」

「いやいや、もうしねーよ！　ていうか今の俺にはできないと思うし」

「そうか。よかった」

アルは嬉しそうな声を出す。

「恋人になっても、もしもきみの気が変わってしまって、他の男や女と遊び始めたらと少しだけ心配だったんだ」

「ないない。大丈夫だって」

「もしきみがまた過ちを犯すようなことがあれば、俺は一生この部屋にきみを閉じ込めると思う。逃げられないように服を着ることも禁じて、足枷(あしかせ)をして、毎晩犯して一生そばから離さない。それぐらいきみのことが好きで、執着している……もちろん互いに心の準備ができるまでは最後まではしないつもりだ」

「怖っ!!　ていうか重すぎる」

最後の方なんて、軽くホラーだろ。頭がよくて何でもできるのに、どうして加減ができないんだろうか。

完全無欠の冷徹公爵にこんなアンバランスなところがあるなんて、きっと他の誰も知らないだろう。俺だけしか知らない、アルの一面。そう思うと、なんだか嬉しくて堪らない。俺もたいがいヤバい奴なのかもしれない。ニヤニヤする俺を、アルが不思議そうに見ていた。

30

３日後、新しい寮への入居日。

結論から言うと、俺は引っ越さなかった。今なお、ランドルフ公爵邸に居候している。

引っ越しの前日の夜、二人でこうして過ごすのも最後になるだろうと俺たちは一緒のベッドに入った。

抱きしめ合って色々な話をした。次第に睡魔に襲われ、意識が薄れていく。その時突然、アルが真剣な顔で俺の両肩を掴(つか)んだ。

「んぁ……どうしたあ」

すでに目を開けているのが辛い。薄目でなんとか返事をすると、軽く体を揺すられる。

「カラム。すまない、聞いてほしいことがある」

「明日の朝でいいだろ。起きたらいくらでも聞くから」

だがアルは引き下がらない。

「お願いだカラム。今じゃないとダメなんだ。とても大切なことだ」

「……わかったよ」

あまりの真剣さに俺はなんとか目をこじ開ける。そのままだとすぐに眠ってしまいそうだったので、よろよろと上体を起こす。

アルも起き上がって、こちらの方に体を向ける。そうして俺の両肩に手を置いた。

「カラム。引っ越しを取りやめて、ずっとここで暮らしてくれないだろうか」

「うん……ここで暮らせば……はぁ!?」

突然の衝撃的発言に、眠気が爆散する。

「なに言ってんのおまえ。無理に決まってんだろ!!　もう手続きしちゃってんだよ!」

混乱して大声で喚く俺を前に、一切動揺を見せない。

「わかっている。すべて俺の責任で処理して、きみには迷惑をかけないようにする、絶対に。だからずっとここにいてくれ」

「そんなことできるわけないだろ!!」

「すまない」

アルは眉(まゆ)を八の字にして俺の顔を見ると、しょんぼりと大きな身体を縮めて項垂れた。その怒られた大型犬のような姿を見ると、ちょっとだけ罪悪感が湧いてくる。

俺は声のトーンを戻し、できるだけ穏やかに伝えた。

「てかなんで今言うんだよ。もっといいタイミングあっただろ」

「カラムが、とても楽しみにしてるようだったから。だから言えなかった」

「それは……」

確かに俺は寮に引っ越すのを楽しみにしていた。

公爵の邸には文句はない。正直言って、最高に居心地がいい。だがどうしても、居候しているという負い目のような気持ちが心の隅にあった。

特に正式に恋人になってからは、対等でいたいという気持ちが強くなった。もちろん身分や役職など、社会的な部分では対等になりたいなんて思っていない。

ただ、自分も稼ぎはないわけではないのに、恋人にすべておんぶに抱っこというのが嫌だった。アルが困った時には支えられる存在になるには、今のままの甘えた生活ではダメだと思ったのだ。

気持ちを正直に話すと、アルは俺を胸に抱き寄せた。

「そんなこと、気にしなくていい。この1ヶ月、食事も作ってくれていたじゃないか。他にも細々としたことに気づいて教えてくれてとてもありがたいとハワードやメイドたちからも聞いている」

「アルがしてくれるほどのことはしてないって。それに明日からはシェフも復帰するだろ」

「ではシェフには長期休暇を与えよう」

「ダメだろ！　シェフの家族が生活できなくなるだろ！」

「給料を払った上で休暇を与えればいいだろう」

「いやいや！　そんなことしたらシェフのためにもならないって！」

「ではどうすればカラムはここに残ってくれるんだ」

アイスブルーの瞳が悲しげに揺れている。ハッキリ言って、俺はこの表情に弱い。大型犬をいじめている気分になってしまうのだ。

「え、だからそれは難しいって」

「どうしてもダメなのか」

アルは俺の肩口にぐりぐりと頭を擦りつけてくる。甘える犬のような仕草に、固いはずの決意が揺らぎ始める。

「対等になって、アルのことも守ったり支えたりする男になりたいんだよ。そのためには、ずっとここにいるわけにはいかないだろ」

「カラムの気持ちは嬉しい。守るなんて今まで言われたことがない。だが、だったら尚更きみと離れて生活するなんて考えられない。カラムがこの屋敷からいなくなったら、寂しさで荒れた生活を送ってしまいそうだ。それに俺はまだ、きみの気が変わって昔みたいに振る舞い始めることが怖い。毎日一緒にいることができれば、その不安も少しは解消されると思う」

「そ、それは、そうかもしれないけど」

訴えかけるようなアルの言葉に、さらに決意が揺らいでいく。

「きみが寮に行ってしまってから、もし少しでも怪しい動きがあれば……俺は相手を殺してきみをこの家に閉じ込めてしまうかもしれない。そんなことになったら、ランドルフ公爵が乱心したと大騒ぎになるだろうな。皆にもきっと迷惑がかかってしまう」

すでに寮の部屋は申請済みだったので、シーマスには二人揃ってこっぴどくお説教されるはめになった。

最後の方はもはや脅しになっていた気がする。すまないを連発していたけど、この調子だと本当に悪いと思っているのかも怪しい。

そうは思いながらも結局、俺は引越しを取りやめることに応じてしまった。さらに、これからは寝室を同じ部屋にしようという提案にもうっかりＯＫしてしまった。

どうにもうまく乗せられた気がしてならないが、幸せそうに抱きついてくるアルの顔を見ていると、まあいいかという気持ちになってしまう。

自分で言うのもなんだけど、チョロすぎるだろ俺。

俺たちが付き合い始めたことは、イースト・エンド財政改革部の皆には、すぐに知られることになった。

というのも、アルが恋人宣言してしまったから。

「俺とカラムは正式に交際を始めた。当然のことだが公私混同は絶対にしない。だが皆には知らせておく必要があると思ったんだ。これからもよろしく頼む」

いつものポーカーフェイスでそれだけ告げると、アルとシーマスは会議へ行ってしまう。

部屋に残されたメンバーの生温い視線を一身に受けて、居たたまれない。俺はそれには気づかないふりをして、デスクの書類を読みこむフリを始めた。

デスクの上に覆いかぶさるように影ができる。恐る恐る顔を上げると、４者４様の表情で俺を見下ろしている。

「おめでとうって言うのが正解だよな？」

ローナンが複雑そうな表情で躊躇いがちに口を開いた。

「ああ、まあ……」

「この前の夜会の時もけん制すごかったもんね。自分の服なんか着せちゃってさ。あの時から本当は付き合ってたりして」

ミカが興味津々に訊ねてくる。

「いや、ないない！　そもそも俺が自分の気持ち自覚したの本当に最近だから。それにあれは、服のサイズを間違えたって」

「なわけないでしょ！　どう考えてもカラムのために前から作ってたんだよ。公爵とほとんど同じデザインと色の服なんか着てたら、社交界ではデキてますってアピールしてるようなもんだよ。見る人が見れば丸わかりじゃん」

「でも、あの時はまだ付き合ってなかったんだろ？　すごい独占欲だな……怖っ！」

ローナンが身震いをする。

「いつも表情が変わらないが、公爵は内側に誰よりも激情を秘めていたということか」

ジェイドは一人で納得している。

（そうなんだ……全然気づかなかった）

重すぎる愛情や執着、独占欲のベクトルを自分に向けられていることが、不思議と嫌ではなかった。くすぐったいような恥ずかしいような嬉しさを感じてしまう。

そんな俺とは対照的に、皆は俺のことをとても心配してくれているようだった。

「うぜえ！　重すぎんだろ。おまえもボケっとしてねえで、そういうの負担ならちゃんと言えよ」

「フィルってばカラムのお兄ちゃんみたいなこと言うじゃん。でも俺もそう思う。あの調子じゃ、ちょっとでもカラムが昔みたいにフラフラ遊んだら何されるかわかんないよ」

「うわあ……それ俺、超つまんねえんだけど！　カラムと前みたいにいっぱい遊びたいのにさー!!」

ローナンが天を向いて嘆く。

「おまえそれ、公爵の前で言ったらこの部署から飛ばされるぞ」

「それか、事故に見せかけて殺されるかも」

「ちょっ、先輩もミカも変なこと言うのやめてくれよ～。でもマジでそんな感じするよなあ。俺がカラムと肩組もうとするだけで超嫌がるし」

「さすがにそれはないだろ。俺たちが親友なのはわかってくれてるし。これからもローナンと俺の友情は変わらないって」

そう言って俺から肩を組む。

「カラムぅ！　だよな、いくら恋人って言っても俺たちのほうが全然付き合い長い訳だし。とやかく言われる筋合いないよな！　友情は永遠、恋愛は一瞬だぜ！」

元気を取り戻したローナンが俺に抱き着いた。

その瞬間、ドアが開いてアルが姿を現した。その目は俺とローナンに固定される。

「……何をしている。職場での過度な接触は――」

「わかってます！　すみません!!　気をつけます!!　てことで俺、図書館に資料探しに行ってきまーす!!」

ローナンはパッと俺から身体を離すと、逃げるように部屋から出て行った。アルは俺から視線を離さない。

「カラム、今週中に目を通しておいてほしい資料がある。部屋に案内したいのだが、今から来てくれないか」

平坦（へいたん）で感情の無い声は、いつもどおりの〝冷徹公爵〟だ。俺はわかりましたと返事をして後に続いた。


「職場での過度な接触は厳禁なんじゃなかったんですか」

資料室にはたくさんの本や束ねられた書類が所狭しと積まれており、大人二人が入るともう足の踏み場がなかった。

その狭い室内で、俺は後ろから抱きしめられるような姿勢で床に座らされている。アルは首筋に顔を埋めて呼吸を繰り返すだけで、何も言葉を発しない。

自分の匂いをかがれているようで落ち着かなくなる。

だが上半身をがっちりと抱き込まれて動けない。さらに長い脚が四肢にも絡みついて、控えめなM字のように開脚されている。ちょっと、いやかなり恥ずかしい。

「誰かに見られたらどうするんですか」

アルはやっと顔を上げるようにして、耳に息を吹きかけるようにして返事をした。

「内側から鍵をかけてある。それにこの部屋の鍵は俺しか持っていない」

色っぽい低い声が脳に直接響いて、腰のあたりが重くなる。

「だとしても、職場での過度な接触は……っダメ、ですっ」

「きみだってローナンに抱きつかれていたじゃないか。俺の目の前で」

「それとこれは違いますっ！　あんまり遅いと皆が不審に思いますよ」

「敬語もなかなかクるものがあるな」

会話がまるで噛み合わない。恋人関係になってから、職場との区切りをしっかりするために俺は意識的に敬語を使うようにしているというのに。何を興奮しているのか。

アルは高い鼻先を首筋に擦り付ける仕草をくり返している。

「も、離してくださ……っ」

「ダメだ」

興奮で声が掠れている。仕事中にこんなことをしてはいけない。腹に回された腕を引き剥がそうと、両手で引っ張ってみる。必死で腕と格闘する俺をアルが後ろから覗き込む。

「それで全力か？　可愛いな」

「んんっ……!!」

思い切り力を込めると、自然と口から吐息のような声が漏れてしまった。

アルの手が不埒な動きで太腿の内側をするりと撫でる。

「そんな声を出すな。止まらなくなる」

「や、違っ……本当にダメ、ですっ！」

右腕がするする這い上がり、シャツのボタンをどんどん外していく。

あっという間に胸許が開かれ、外気に晒される。先ほどまでは肌寒いくらいだった室内は、今や汗ばむほどの気温に感じられる。

「あっ」

胸元を優しく撫で始めたアルの指先が胸の先端を掠める。

ふいの刺激に体が魚のように跳ねた。それに気を良くしたのか、今度は優しく指の腹で転がすように先端に触れてくる。

「やっああっ」

「静かに。大きな声を出すと外に聞こえるぞ」

その言葉にハッとする。そうだ、ここは職場だった。思わず両手で口を押さえる。

「カラムの可愛い声を聞くのは大好きだが、他の奴には聞かせたくない……もしも俺の他に聞いた奴がいたら、殺してしまうかもしれない」

不穏なことを呟きながら、その間も身体を弄る不埒な手の動きは止まらない。

「なら、職場で変なこと、すんな……っ」

「わかっている。あと少しだけこうさせてくれ。本当はさっきローナンがきみに抱きついているのを見た時、引き剥がしてやろうかと思ったんだ。自分がこれほど嫉妬深い男だなんて知らなかった」

重いなと思いつつも嬉しいと感じてしまう自分がいる。こんなこと皆に話したら、きっと呆れられてしまうだろう。

「カラム、こっちを向いて」

アルの手が優しく顔を後ろに向かせる。その仕草で、次に続く行為がもうわかってしまう。目を閉じると、アルの熱い唇が重なった。

31

あの後執務室に戻った俺たちは、なんとも言えない表情の皆に迎えられた。それに気がつかないように振る舞ってなんとか仕事を終えたが、おかげで尋常じゃなく気疲れした1日になってしまった。

だがそんな牧歌的な日々は長くは続かない。俺たちイースト・エンド財政改革部は大きな問題と直面することになるのだ。

その日、いつも俺たちだけで行う朝のミーティングにはアルとシーマスも参加していた。二人とも厳しい表情をしている。

「昨夜、銀狼盗賊団がジョンストン侯爵家を襲撃した。死者は出ていないが負傷者は多数。夫人自慢の宝飾品や侯爵の金塊が多数盗まれた。さすがの夫妻もすっかり意気消沈しているそうだ」

シーマスの言葉で室内に緊張が走る。ジョンストン侯爵家といえばクリスティー伯爵家以上の浪費家として有名である。蓄財を削って身の丈に合わない浪費をしていた我が家とは違い、ジョンストン侯爵家は豊かな領地を持ち、たくさんの会社を経営している富豪だ。

昔はその財力が羨ましくて仕方がなかったが、今となってはその莫大な金をもっとポジティブで建設的なことに使ってほしいとしか思わない。

「それにしてもここ最近、銀狼たちやけに動きが活発になってないか？」

俺は隣に立つジェイに話しかけた。普段は穏やかで物静かなジェイも眉を顰めている。

「そうだな。今回は死者が出なくて本当に良かった。だがジョンストン侯爵家にはかなりの人数の私設兵が常駐しているはずだ。そう簡単にはやられるとは思えないが」

「てことは、なにか特別な武器でも持ってたとか？」

ミカが普段とは打って変わって鋭い目つきで尋ねた。シーマスは軽く頷く。

「ああ。現場の痕跡から、奴らは我が国に流通していない武器を使っていたようだ」

「外国の武器か？　てことはまあ、間違いなくどっかの貴族が絡んでやがるな。それもかなり金がある奴だ。銀狼の連中とつるむってことは、反王政派か」

フィル先輩が舌打ちをする。

「ああ、その可能性が高い。反王政派は水面下で急激に勢いを増している。今の国政に不満を持つ貴族が彼らに加担してもおかしくはないだろう。協力者はどこに潜んでいるかわからない……この省内にいる可能性もある」

アルの言葉に室内にはさらに緊張が走った。そんな中、黙って何か考え込むようにしていたローナンが軽く手を挙げた。

「俺、ちょっと気になることがあるんですよね」

「話してみろ」

アルに促され、ローナンは頷く。

「少しまえからイースト・エンドで子どもの行方不明事件が相次いでいるじゃないですか」

ローナンの言う通り、イースト・エンドを中心とした貧民街ではここ数ヶ月、12～13歳くらいまでの子どもたちが姿を消す事件が続いている。この件は主にローナンとジェイが担当しているのだが銀狼盗賊団が活発化している時期と子どもたちが消え始めた時期が一致しているというのだ。

ローナンの話に緊張が走る。もしかすると今、水面下で何かとてつもなく大きな計画が動いているのかもしれない。

「嫌な予感がする」

俺の言葉に全員が頷いた。

本来こういった事件は軍の中にある警察のような組織が担当するのだが、貧民街に関しては些末(さまつ)な事件が多すぎることや相手が最下層の国民ということもあってか、まともに捜査をされることのほうが少ない。

その状況に声を上げたのがアルだ。その結果イースト・エンドで起きた事件に関してもすべて俺たちが担当することになった。地味な面倒事が大嫌いな軍の高官たちは喜んでイースト・エンドの管轄権を全権委任してくれた。

自分たちには関係のない一般庶民のことまで真剣に考えている貴族は少ない。ほとんどが自分たちの私腹を肥やすことしか考えていない者ばかりだ。そんな貴族たちからアルは「なんの利益にもならないことに自分から首を突っ込む変わり者」として冷笑されている。

（けど、俺はそういうところが好きなんだよな）

アルは高位の貴族でありながら身分で人を差別せず、すべての国民が幸せになれる国づくりに奔走している。きっと生まれ育ってきた環境が影響しているんだろう。どんなに傷ついたりつらい思いをしても、優しさや思いやりを忘れない彼は誰よりも格好いいし尊敬できる。

そんなことを考えているとアルと視線がぶつかった。厳しい表情から一転してアイスブルーの瞳が甘く細められ、口角がほんの少しだけ上がる。

思わず微笑み返しそうになった瞬間、俺たちの視界を茶色と鳶色の頭が遮った。

「ちょっと！　二人ともなにイチャついてんのさ。仕事中のラブラブ禁止！」

「そうだそうだ！　俺だってカラムと仲良くしたいの我慢してんのに！」

ミカとローナンが口々に抗議する。

「イチャイチャなどしていない。偶然視線を交わしただけだろう」

アルは冷徹公爵に戻ってそっけなく言い放つ。

「公爵のアルに向ける視線が甘すぎて胸焼けしちゃうよ！」

「ミカに同意しかない！　ここが職場だってこと忘れないでくださいよ。俺がちょっとカラムに絡むだけで怒るくせに」

よせばいいのに、アル相手でも物怖じしないミカがいるせいかローナンはどんどん調子に乗っている。

「ジョンストン侯爵といえばさ、おまえ双子姉妹と同時に付き合って、1週間で振ったことあったよな」

「ちょ、おいやめろよ」

アルの前でこの話はまずい。自分で言うのもなんだが、俺の過去の女性関係はエグすぎる。

「やだね！　あの時のカラムはさ――」

「ローナン・ヘンドリック」

地獄から這い出てきたような低い声に、ローナンが一瞬でフリーズした。

「ずいぶんと元気が有り余っているようだな」

「い、いや……そんなことは……ミカ、助けてくれ……ってあれ!?　いねえ!!」

横にいたはずのミカはすでに移動し、真剣な顔でシーマスたちと話し込んでいる。

「いつまでも無駄話に興じているのはきみだけだぞ」

そこで一度アルは言葉を切ると、ポンとローナンの肩に手を置いた。だがよく見ると爪が食いこんでいる。

「い、いたたたっ！　痛いっ!!　ぼ、暴力反対！　カラムっ、助け――あいたたたっ！　力強くしないでください!!　すみません俺が悪かったです!!」

アルは騒ぐローナンからパッと手を放すと皆に声をかけた。

「しばらくの間は銀狼盗賊団の監視と協力者の洗い出しに注力してもらうことになる。子どもたちの事件の関連性も探ろう。皆、よろしく頼む。詳細は俺とシーマスで詰めて、また共有させてもらう――特にローナン、きみは元気があり余っているようだから一番働いてもらうことにしよう。期待、しているよ」

「お、終わった……」

　ローナンは情けない声を出してがっくりと肩を落とした。


「ローナンのこと、いじめすぎるなよ？」

「いじめてなどいない。余裕がありそうだから仕事を与えただけだ」

　アルは拗(す)ねたような顔で言いながら、ベッドの中で俺をぎゅっと抱きしめた。

「おまえは本当に……ローナン、ガチめに落ち込んでたんだからな」

「きみの昔の話をしようとするのがいけない。俺たちが付き合っていると知っているくせに」

「まあ、それは俺も嫌だけど。あいつも悪気があるわけじゃないし。な？」

「……善処する」

「お。えらいえらい。さすが俺の彼氏」

　そう言って髪を優しく撫でてやると、蕩(とろ)けるような笑顔でもっと撫でてと言わんばかりに手のひらに頭を押し付けてくる。その様子があまりにも可愛くて、俺はしばらくアルの頭を撫でていた。

（爺(じい)ちゃんちのゼットンのこと思い出すなあ）

　ゼットンというのは前世、母方の祖父が飼っていた金色の毛を持つ大型犬だ。ゴールデンレトリーバーと何かの雑種らしいゼットンは、散歩をしていると驚かれるほど大きかった。だがとても優しくて、賢い犬で俺は大好きだった。しばらくそうして撫でていると、ふいにアルが俺の手を掴んで半身を起こす。アイスブルーの瞳にははっきりと情欲の炎が燃えていて、その中に映る俺も物欲しそうな表情をしていた。

やがてアルの顔が少しずつ近づいてくる。触れるだけのキスを繰り返した後、唇の隙間を尖らせた舌でつつかれた。薄く唇を開くと熱い舌がぬるりと入り込んできて、あっという間に口内を激しく舐めまわされる。

きっと明日からは忙しくなって二人でゆっくり過ごすことも難しくなるだろう。それがわかっている俺たちは、抱きしめ合って何度もキスを交わした。

翌日はアルとシーマスを加えた緊急ミーティングから始まった。

「今日から事件解決の目途が立つまでの間は、それぞれチームになって動いてもらう」

シーマスは手元のノートと俺たちの顔を交互に見る。

「まずはフィル先輩とミカ。きみたちは銀狼盗賊団を探ってほしい」

二人は頷く。

「とりあえず潜入捜査でも始めてみるか？」

フィル先輩はどこか楽しげにも見える。

「いいけど、問題起こさないでよ。フィル、黙ってるだけでもすごく目立つんだから」

「あ？　うるせーな。てめえこそ人のこと言えねえだろ」

ここへ来た当初は喧嘩が始まるのかとハラハラしていたものだが、今となってはこれが二人のじゃれ合いだということをもう知っている。

「次にローナンとジェイ。きみたちには、子どもたちの件を引き続き調査してほしい。俺はきみたちが外へ出ている間の通常業務を一手に引き受ける」

「わかりました！　ってジェイもいい奴だから好きだけどさ、カラムと組みたかったなあ。カラムもたまには俺と組みたいよなあ!?　俺は悲しいぜ、相棒～!!」

ローナンが大げさな泣き真似をしながら俺に抱き着こうとした瞬間、彼はぐえっとカエルのような鳴き声を発して俺の前から消える。

「残念だったなローナン。カラムは俺と組んで反王政派の怪しい貴族の洗い出しをするんだ」

ローナンの首根っこを掴んだアルが勝ち誇った氷の微笑を浮かべていた。

誰がどう関わっているかわからないということもあり、今回の調査は極秘に行われることになった。調査の期間は約2ヶ月。あまりに長すぎると色々とごまかしがきかなくなってくる。アルと俺以外は重点的にイースト・エンドを視察するという名目で、毎日朝早くから夜遅くまで出かけていることが増えた。

逆に俺たち二人はさまざまな資料を調べることがメインのため、執務室に籠(こも)ることが増えた。アルがこの仕事のために新たに用意した執務室はとても狭い。俺たちは通常の勤務が終わった後、夕方からは人目をしのんでこちらの執務室に移動する。

2つの机が横に並び、その背後に人一人通れるくらいのスペースをあけて置かれた本棚には、本来は持ち出し禁止や閲覧禁止の資料がぎっしりと詰め込まれている。これらはシーマスとアルが秘密裏に運び込んだものだ。

毎日のように深夜までここにいることがバレないようにするため、部屋には窓がない。明かりが漏れることを防ぐため、ドア全体にも大きな布が掛けられている。最小限の照明の中での作業は目が悪くなってしまいそうだが、秘密裏に事を進めるにはこれぐらいがちょうどいいのかもしれない。

俺たちはまず、シーマスがリストアップしてくれた反王政派の疑いが濃い貴族たちの名簿に目を通すことにした。貴族たちは毎年一度、前世の確定申告のような書類を国に提出しなければならない。その資料を読み解けば、反王政派の動きが見えてくるはずだ。数字は時に言葉以上に雄弁なのだ。

久しぶりにたくさんの細かい数字を前にすると、なんだかやる気がみなぎってくる。前世の仕事を思い出しながら、気合いを入れて腕まくりをした。

リストを見る限り、反王政派は公爵や侯爵、伯爵のような高位の有力貴族よりも子爵や男爵に多いようだ。彼らの不動産売買の記録をまずは5年ほど遡(さかのぼ)って調べてみることにする。一人一人丹念にチェックしていくうちに、数名の不動産購入記録に引っかかりを感じた。

「なあ、アル。この人たち知ってる？」

俺はアルの前に3人の貴族たちの資料を広げる。ライアン・ベアード子爵、ジャック・クロウリー子爵、そしてジェレミー・ラフマン男爵。この3人はどういうわけかイースト・エンドにほど近い場所にこの5年以内に別邸を購入していた。

アルは資料を目で追いながら首を傾げる。

「夜会で挨拶(あいさつ)程度ならしたことがある。だがそれも一度か二度だな。顔は覚えているが、それ以外は」

「この人たち、爵位が低いけど領地が豊かだったり、財力があったりするのかな？」

「いや。そんな話は聞いたことがない。なぜだ？」

「まだあくまで推測の域を出ない話ではあるんだけど、彼らはこの5年のうちにイースト・エンドの近くに別邸を購入してる。あの辺、治安は良くないけど王都だし、土地も建物も経済的によほど余裕のある貴族じゃないと、そう簡単に手を出せる金額じゃないはずなんだよ」

「たしかにそうだな」

「うん。もし彼らが領地経営の他に何か事業で成功しているとか、領地が豊かだとかだったら話は別だけど」

「なら、これを見ればいい」

アルは自分の机に置いてあった資料を差し出す。

「こっちの資料は各領地からの納税記録や領民の年間の生産金額を見ることができる」

「ありがと！」

俺は再び資料に目を落とす。ベアードもラフマンもクロウリーも、納税金額は所得が一番低い貴族のものだ。領民の生産金額や人口、領地ごとの食料自給率という角度から考察しても、彼らの所得に嘘はないだろう。

だが、だとしたらやはり彼らが王都に別邸を購入することはまず無理だ。

「あ、しかも即金で購入してる」

売買資料には一括で購入したのか分割で購入したのかも記されているのだが、3人とも見事に一括で支払ったことが記載されている。

「親族から財産でも相続したのかと思ったが、その様子もない……妙だな」

サファイアブルーの瞳が厳しく細められた。

「とりあえず、この3人についてもっと調べてみよう」

体の向きを再び前に向けて資料を手に取ろうとすると、手首を掴まれた。反射的に手を引こうとしたが、しっかりと掴まれて前に引っ張られる。

「わ！　びっくりした。どうしたんだよ？」

「もうあと1時間もすれば日付が変わる。今日はもうここまでにしよう」

「え、でも……」

正直もう少し仕事がしたい。俺の様子にアルは片眉を上げる。

「まだ1ヶ月以上もあるんだぞ。今からそんなに根を詰めて仕事して、倒れたらどうする」

「それは……」

前世ではワーカホリック気味だったし、数字を読むのは好きなので仕事は苦ではない。むしろ楽しい。だがカラムの身体は無理をするとすぐに弱ってしまうのも事実だ。俯く俺にアルは優しく声をかける。

「今日は少し休憩して、あと少しだけ仕事したら帰ろう」

立ち上がって部屋の奥にある簡易キッチンへと姿を消したアルは、しばらくして2つのマグカップを手にして戻って来た。

漂ってくる甘い匂いですぐに中身がわかる。

「この匂い、ホットチョコレートだ！」

「ああ。脳の疲労には甘いものが効くだろう？」

「うん！　でもアル、いつの間にホットチョコレートなんて作れるようになったんだ？」

キッチンに立つことも稀なのに。首を傾げると、アルの耳がうっすらと赤くなる。

「きみがホットチョコレートを好きだとローナンから聞いて……その、練習したんだ。うまくできているだろうか」

最後の方は自信がないのか、声がどんどん小さくなっていく。いつもの仕事中には見ることのない彼の姿が愛おしくて頬が緩む。

（可愛いって言うと拗ねるからな。やめとくか）

受けとったマグカップに口を付ける。アルは緊張した面持ちで俺がホットチョコレートを飲むところをじっと見ている。

「うん、美味いよ！　最初にしっかりチョコ刻んでくれたんだな。ミルクの量も俺好みだし。アル、ありがとうな」

「よかった」

心底ほっとした表情になったアルはやっぱり可愛い。思わず口から零れ出たその一言に、アルが顔を顰めた。

「俺は可愛くなどない。可愛いのはきみの方だろう」

少し頬を膨らませている様子がまた可愛くて、少し意地悪をしてみたくなってしまう。

「まあ俺もそれなりに可愛いけどさ。やっぱ俺の方が年上だし、俺からしたらまだまだアルは可愛いお子ちゃまで……わっ」

言い終わらないうちに手からマグを取り上げられ膝の上に横抱きにされる。

「おい、ここ仕事場だぞ。おまえ何して……んんっ」

抗議の声はアルの口内に吸い込まれていく。チョコレートの甘さとキスの甘さで脳が痺れそうな感覚に陥る。最近は忙しくて、帰宅しても寝るだけの日々が続いていてこんな風に触れ合うのは久しぶりで、刺激の強さに目眩を起こしてしまいそうになる。

アルは一度口を離して机の上のマグカップに口を付けた。キスの余韻でぼうっとしているうちに、再び唇を塞がれてしまう。

「ん、んん……んぅっ」

口内に甘い液体が流し込まれる。

(これ、ホットチョコレートだ……)

喉を鳴らして飲み込むと、再び熱くて甘い舌が口の中を舐めまわす。その後も何度も何度も、マグカップが空になるまでアルは俺にホットチョコレートを飲ませ続けた。ようやく解放された時には、身体中の力が抜けてアルの胸に頭を預ける体勢になっていた。

「アル、やりすぎ……っ」

抗議の意を込めて軽く睨むが、サファイアブルーの瞳は嬉しそうに輝いているだけだ。唇の端を親指で拭って、指の腹を見せてくる。

「チョコレート、ついてたぞ」

そう言って俺の目をじっと見たまま、見せつけるように真っ赤な舌をべろりと出して指についたチョコを舐めとる。

「ちょっ、いいから！」

その仕草があまりにも煽情的で、途端に身体中の血液が沸騰したように熱くなっていく。

「真っ赤になってる。可愛い。やっぱり可愛いのは俺じゃなくてカラムだな」

アルは意地悪そうに笑って、触れるだけのキスを落とした。

「うるさいっ！　いいから降ろせ！　あと少し仕事すんぞ！」

俺はアルの膝から降りて自分の椅子に戻ると、手元の資料に目を落とす。だがアルは今日はもう仕事をする気がないらしく、頬杖をついて俺の方を見ている。

「……なんだよ、こっち見てないで書類を見ろよ」

「そうしたいんだが、目が勝手にきみの方を向いてしまうんだ。どういうわけか自分ではコントロールが利かない」

甘すぎるセリフにさらに体温が上がった気がする。

「あっそ」

わざとそっけなく言ったのに、アルが小さく笑ったのがわかった。ため息を吐いて顔を上げると、蕩けるような甘い青が視界いっぱいに広がる。

「照れるところも可愛い。でも真剣に仕事をしてる横顔も可愛い。カラムの可愛さは天井知らずだな」

「なっ……！　なに、言って……」

アルは言葉を失う俺の手から書類を取り上げると、頬に軽いキスをした。

「カラム。今日はもう帰ろう。明日は公休日だし、たまにはゆっくりして身体を休めなければダメだ」

「わかったよ。その代わり休み明けはガンガン仕事するからな」

今日の仕事は諦めて俺たちは部屋を出た。薄暗い廊下を歩いていると横から伸びてきた手に腰を抱かれる。

「おい、そんなにくっつくなって。まだ家じゃないんだから」

もう建物には俺たちぐらいしか残っていないだろうが、万が一、誰かに見られたりしては気まずい。少し身体を離そうとしたのに、アルの手に力が込められた。

「おい、歩きにくいよ」

だが力は弱められるどころかもっと強くなる。馬車に乗り込むと同時に、さっきみたいに横抱きで膝の上に乗せられてしまった。

「アル、まだ家じゃないだろ！」

「大丈夫だ。馬車の中は誰にも見えない」

「そういうことじゃ……あっ」

アルは素早い動きでジャケットのボタンを外して、薄いシャツの上から胸の先端を押し潰すように触れてくる。やめさせようと伸ばした腕は力が入らず簡単に払いのけられてしまった。

「悪い……久しぶりに触れたら、止まらない」

耳の縁をねっとりと舐めながら囁かれ、身体がビクビクと震える。

「ん……あっ……んっ、んんっ」

声だけは漏らすまいと唇を引き結んでなんとか堪えていると、それが気に食わないのかなんの前触れもなく両胸の尖りを引っ掻くように刺激されて大きな声が出てしまった。

「ああっ！」

俺は思わず両手で自分の口を塞ぐ。

（やばい。もし声が漏れてたらどうしよう……）

恥ずかしさに涙が出そうになる。口を押さえたままアルを睨む。抗議のつもりだったのに、アルの瞳はさらにギラギラとした欲望を増すだけだった。

やがて不埒な指がシャツのボタンにかかる。慌ててそれを制止すると半ば祈るように懇願する。

「ダ、ダメっ！　それだけはっ……外でするの、やだ……」

アルは一瞬だけ苦しそうな顔をしたが、やっと手を止めくれた。ほっとする俺をぎゅっと抱きしめると、耳元で切なげに囁く。

「今はやめよう。だが家に帰ったら続きをしてもいいだろうか。今夜は久しぶりにきみに触れたい」

俺だってこのままじゃ眠れそうにない。小さく頷くと、再び強く抱きしめられた。

33

週明けは会議からスタートするのが最近の習慣だ。

午前中にフィル先輩やローナンたちと打ち合わせをして、前の週に得た情報や発見したことを互いに共有することにしている。

フィル先輩は長い脚を机に投げ出して椅子を前後に揺らしながら話し始めた。

「奴らの資金は想像以上に潤沢だ。武器もすげえ持ってるし、メイデンヘッドやら海外の武器があるのも見つけた。組織もしっかりしてるし、単なる輩の集まりじゃねえ」

いつもふざけてばかりのミカも厳しい表情をしている。

「首領はかなり頭が切れるね。変装している上に首領と滅多に顔を合わせる機会はないけど、下手なことしたら僕らの面も割れちゃいそうだから、予定よりフェードアウトする時期を早めようと思ってる。それにあいつらの資金、ちょっと金持ちの貴族を襲撃したくらいで得られるような額じゃないよ。もしかしたら想像以上の大物がバックについてるかもしれない」

シーマスが眼鏡のブリッジを押し上げる。

「とんでもない黒幕がいるかもしれないいな。反王政派の可能性が低い高位貴族も調べた方がいいな。おまえたちの方はどうだった」

シーマスの言葉にジェイが静かに口を開いた。

「イースト・エンド付近に昔からある2つの孤児院はきちんと経営されていました。子どもたちの数も不自然な増減はなく、不審な点も特にありません」

ジェイの言葉に続けるように、今度はローナンが話し始める。

「そっちは問題なかったんだけど。ここ数年、自分の領内に私設の孤児院を設置する貴族たちがいるらしい。イースト・エンドの子どもたちのこともずいぶん受け入れてるらしく、最近はそっちに行く子も多いんだって」

(まさかその貴族って……)

「貴族の名前はわかってるのか?」

ローナンは俺の目を見て頷く。

「うん。調べてリスト作ってきた。はいこれ」

「ありがとう……! 助かる」

俺はずっしりと重い紙の束を受けとった。

「その施設、訪問することはできるのだろうか」

アルの質問に、ジェイは首を横に振る。

「領内に私的財産を投じて作られた施設ですし、我々の管轄外ですから。おそらく正面突破は不可能に近いでしょう。ですがなんとか理由を考えて、ローナンと二人で実際に見てくることにします」

「そうか。くれぐれも気をつけてくれ」

アルの言葉にジェイは一礼する。

「最後はアルとカラムたちだな。何か収穫はあったか？」

シーマスの言葉にアルが俺を見た。

「カラム、報告を頼む」

「はい。反王政派と見られる貴族の中で直近5年以内にイースト・エンドの付近に邸宅を購入した貴族が3人ほど見つかった。しかも現金一括で購入している。ちなみに爵位は子爵と男爵だ」

「その爵位で即金で王都の邸宅を買える奴らなんているか？」

フィル先輩が綺麗な顔をこれでもかというぐらい顰める。俺は静かに首を振った。

「いないと思います。おそらくは彼らには資金の提供者がいるのではないかと」

「その3人の名前は？」

ミカが俺を見る。

「ライアン・ベアード子爵、ジャック・クロウリー子爵、ジェレミー・ラフマン男爵だ」

「じゃあ僕たちはその3人と銀狼に繋がりがあるかどうか調べてみる。てことで、そろそろフィルと僕は仕事に行くね」

その言葉に応じるようにフィル先輩が勢いよく立ち上がる。二人は俺たちに手を振ると、当たり前のような顔をして窓から出て行った。

「え!?　ちょっと待って!?　ここ9階だよな!?」

皆はなぜか平然としているが、俺は騒がずにはいられない。

「待ってなんでそんな普通なの？　先輩とミカのこと心配じゃないのか⁉」

シーマスは呆れたような顔をしている。

「驚くほどのこともないだろう。カートレット家とシェラード家の奴らだぞ？」

ジェイとローナンも頷いている。

「どういうこと？　全然わかんないんだけど」

助けを求めてローナンへ視線を向けた。

「あの二人の家って先祖代々〝グリム〟の幹部だからね。子どもの頃から超実践の戦闘訓練とか受けまくってて、尋常じゃなく鍛えられてるんだって」

「グ、グリムってあの⁉」

グリム。それはスパイ活動を主とする国王直属の組織だ。秘密裏に活動していることもあり、普通その全貌は謎に包まれている。噂には聞いていたけれど、まさかこんなに身近にいるとは思わなかった。

「その話は今度ゆっくり聞いてみなよ。そろそろ俺たちも時間だわ。またなカラム！」

ローナンとジェイが立ち上がって部屋を出ていく。視察とはいえ全員が常に外に出ているのは不自然なので、俺たち3人はいつもの業務を行うため、執務室へと向かった。

「やっぱり……孤児院を設立しているのはこの3人だよ」

ローナンたちからもらったリストと財産申告を突き合わせていくうちに、例の貴族たちが新たな孤児院を領地に開設したことがわかった。

「まだ状況証拠ではあるが、孤児院と行方不明事件は関係がありそうだな。最悪の事態を予想しておいた方がいい」

「そうだな……ローナンたちにはなるべく早く孤児院を訪問してもらわないといけないな」

国に提出する書類には、孤児院に収容している子どもたちの名前まで開示する義務はない。行方不明者が彼らの孤児院に収容されたかどうかは各院で保管しているはずの名簿を確認させてもらうしか手がないのだ。

「銀狼の方は何か手がかりが掴めそう？」

アルは俺に貿易関係の書類を見せる。

「手がかりというには心許ないが、ラフマン男爵だけが頻繁に取引している貿易商を見つけた。しかも国内の会社じゃない」

丸がつけられたところには、ブルクハルト商会と書いてある。

「うちは取引したことがないな。アルは知ってる？」

「ああ、名前だけ。数年前からアルスターと取引を始めた新進気鋭のメイデンヘッドの貿易会社だ。扱っているのは宝飾品や東方や西方の国から運び込んだ高価な家具や絨毯の類だったと思う」

「宝飾品？　だったら俺が知らないはずはないと思うんだけどな……」

それにしてもブルクハルトという名前はどこかで聞いたことがあるような気がする。いったいどこで聞いたんだろうか。

(ブルクハルト……貿易……メイデンヘッド……)

「あ!」

大きな声が出てしまった。書類に目を落としていたアルの方が大きく跳ねた。

「カラム、いきなり大声を出すな」

「ごめん! でも思い出したよ。ブルクハルト商会の会長の名前、もしかしてレオン・ブルクハルトじゃないか?」

「ああ。なぜわかった?」

「うちの屋敷の借主の中にレオン・ブルクハルトって人がいるんだよ」

王都の我が家ことクリスティー伯爵邸は、とんでもなく大きい。5階建ての屋敷の部屋数は10 0を超え、維持管理費だけで恐ろしいほどの金がかかる。ちなみにこの屋敷は8代前のクリスティー伯爵が建てたもので、その頃は国でも有数の富豪貴族だったそうだ。

もちろん今の我が家にはこんな豪邸を維持するほどの財力はもう残っていない。売りに出すことも考えたが、あまりの豪華さのためか一邸丸ごとだとなかなか買い手がつかなかった。それにやはり、先祖代々大切に守ってきた財産を売り払ってしまうことには、さすがの俺も罪悪感のようなものを感じていた。

そこで売却はとりやめ、ひと部屋ごとに家賃を設けてそれをこの屋敷の維持管理費に充てることにしたのだ。インテリアや照明も部屋ごとにとてもこだわっていることもあり、高めの金額に設定したにもかかわらず、部屋はあっという間に埋まった。国籍や身分を問わず貸すことにしたのがよかったのかもしれない。家賃は階が上がるごとに高くなっているのだが、最上階の5階の部屋をすべて借りてくれているのがレオン・ブルクハルト氏なのだ。

部屋を借りる際には父とスティーヴンがしっかりと面接をしている。父はともかくスティーヴンに任せておけば間違いはない。そのスティーヴンが絶賛していたことでもレオン・ブルクハルトのことは記憶に残っていた。

「物腰も柔らかくて、優雅なんだって。それにマナーも完璧で、若いのにあんなによくできた人は見たことがないって、うちの執事長が絶賛してた」

「そうか」

「うん。スティーヴン……ってのは執事長のことなんだけさ、スティーヴンが手放しで見ず知らずの他人のことをあんなに褒めるの、初めて見たよ。しかも初月にその月だけじゃなくて、1年分の家賃を前払いしてくれたんだって」

「それはすごいな」

「だろ？　うちからしたらありがたすぎる話でさ。俺たちと年もそんなに変わらないんじゃないかって言ってた。それも自分で起業したらしくて。すげえ手腕だよな。俺も一回会って話してみたいって思ってたんだよ」

若いうちに一代で莫大な財産を築く人間は少ないが確実に存在する。自分自身がそうなりたいと思っているわけではないが、成功者の話を聞くことは好きだ。それにメインデンヘッドにはうちの領地の特産品をもっと売り込みたいと思っていたので、彼にはとても興味がある。

だが俺が熱心にしゃべればしゃべるほど、アルの口数が減っているような気がする。

「アル？　聞いてんのか？　もしかしてもう眠くなった？　今日、通常業務の量も多かったもんな。明日頑張るとして、早めに上がるか？」

「眠くはない。別に大丈夫だ」

不機嫌そうに言ってそっぽを向いてしまう。俺は書類を机に置いて立ち上がると、アルの顔を覗(のぞ)き込んだ。口はへの字に曲がり、明らかに何かに怒っているように見える。

「大丈夫じゃないだろ、その顔。なあ、どうしたんだよ？　俺もしかして何かした？」

気づかないうちに地雷を踏んでしまったのかもしれない。優しく話しかけると、アルはチラリとこちらに視線を寄越して大きなため息をつく。そうしてとても小さな声で呟(つぶや)いた。

「きみがあんまり他の男のことを褒めるから……少し、妬(や)いた」

恥ずかしいのか、耳たぶが赤くなっている。

(こういうところ、年相応で可愛いよなあ)

「何を笑ってるんだ」

緩んだ俺の顔を見て、アルが不貞腐(ふてくさ)れた。こういうところが愛しくてたまらない。込み上げてくる笑いを噛(か)み殺(ころ)しながら、アルの首に腕を巻きつける。

「ごめん。笑ってるんじゃなくて、そんなに俺のこと好きでいてくれるんだなあって思ったら嬉(うれ)しくてさ」

「当たり前だ。カラムはまだ俺がどんなにきみのことが好きか、わかってない」

「そんなことないって。それよりさ、俺はレオン・ブルクハルトよりアルの方が何千倍もすごいしかっこいいって思ってるから」

「……まだそいつに会ったこともないくせに」

だがアルの声は先ほどよりもぐっと柔らかくなっている。機嫌が直ってきた証拠だ。すぐに機嫌を直すところも可愛いと思っているのだが、アルへの「可愛い」はけっこうな地雷ワードだ。うっかり口にしてしまうとその後、何をされるかわからない。

「確かに会ったことはないけどさ、俺が好きなのはおまえだけだし。俺の目にはどんな奴よりアルがかっこよく見えるんだって」

アルは首に回していた両腕を解くと、身体をこちらに向けて正面から俺を優しく抱きしめた。

「すまない。仕事中なのに。二人きりでいると、どうしても感情がうまく制御できなくなる」

「じゃあシーマスにもいてもらうか？」

「嫌だ。二人がいい」

背中と腰に回された腕に力が籠(こも)る。

「冗談だよ。俺だって、二人でいられんの嬉しいし」

「カラム……」

アルがゆっくりと体を離し、顔を近づけてくる。唇が触れるだけのキスを何度か繰り返した後、アルの舌が俺の下唇をなぞるように舐(な)めた。

「……っ、これ以上はここではダメだぞ。もう少しだけ仕事して、今日は帰ろ！」

俺は慌てて両手で口を覆った。アルは残念そうな表情を浮かべたが、それ以上ことに及ぶことはなく解放してくれた。そうして俺たちはその後も日付が変わるまで財務諸表や報告書に目を通した。

34

「やっぱり、どう考えてもおかしいな」

アルは眉を顰めて書類を眺めている。

今日も俺たちは夜遅くまで執務室に籠っていた。適度な休憩も必要というアルの提案で、最近は午後9時に15分ほどのティータイムを取ることにしているのだ。

「ああ。ラフマン男爵にブルクハルト商会と取引できるほどの金や財産があるとは思えない」

簡易キッチンでいれた紅茶を運びながら答える。今日の紅茶にはオレンジスライスマーマレードを入れている。俺もアルも大好きな飲み方だ。

このオレンジマーマレードは前世で大好きだった高級食材の専門店のものを真似て俺が開発中の試作品だ。普通のマーマレードのようにオレンジの皮を細かく刻むのではなく、少し厚めの輪切りのオレンジがそのまま入っているのだ。

それを紅茶の中に入れて崩して食べながら飲むと本当に美味い。皮だけでなく実の部分も入っているので一般的なマーマレードと違って、苦みがほとんどない。そのため紅茶に入れるとオレンジの香りと甘さがお茶の味をさらに豊かで複雑にしてくれる。

一杯飲むだけでも腹にたまるので夜食の代わりとしても重宝する。ちなみにオレンジの香りが強いので、紅茶は香りや味にクセのないものがおすすめだ。今後、もっと改良して大々的に売り出すことを目論んでいる。

紅茶の入った大きなマグカップ――オレンジの厚切りが大きいので、この飲み方をするときは大きなマグを使っている――を俺から受けとったアルは、フォークでオレンジを潰しながら俺を見た。

「申告している納税金額をごまかしている可能性もなさそうなんだよな」

「だいぶ前だがラフマン男爵の領地に立ち寄ったことがあるが、豊かな土地ではなかったな」

アルスターの貴族たちは、前世の中世ヨーロッパと違い納税を免除されるなどの特権はない。貴族たちは年に一度、領地でとれる小麦の生産量を基準とした納税ランクによって決まった金額の税金を納めなくてはならないのだ。領民が納めた税金を領主がまとめて国に支払う。その際、手数料として税金の1%を領主は得ることができる仕組みになっている。

納税金額の高い順からA～Fまでにランク分けされているのだが、ラフマン男爵家のランクはEだった。Eランクの貴族は館も質素で、王都に持っている屋敷もかなり小さい。ひとつの家では屋敷を維持することができず、何人かの貴族がひとつの邸宅を共同で購入して使用してることもあるという。

「有力な商人と貧しい貴族、王都の邸宅と領内の孤児院……この繋がりの中にきっと何か大切なことが隠れている気がする」

アルが頷く。

「ああ、そうだな。来週からはいったんラフマン男爵に的を絞って徹底的に調べることにしようか」

「それにブルクハルト商会ももっと調べないとな。そういえばアル、今週末は領地に帰るんだよな？」

アルはうんざりした顔で力なく答える。

「そうだ。半年に一度のランドルフ家とそれに連なる貴族たちの会合があるんだ。別に俺が出席する必要があるとも思えない、馬鹿げた集まりだ。泊まりにはなってしまうが、朝一番で戻るよ」

「そういえば主がいないのに俺だけ滞在しててていいのか？　ちょうどいいし俺も週末は実家に帰ろうかな」

「ダメだ」

俺の言葉に被せるようにアルが短く言い放つ。

「ええ？　なんでだよ」

「帰りたくもない家で、会いたくもない連中の相手をした後にきみが癒してくれないなんて耐えられそうにない」

「それは大げさすぎるだろ」

「そんなことはない。朝早く帰って、きみのことを抱きしめながら1日中ベッドでゆっくり過ごしたい。それだけを楽しみに頑張ってくるんだ」

アルは俺の右手を優しく握った。

「もし帰宅してきみがいなかったら……きみの家まで迎えに行って、その後は部屋に閉じ込めてもう外に出さないかもしれない」

（うわ、またアルの変なスイッチが入っちゃったよ）

俺は慌てて笑顔を作るとアルの手をぎゅっと握り返す。

「わ、わかったわかった！　おまえんちで帰ってくるの待ってるよ」

部屋の中に広がっていた不穏な緊張感はすぐに霧散した。アルは俺の手を引っ張って立ち上がらせると優しく抱きしめた。

「ありがとう。カラムが待っていてくれると思うだけで、何でも乗り越えられそうだ」


「とはいったものの、暇でしかたねえな」

ここ1ヶ月ほど平日は毎日のように夜遅くまで仕事をしているせいか、何もしないでゆっくりしている方が落ち着かない。それに休日はアルとずっと一緒にいたから、こうして一人で過ごす時間も久しぶりで時間を持て余してしまう。

（何か一人でできることがあればなぁ）

休養が大切なこともわかっているが、できれば動きたい。

（何かできることはあるはずだ）

目を閉じて思考に集中する。

「あ！　そうだ！　その手があった！」

叫ぶと同時に上体を起こしてベッドから飛び降りた。そうして馬車の準備を断って歩くこと数十分。到着したのは王都のクリスティー伯爵家だ。

今、屋敷の管理は王都に常駐しているジェイミーが行っているが、基本的に決裁権は俺に一任されている。ここのところ忙しくて顔を出す暇もなかったので久しぶりに様子を見に来ることにしたのだ。もちろんそれだけではない。ブルクハルト商会について少し調べたいという気持ちもある。忙しいであろう借主が在宅しているとは限らないが、これは俺にしかできないことだ。

「お久しぶりです、カラム様!!」

正門の前ではすでにジェイミーが立っていて笑顔で出迎えてくれる。俺たちは連れだって玄関まで歩き出す。

「元気だったか？　しばらく顔を出せなくてすまなかったな。ここのところ省の仕事が忙しくてさ」

「大変な中、ありがとうございます」

「何か変わったことはあったか？　困っていることとか」

「いえ、特には。ジョンストン侯爵邸の事件以来、防犯や警備に力を入れていますが、今のところ不審な出来事もありませんし」

「そうか、それは良かった。せっかく久しぶりに来たから屋敷の中を見て回ろうかな」

「承知しました！　では準備をして参りますので、私の執務室でしばらくお待ちくださいませ」

少し前まではわがままな俺に振り回され、後をついてくるのが精一杯だったジェイミーは今では見違えるほど大人の男になった。この大きな屋敷の管理人を任された時も、自分なんかにできないと騒いでいたが、スティーヴンのスパルタ教育の賜物なのか今ではすっかり伯爵家の次期執事長という風情が漂っている。

綺麗に整頓された執務室からもジェイミーの成長ぶりが伝わってきて、なんだか嬉しくなる。仕事のできる人間ほどデスク周りが綺麗だというのは俺の前世からの持論でもある。俺は立ち上がってジェイミーの仕事机に近づき、膝をついた。

椅子は何度も立ったり座ったりするだけでなく、座る者の体重を受けとめるので机に比べて傷みやすい。かなり使い込まれており何度も修理した形跡があるが、どう見てもそろそろ限界だった。

(後で新しいのを贈ってやろう)

それにしてもここまで物を大切にしてくれるのは嬉しい。わが家の家計もだいぶ余裕が出てきたし、ジェイミーの家は執事長だし、自身もこの屋敷の管理人という重要な職に就いている。そのためこの椅子を自費で買い替えることが難なくできるくらいの報酬は受けとっている。

以前のジェイミーだったらすでに買い替えていただろう。家族だけでなく、クリスティー伯爵家で働く者たちの意識も変わってきていることはとても大切だと思う。立ち上がったと同時にドアが開き、ジェイミーが戻って来た。

「お待たせしました。4階までは問題なく見ていただけそうなのですが、5階のブルクハルト様は本日、大事な商談をしているとかであと数時間は立ち入られると困るとのことで……」

「そうか、それなら仕方ないな。今日は他の階を見て回るか」

もちろんそれで終わる気はないのだが、問題を起こすとジェイミーの小言が面倒だ。一度4階まで上ってから、フロアの様子を確かめながら下へと降りていく。4階の中央階段からさりげなく上階の様子を窺ったが、階段の踊り場まで見張りのような男たちが立っている。声が聞こえないぐらい離れたところで、俺はジェイミーに話しかけた。

「……ずいぶんな厳戒態勢だな」

ジェイミーは頷く。

「ええ。例の銀狼盗賊団の事件以来、自主的に警備を強めたいと申し出があって。階段の踊り場や廊下にもいつも見張りが立っているんですよ」

「すごいな。それにしても見張りの奴ら、少し見ただけだがあまり性質が良くなさそうだな」

「ええ。そうなんです。目つきも鋭いし、話し方も荒くて。きっとこのためにやとった用心棒なんでしょうけど」

ジェイミーは眉を顰める。たしかに商会の社員というよりも盗賊の一味と言われた方がしっくりくる。

「ところで４階の廊下、あそこの絨毯はだいぶへたってたのが気になったな」

「ええ、それについてはご相談しようと思っていたんです。応急処置としてブラッシングは何度か行ったのですが」

「熱に弱い素材だからスチームを使うわけにもいかないしな。まあ経年劣化だから仕方ない。それにもうだいぶ使っているだろ。そろそろ買い替えるのもいいと思うぞ」

「かしこまりました。仕入れ先は今までどおりスペンサー商会でよろしいですか」

「うん……うーん……ちょっと待ってくれるか。それについては少し考えたい」

スペンサー商会はアルスターの中でも老舗の商会で、国内外のさまざまな高級品を取り扱っている。クリスティー伯爵家とも懇意にしている。品質の割に値段が高い品物も多いが、スペンサー商会をひいきにしているということは、それだけで豊かな財力の誇示になる。貴族の中にはそういった理由でこの商会から購入している者も少なくない。

見栄のために価格と品質がつり合ってないものを購入するなんてばかばかしい話だ。

(たしかブルクハルト商会では宝飾品の他にもインテリアなども取り扱っていたよな。彼らと繋がりを持つためなら多少の出費は仕方ないか)

話しながら注意深く見回りをしたおかげで、改善点が数か所見つかった。一度ジェイミーの執務室に戻り、二人で整理をする。

「4階の絨毯は、新しく取引してみたかった商会に俺から打診してみる」

「新しい商会ですか?」

「ああ。だがすべての取引を変更してしまうのは急すぎるし、スペンサー商会から何かしらの嫌がらせを受ける可能性がある。壁紙と窓ガラスはスペンサー商会から購入してくれ」

「かしこまりました。他に何か気になる点はございましたか?」

「なかった。掃除も行き届いているし、問題になるような住人もいないようだし。おまえももう自分の仕事に戻って大丈夫だぞ」

「カラム様はランドルフ公爵様のお屋敷にお戻りになるのですか?」

「そのつもりだが、まずは俺の部屋に寄っていくつもりだ。帰る時は勝手に出ていくから気にしなくていいぞ」

帰る時は必ずお知らせくださいというジェイミーを適当にいなして、俺は部屋へ入る。

部屋の入口までついてきたジェイミーの足音が十分に遠ざかったのを確認して、俺はソファに座った。

「さて。やりますか」

クローゼットを開けると、ハンガーに掛かっている部屋着に着替える。たまにアルと二人でこの部屋で過ごすこともあるので部屋着と夜着を1着ずつ置いているのだ。

（まさかこんな風に役立つとは思ってなかったな）

着替え終わると靴も脱ぐ。普段はこの世界の貴族が履く、足首の少し上くらいまでのブーツを履いているのだが、とにかく足音が響く。この部屋にはスリッパの他に俺が開発中の靴――前世でいうところのスニーカーが一足置いてある。

「やっぱスニーカーは軽くていいな」

ブーツからスニーカーに履き替えると一気に足が軽くなる。完全に着替え終わった俺は、部屋の壁に作り付けてある暖炉の置時計の長針に触れた。

（右回りで5、左回りで1、2、右回りで7、左周りで3、右回りで2……と）

針を回し終えると、暖炉の上に飾られている大きな絵画が音もなく左側にスライドする。すると大人が一人通れるくらいの通路が現れた。

「懐かしいなあ。よし、行くか」

部屋の鍵は閉めたし、俺が室内にいることがわかっていてジェイミーが勝手に侵入してくることはまずない。小1時間で戻ってくれば怪しまれることもないだろう。暖炉によじ登って通路の中に入った。

この通路は王都で暴動が起きた時や火災などが起きた時に備えて作られた通路である。すべての部屋についているわけではないが、各階のいくつかの部屋の置時計を暗証番号の通りに動かすと通路が現れる仕組みになっている。

ちなみにこの通路の存在と置時計の暗証番号はクリスティー伯爵家の家族だけが知っているもので、借主やジェイミーたちは知らない。5階の見回りを拒否された時から、この通路で様子を見に行こうと考えていたのだ。

通路を進むと狭く急な階段に突き当たる。俺は足音を立てないように、かつなるべく急いで階段を駆け上がった。子どもの頃によく兄たちとこの通路を探検していたことを思い出す。

(まさか、こんな風に役立つ日がくるとは思わなかったな)

通路の中に入るのは10年ぶりぐらいだ。不安もあったが子どもの頃の記憶というのはなぜかはっきりと記憶に残っているものだ。小さな頃はとても長い距離のように感じていたのに、あっという間に5階まで辿(たど)り着いた。

たしか5階の通路の入口は一番大きな客間に繋(つな)がっていたはずだ。念のためスニーカーも脱ぎ、つま先立ちで入口付近まで近づいて壁に耳をつける。今この部屋に人がいるとは限らなかったが、幸運なことに話し声が聞こえてきた。

通路の付近は外からはわからないが、その部分だけ壁が薄くなっている。おかげで耳をつけるとかなりはっきりと会話を聞き取ることができた。最初はなんの話かまったくわからなかったが、聞いているうちに少しずつ話の内容がわかってくる。

「次の出航は再来週の予定です」

「人数は？　ユ――からは最低5人は欲しいって言われてる。あの国は出生率がどんどん下がっているからね。子どもが常に不足してる」

「問題ありません。――の領地に先週、イースト・エンドから新たに10人ほど入りましたから」

「多すぎない？　あまり急に増えると話題になる。目立たないようにしないとダメだよ」

「かしこまりました。ですがあの地域は孤児や浮浪児が激増しています。多すぎる子どもを処分したいと望む親も多いです」

「ふうん。それならいいけど。派手にやるとランドルフ公爵の一派に目をつけられるよ。あいつらは――だから気をつけてよ」

（イースト・エンドの子どもの話？　ランドルフ公爵の一派って俺たちのことだよな）

頭の中が混乱する。今聞いているのはブルクハルト商会の話のはずだ。他国の貿易商の話にしてはアルスター王国の内部に関わることが多い。

（どういうことだ……？　まるで賊みたいな話ばかりして。それにしても聞き覚えのある声が混ざってる気がする）

集中度を高めるために目を閉じて聴覚に全神経を集中させる。

「――には俺から連絡しとく。もしかすると今年中に大きく動くかもしれないからね」

（この声……！）

間違いない。驚きで叫びだしそうになり、両手で口を押さえた。鼓動が急激に速度を増す。胸に手を当てなくてもドクドクという心音が聞こえるような気さえする。これ以上この場に留まるのは危険だ。

俺はゆっくり慎重に入り口から離れると、一目散に部屋へ戻った。

35

注意深く通路の入り口を元に戻すと、ベッドに顔からダイブする。

まだ心臓がドクドクと音を立てている。体中からいつの間にか冷や汗が噴き出していた。

(間違いない。あれはレオの声だった)

少し前まで毎週のように会っていたのだ。聞き違えるはずはない。耳に心地良い低さの甘い美声。あの声に似ている人間がそうそういるとは思えない。

今もまだ、同じ屋敷内にレオがいるのかと思うと落ち着かなくなる。それに万が一、通路がバレでもしたら。俺は素早く着替えてジェイミーに声をかけるとランドルフ邸へ戻ることにした。正門前で一度振り返って屋敷を眺める。視線は自然に5階のあの部屋のあたりへと吸い寄せられる。窓からルビー色の瞳(ひとみ)がこちらをじっと見ているような気がして背筋に寒気が走り、早足で門を潜(くぐ)り抜けた。

動揺する心を落ち着かせたくて少し遠回りして帰宅したが、ほとんどなんの効果もなかった。寝室とは別に使わせてもらっている私室へ戻ると、机の上にノートを広げて記憶が鮮明なうちに覚えていることや頭の中に浮かんだことを書き散らしていく。

レオは銀狼盗賊団の首領だ。彼に拉致(らち)された俺をアルが助けに来てくれた時、レオは確かにそう言っていた。その彼がブルクハルト商会の部屋で我が物顔で振る舞っているというのは何を意味しているんだろう。

ブルクハルト商会と銀狼盗賊団が繋がっていることは間違いない。だが隣国の商会がなんの目的で他国の賊と繋がっているんだろうか。そして行方不明になった子どもたちはこの2つの組織にどうかかわってくるのか。俺は目を閉じて盗み聞きした会話を頭の中で何度も何度も再生する。前世の仕事柄、記憶力にはかなり自信がある。

経理の仕事はひたすら電卓を叩いたりエクセルをいじっていたりというイメージが強いようだが、実は記憶力の高さもかなり重要になってくる。必死に仕事と向き合っているうちに、俺は重要な取引先や支払いに関しては、過去半年分までは憶えることができるようになった。

そうすると他部署や他社から問い合わせをもらっても概要と社名を聞いただけですぐに思い出し、調べることができるようになるのだ。イレギュラーな処理をした場合も詳細を記憶しておけば、だいぶ後で同じような事例が起きてもスピーディに対処することができる。

転生しても経理の仕事で鍛えた記憶力も残っていたことにはとても感謝している。

(そういえばあの国の出生率がどうとか言ってたな。その前に人の名前も。ユで始まることまでは聞き取れたけど……)

書棚から大陸地図とアルスターを含めた近隣諸国の貴族名鑑、そして各国の財政に関する資料を取り出す。ちなみに他国の財政資料は公のものではない。さまざまな新聞や情報を集めて、俺が趣味の一環として作っているものだ。

俺たちが暮らすアルスター王国は3つの国と国境を接している。今はどの国とも関係は落ち着いているが、過去歴史上では領土争いを繰り広げていた時期も長い。

豊富な鉱山に由来する鉄鋼産業と武器開発で有名なメイデンヘッド共和国、数多くの世界的な芸術家を輩出し続けているアイルズベリー王国、土地と気候に恵まれたギルドフォード帝国。この3国がアルスターと国境を接しているのだ。

大陸でも唯一の共和制国家であるメイデンヘッドは、10年近く前までは王政の国家だった。だが大規模なクーデターが起きて王政は廃止にされたのだ。同時に封建的特権と領主制の廃止が進み、大陸初の共和制国家が誕生した。近隣諸国には当然、衝撃が走ったと聞いている。

その頃俺はまだ子どもだったし、両親も政治より流行りのファッションに夢中なタイプだったこともあって、記憶に残っていない。その上アルスター王国にはメイデンヘッドの共和制の影響がほとんどなかったから、国全体としても、どこか対岸の火事のような雰囲気が漂っていたような気がする。

「まずはアイルズベリーから調べてみるか……」

アイルズベリーは芸術品の数々を求めるさまざまな国との交易や交流が盛んな商業国家だ。国内には海を越えた国々の人々も住んでいるそうだ。そのため多様な文化を受け入れ、独自の発展を遂げている。

古い歴史や伝統を持つ国ではあるが、それらに縛られることのない自由な国だとも言われている。実は俺も仕事をしてみたいと思っている国である。だが地図と貴族名鑑を見る限り、それらしい人物は見つからなかった。

次はギルドフォード帝国を調べてみる。温暖な気候と豊饒(ほうじょう)な土地をもつ国で、俺たちと同じくらいの年の若い皇帝が治めていることで知られている。風土と同様に牧歌的な国民性で、長い歴史の中で内乱やクーデターが起きたことは一度もないと言われている。さらに現皇帝がその座についてからは、より国内の統治が上手くいっているらしく、反王政派についても聞いたことがない。貴族名鑑にユから始まる貴族が何人かいたが、生まれたばかりの子どもだったり昨年亡くなったばかりだったり、銀狼と繋がりのありそうな立場の者はいなかった。

とはいえ何があるかわからない。念のために該当者の名前をメモに書き記しておく。最後に調べるのはメイデンヘッド共和国だ。俺は頭の後ろで両手を組み、椅子に寄りかかる。メイデンヘッドを調べる前に少し休憩をしようとペンと資料を置く。

(メイデンヘッドは一番、情報がないんだよなあ)

豊富な鉱山を持つ国で、そこで採れる鉄鋼を原料とした武器の開発と製造が国の基幹産業である。だがその一方で土壌の質が悪く、農業はあまり発展していない。食料自給率が4国の中でもっとも低く、輸入に頼らざるを得ない状況だ。

その一方で情報統制が厳しく、国内の情報は他国にあまり出回っていない。それに王政から共和制に移行したタイミングで、貴族階級も廃止されたはずだ。ただ、共和制を支持していた元貴族たちの中には、今でも国の要職に就いている者たちもいる。

最も知られているのが大統領に選出された元公爵のマヌエル・ブラントだ。温厚な人柄と国民の生活の向上のために尽くしている名君として知られているが、ここ数年はめっきり条約締結や交渉の場にも姿を現さない。諸外国へは多忙のためと説明されることが多いようだが、重い病に罹っているのではないかという噂も出ている。

ブラント大統領の代わりに表舞台で活躍中なのが、大統領主席補佐官を務める息子だ。新聞の写真でしか見たことがないがまだ若く、年は俺たちとあまり変わらない、素晴らしい政治的手腕の持ち主だという。黒髪に赤い瞳の笑った顔が爽やかな美青年で、公的な場での露出も多いことからアルスターの令嬢たちの中にも彼のファンがいた覚えがある。

「そういえば、主席補佐官の名前って――」

貴族名鑑を机に置いて、新聞を手に取る。確か4ヶ国条約の記事に名前が出ていた気がした。

新聞を手に取って該当記事を目にした瞬間、俺は息を呑んだ。大統領主席補佐官の名前は、ユリアン・ブラント。

銀狼盗賊団の活発化、子どもの行方不明事件、国内の反王政派の貴族たち、その貴族たちと盗賊のどちらとも繋がりがある貿易商、そして共和制の国家の要職者。これらが意味することはなんだろうか。嫌な予感に胸がざわつき、背中を冷たい汗が一筋流れていく。

（落ち着け……まだ何かがはっきりとわかったわけじゃない）

それに見逃しているだけで、ユから始まる名前を持つ貴族や要人は他にもいるかもしれない。だが念のためユリアン・ブラントのことは重点的に調べてみることにする。

首領のレオがブルクハルト商会の借りている部屋にいたところを見ると、ブルクハルト商会と銀狼盗賊団には密接な繋がりがあると見てまず間違いないだろう。ブルクハルト商会は反王政派の貴族たちとも取引がある。

もしかするとレオと反王政派の貴族たちを引き合わせたりしているのかもしれない。だが、そんなことをして何か商会にとってメリットがあるだろうか。実家の財政改善や仕事でも商人と関わることが多いが、彼らは自分にとってメリットがないことには絶対に手を出さない。

(銀狼と反王政派を繋げるメリットなんてあるだろうか)

もっとブルクハルト商会のことを調べなければ。もし万が一、銀狼盗賊団が政治にも絡んだ動きをしているとなると、レオが何か大きな陰謀に関わっている可能性も否定できない。

(今日のこと、アルにはどこまで話したらいいんだろう)

レオはアルの幼馴染で親友だ。アルがレオとの過去を話してくれた時の、とても苦しそうな目を思い出すと今でも胸が痛む。きっと今でも心の奥ではレオのことを止めたいと思っているに違いない。もしレオに何かあったら、きっとまた深く傷ついてしまうだろう。

(それだけは絶対に嫌だ……)

アルはもう十分すぎるほど辛い思いをしてきた。これから先はアルにはずっと笑って幸せに過ごしてほしい。そのためならできることはなんだってしたい。レオのことやブルクハルト商会の調査は秘密裏に単独行動しようと決め、今できることを考える。

(そうだ、あそこに行けばメイデンヘッドやブルクハルト商会のことが何かわかるかもしれない)

少し迷ったが、ある人物に会いにいくため俺は支度を始めた。

「ずいぶん長いことご無沙汰でしたわね。カラム様」

サラが少し首を傾げて俺の顔を覗き込んだ。綺麗な鎖骨や肩のラインを見せつける、デコルテが大きく開いた薄紫色のドレスに身を包んだサラは、今日も全身から発光しているかのように輝いて見える。華奢なウエストと対照的な豊かな胸元に、男なら誰しも目が吸い寄せられてしまう。

長い睫毛に覆われた紫色の大きな目、鼻筋が通った形の良い小さな鼻。桜の花びらのような可憐な唇。緩くウェーブがかかった長い金髪はハーフアップに結われ、中央に大きなアメジストの付いたすみれ色のシルクのリボンバレッタで留められている。

(サラって綺麗と可愛いが融合してるから最強だよなあ)

もしサラが聖女だと言われても皆、信じるだろう。それほどに清廉で純粋な空気を纏っているのだ。通りで彼女を見かけても、誰もサラが娼婦だとは思わないはずだ。

そう、俺は今王都でも有名な会員制の高級娼館サロン・ボヌールにいる。ボヌールの主な顧客は、アルスターの各界の権力や地位の高い人物や、隣国の外交官や富裕な商人たちである。

ちなみに、ここはただの娼館ではない。女主人のマダム・レティは裏の世界では名の知られた情報屋で、ごく限られた顧客にだけ、特別な合言葉を伝えればどんな情報でも売ってくれるのだ。ある一定期間、同じ女性を指名してマダム・レティが定めた基準の金額以上の金を継続して定期的に使い続けることが条件だ。

特にこの権利を得たいわけではなかったのだが、通う回数と金額が気がついたら条件をすべてクリアしていたらしい。ある日、サラに会う前に別室に招かれてマダムにこの話をされたのだが、その時は政治にも経済にもまったく興味がなかったのですっかり忘れていた。まさかチャラ男としての行動が、こんな場面で役立つとは思わなかった。

「そんなに見つめられては穴が開いてしまいます」

「ああ！　ごめん！　久しぶりに見たけどやっぱりサラは綺麗だなと思ってさ」

「まあ。ありがとうございます」

柔らかく微笑むサラはまるで天使だ。だがこれだけの美女を前にしても以前のような気持ちになることはない。サラは優雅な仕草で俺の手を取りベッドの方へ移動すると、縁に腰掛ける。手を引かれている俺も自然に隣に座る形になる。

サラが少し体をこちらにずらす。彼女の肩と俺の左肩がぴったりと密着する。サラが俺の太腿(ふともも)に手を置いたところで、俺は彼女の手をそっと掴(つか)んだ。

「サラ、今日はいつもの用で来たんじゃないんだ」

「え？」

紫の瞳が大きく見開かれる。やましい気持ちは微塵(みじん)もないけれど、俺は体ひとつ分、間をあけて座り直した。

「少し前に恋人ができて、もう遊ぶのはやめたんだ」

「……ではなぜこのようなところに」

「俺はアバディーンから来たんだが」

　サラの瞳が鋭くなる。柔和だった表情は一瞬にして女戦士のそれへと変わった。彼女は音もなく立ち上がるとサイドテーブルの引き出しのつまみを右へ2回、左へ1回。回す。するとベッド脇の壁が静かに左側へスライドし、薄暗い小部屋が現れる。

「どうぞこちらへ」

　サラに導かれて小部屋へ入ると、俺の背後でドアが静かに閉まる音がした。

36

「ご注文は？」

「メイデンヘッドのブルクハルト商会について。それと、ユリアン・ブラント補佐官のことも知りたい」

「承知しました。準備をして参りますので、しばしお待ちを」

サラはテーブルの呼び鈴を鳴らすと、濃緑色のビロードのカーテンで仕切られた部屋の奥へと姿を消した。入れ替わるように、下へと伸びる地下通路のような狭い階段から銀色のトレイを手にした少年が現れる。彼はティーカップを机へ置くと、一礼して静かに階下へ消えていく。

ティーカップから漂う香りと温かな湯気のおかげで、緊張が少し解れた気がする。カップの中身を半分ほど飲み終えた頃、サラが戻って来た。

「お待たせしました。さて。どちらからご説明しましょうか」

「ブルクハルト商会から頼む」

サラは頷(うなず)くと数枚の資料を俺の方に向けて扇状に広げた。

「ブルクハルト商会の創立は7年ほど前。創立者は現会長のレオン・ブルクハルトです。メイデンヘッド出身の男という以外、彼の出自についての情報は私どもも得ていません」

「ここへ来たことは？」

「ありません。ですが外見に関する特徴の情報は確かな筋から得ています」

「教えてくれ」

「はい。高身長ですらっとしたスタイル。年はおそらく20代前半から半ば。銀色の髪に赤い目をしているそうです」

「銀髪に、赤い目……」

心臓がドクリと跳ねる。その特徴に当てはまる男を、俺は知っている。

「カラム様？」

サラに名前を呼ばれ、ハッとする。

「ごめん。ぼんやりしてしまって。続けてくれ」

サラは頷くと、手にした分厚いノートを開く。

「これは私独自の情報ですが、ブルクハルト商会にはブラント家が深く関わっているという噂があります」

「ブラントって、大統領と主席補佐官の一族の？」

「ええ。ブルクハルト商会の役員の一人に名を連ねるマルク・シュテーゲンはメイデンヘッドきっての投資家で、代々ブラント公爵家に仕えていた執事長の一族の人間です」

「でも、今は違うんだろ？　それなら別に——」

「いいえ。貴族制度は確かに廃止されましたが、各家に長らく一族で仕えていた使用人たちは依然として変わらぬ関係性を保っていることが多いようです」

「なるほど。シュテーゲンはブラント家の指示に従って今も動いているってことか」

サラは頷く。

「ブルクハルト商会への出資もシュテーゲンではなくブラント家の指示でしょう。マヌエル・ブラントは内政に集中することを理由に表舞台に出ていませんが、重病という噂もあります。現在シュテーゲンに指示を出しブルクハルト商会を動かしているのは、おそらくユリアン・ブラントなのでしょう」

言葉が出てこない。レオン・ブルクハルトの正体が俺の思う人物で間違いないとしたら。隣国の要人と深く繋がっているというのは、いったいどういうことなんだろうか。

「残念ながらレオン・ブルクハルトその人に関してはこれがすべてです。ただブルクハルト商会に関しては、最近少し嫌な噂を仕入れました」

「嫌な噂？」

「はい。ブルクハルト商会は表で扱っている商品とは別に、裏で何か別のものを売買しているという噂です」

背筋がぞっとする。俺は震える手ですっかりぬるくなった残りの紅茶を飲み干した。

「カラム様。お体の調子が良くないのでは？　真っ青ですよ」

心配そうなサラに無理矢理笑顔を作ってみせる。

「いや、大丈夫だ。ありがとう、ここのところ、毎日遅くまで仕事をしているから寝不足なだけだよ。さあ、続けてくれ」

「……かしこまりました。では、続いてユリアン・ブラントについてです。内政で忙しい父に代わって外交を一手に引き受けているため国内にいるよりも隣国で過ごす時間の方が長いのではないかと言われています」

「そうなんだ」

「柔和な美青年に見えますが、王政から共和制に移行する際、国内の反王政派をまとめていたのは表に出ていた父親ではなく、彼だったと言われています。常勝の天使の異名を持ち、指揮を取った戦いで負けたことは一度もないとか。他国には公表されていない情報ですが、最後まで王政を支持していた貴族たちは一族郎党ユリアン・ブラントに殺害されたそうです」

「えっ!?　でもその時って、ユリアン・ブラントは未成年じゃないのか」

「おっしゃる通りです。彼は10代の頃から軍事の天才として名を馳(は)せていたと聞いています」

机の上に置いてある新聞記事のユリアン・ブラントは慈愛に満ちた笑顔で外国の民に視線を向けて優雅に手を振っている。とてもそんなことをするようには見えない。驚きを隠せない俺の前にサラは静かに別の資料を広げる。

「これは?」

「ユリアン・ブラントの出生に関わる情報です」

「出生?」

「はい。顧客のメイデンヘッドの外交官や商人たちから聞いた話やそのまた聞きもあって、裏が取れていないものもありますが、信憑性はかなり高いかと」

俺は新たにサラから手渡された数枚の書類に目を走らせる。

ユリアン・ブラントはブラント大統領の正妻の子どもではない。メイデンヘッドの上流階級の人間には良く知られた話らしいが、一般の庶民は知らない者がほとんどという。母親はメイデンヘッドの貧しい男爵家の娘で、侍女として支えていたブラント家で若かりしマヌエル・ブラント公爵に見初められたという。

だが公爵の子どもを身籠ったことで嫉妬深い正妻にひどいいじめを受けることになる。このままではお腹の子の命が危ないと悟った彼女は、職を辞して実家へ戻った。

そうして無事ユリアンを出産。ユリアンはのどかな田舎の男爵家で祖父母と叔父夫妻とその子どもたち、そして母と暮らしていたそうだ。しかし彼が10歳を迎えたある日、流行り病で息子を失った公爵家からの要請で彼は跡取りとして迎えられることになった。

「男爵家は激しく抗議したそうです。けれど国の1、2を争う高位貴族に逆らえば、何をされるかわからない。結果として、泣く泣くユリアンを手放したとか」

「そうか……」

貴族のような特権階級や権力者の横暴に怒りが込み上げる。この世界には道具や駒のように扱われる子どもたちがどれほどいるんだろうか。

「公爵家でどのように扱われたのかはわかりませんが、今の状況を見ると上手くいっていたのかと。ただ、以前は貴族らしい優雅で華やかな生活を好んでいたマヌエル・ブラントはユリアンを迎えた後から政治に強い関心を示すようになり、反王政派と急速に結びつきを強めて現在の地位に登り詰めたようです」

「そうか……サラ、今日はありがとう。また来るよ。今後もブルクハルト商会とユリアン・ブラントについての情報を提供してほしい。それから、銀狼盗賊団の首領についても」

「承知しました。情報がまとまりましたらこちらからもご連絡を差し上げましょうか？」

「そうだな、頼む」

サロン・ボヌールでは来館して情報を得るだけでなく、一度この機能を利用した者に限り、次回から新たな情報が入った場合、報せを出してくれるというサービスもある。もちろん料金は上乗せされるが。

その場合、ボヌールと関係の深いファレル伯爵家から、伯爵夫人からの手紙という体で手紙が来るのだ。その手紙には合言葉が書いてある。それをボヌールのマダムに伝えれば指名嬢から新たな情報を提供してもらえる。

「ご連絡は王都のご自宅でよろしいのでしょうか？」

「いや。実は訳あって今は王都のランドルフ公爵の屋敷に居候させてもらっているんだ」

サラはまあ、と大きな目をさらに大きくした。

「ランドルフ公爵とは、あの冷徹公爵と呼ばれるアルテミス・ランドルフ様のことですか？」

「ああ……そういえば公爵はボヌールに来たことはあるのか？」

（何がそう言えばだよ。聞きたくて仕方なかったくせに）

俺は胸の内で自分にツッコミを入れる。アルだって男だ。女性関係の噂はまったく聞いたことがなかったが、プロは別だ。もしかすると娼館にはお世話になっている可能性だってある。

(別に、俺と付き合う前だったら……仕方ねえし関係ねえけど)

心の中で強がっても、もしあると言われたら嫉妬もするし傷つく。だったら聞かなければいいのに、傷つくとわかっていても、聞かずにはいられない。

だがサラは首を横に振った。

「いいえ。一度も。この娼館だけではなく、このあたりのどの娼館でもランドルフ公爵様がお通いになっているという話は聞いたことがありません」

「あ、そう……」

嬉しさに緩む頬を隠すために、わざと難しい顔を作ってサラに不審に思われないよう努める。

「意外ですわ。ランドルフ公爵様とカラム様は、そんなに仲が良かったのですね」

「あ、いやまあ……最近だけど。あは、は」

「お客様の容姿に触れるのはマナー違反ですが、カラム様は髪の色も目の色も変わられたせいか雰囲気が変わって驚きました。以前のカラム様も楽しくて私は大好きでしたが、今のカラム様はご自身の人生としっかり向き合う、強い目をされていますね」

「そうかな?」

「ええ。きっとランドルフ公爵様の影響なのかもしれませんわね」

「え。あ、や……いや、どうかな。別に、部屋借りてるだけだし」

「そうですか」

　サラのすべてを見透かすような表情に居たたまれなくなって、早口で礼を言うとそそくさと部屋を出た。ちなみにマダムにはいつもの5倍の料金を請求され、俺は情報というものの高さを思い知った。

37

帰る道すがら、先ほど聞いたユリアン・ブラントの情報を頭の中で整理する。考え事をしているうちに、あっという間にランドルフ邸についた。大玄関から正面に位置する大きな階段のところに人影が見える。手すりに寄りかかって俯いているのは俺の恋人だ。

「アル？　帰ってたの？」

「……ああ。向かう途中で知らせがきたんだ。不備があって再来週に延期になると」

「そうだったのか。到着してからじゃなくてよかったな」

何気ない調子で答えたが返事がない。さっきから目も合わせず俯き加減なのも気になる。

「どうした？　具合でも悪いのか？　だったら部屋に……っておい！　いきなり何?!」

言い終わる前に強く右の手首を掴まれ、引きずられるようにして階段を上らされる。俺の大声に何事かと集まってきた使用人たちに背を向けたままアルは低い声で言い捨てた。

「合図をするまで絶対に部屋には入ってくるな」

それだけ言うと再び速足で階段を上っていく。

「おい！　あぶねえだろ！　何考えてんだよ!!」

何度もバランスを崩して転びそうになる。だがアルは振り返ることもなく部屋まで歩き続けた。

部屋に入っても手首は強く掴まれたまま。ベッドの方まで引っ張られ、強く体を押されて倒れ込んだ。

「おい！　何そんなキレて――――んっ?!」

怒っている理由を問いただそうとしたその時。

ベッドに乗り上げてきたアルが俺に覆い被さり、唇を強引に奪われた。キスというより呼吸ごと奪われるような、あまりにも深く激しい突然の行為に頭が追いつかない。少しずつ苦しくなり、胸板や肩のあたりを何度も叩(たた)いたり押したりしてみるがびくともしない。

やっと解放された時には酸欠で頭がくらくらしているほどだった。

「いきな、っ、なに……」

なんとかそれだけ訴える。だがアイスブルーの瞳(ひとみ)は冷たい。アルは口の片端だけ上げて皮肉げに笑ってみせた。

「外出が取りやめになって屋敷に戻る道である人を見かけたんだ。どこへ行くのかと後をつけた。もちろん声をかけるつもりだったんだが。彼はどこに行ったと思う？」

「あ……」

間違いない。アルは俺がサロン・ボヌールに入っていくところを見たのだ。

（まさか……見られてるなんて思いもしなかった）

黙る俺を見つめる氷海の瞳に怒りの炎が燃えている。

「俺を、裏切ったのか」

地を這(は)うような低い声。違うと本当のことを説明しなくてはならないのに、緊張と恐怖で声が喉(のど)に張り付いて出てこない。餌を求める魚のように間抜けに口を開閉するだけの俺をアルはじっと眺めている。

「ちが」

なんとか2文字を口から吐いたのに、飛びかかるようにして迫ってきた身体に組み敷かれ、再び唇を奪われてしまう。口の中を縦横無尽に暴れ回り、涙が出るほどきつく舌を吸われて意識が飛びそうになる。

（あれ？）

ふと頬が温かく濡(ぬ)れていることに気づく。俺も痛みで涙が多少出ているものの、目尻(めじり)に滲(にじ)む程度だ。ということは。

薄目を開けると、金色のまつ毛が涙で濡れている。俺の頬を濡らしているのはアルの涙だった。いつしか激しいキスは止み、アルは俺の首に顔を埋めた。やがてじわじわと温かいものが首の付け根から鎖骨のあたりを濡らす。俺は両手を伸ばして小刻みに震えている広い背中を撫(な)で始めた。

「ごめん、アル。裏切ってないし心配するようなこともなんもねえよ。でも確かにあんなとこ見たらそう思うよな。傷つけてごめん。ちゃんと話すから聞いてくれるか？」

アルの首が僅(わず)かに下に動く。きっとわかったという意味だろう。小さな子どもをあやすように背中を撫で続けながら、俺はゆっくりと顛末(てんまつ)を話した。

「たしかにボヌール娼館が特定の顧客に情報を売っているのは聞いたことがある」

「だろ？　すっかり忘れてたんだけど。まあその、昔の黒歴史が役に立つこともあるんだなって。さっきも言ったけど、もちろん前みたいな目的であの手の場所に出入りする気は一切ない」

最後は言い訳のようになってしまったがアルは小さく頷いてくれた。涙も止まったようで、俺はほっと息を吐く。

「なあ、そろそろ顔あげろよ。アルの目、ちゃんと見て話したい」

だがアルは首を小さく左右に振って俺にぎゅっとしがみつく。

「嫌だ」

「なんで」

「こんな顔見られたくない……泣いたからきっとぐちゃぐちゃになってる」

「いいから。頼むよ、アル」

同じ言葉を何度か繰り返していると、アルはゆっくりと顔を上げた。鼻先と頬が赤くなって、目元はまだ濡れている。まるで小さな子どものようで、可愛くて愛おしくて知らず頬が緩んでしまう。

それに気づいたアルは軽く俺を睨んだ。

「笑ってる」

「ごめん。あんまり可愛くて」

「可愛いっていうのは男に対する褒め言葉じゃないだろう」

少しだけ頬を膨らませたアルは、俺の上から降りると俺に背を向けた形で横になる。

（これはだいぶ拗ねてるぞ。でも、そんなところも可愛くて好きだなんて言ったら怒るだろうな）

広い背中を背後から抱きしめる。するとアルが小さく笑ったのがわかった。

「いつもと逆だ」

「だな。なあ、ごめん、笑ったりして。黙って誤解されるようなとこに行ったり、可愛いって言ったり。今日の俺、ダメだな」

　腹部に回した腕にそっと手が重なる。

「俺こそごめん。話も聞かないうちに一人で思い込んで突っ走って……カラムのことになると、些細なことで不安になったり嫉妬したりしてしまうんだ」

「謝るなって。今回は百、俺が悪い。もし逆の立場だったら俺だってキレてるよ。きちんと話してから行くべきだった」

「でも……強引に押し倒してしまって……すまない。もう二度としないから、嫌いにならないでくれ」

「なるわけないだろ。それだけ俺のこと好きでいてくれてるってことだろ？」

「カラム……」

　アルは俺の腕をそっと解いて体を反転させると、正面から優しく抱きしめる。その目はもういつものアルに戻っていた。

「カラム、また例の場所へ行くことはあるのか？」

「今はまだわかんねえけど、多分。ブルクハルト商会とユリアン・ブラントについては新しい情報が入ったら教えてくれとは頼んであるから」

「そうか……」

アルの目が不安で揺れる。俺が頬にそっと手を触れると微笑んだ。

「大丈夫。一人では行かないようにする。シーマスとかローナンとか……誰かと一緒に行くようにする。それなら心配じゃないだろ？」

「それなら俺が――」

「やめとけ。お前、娼館なんて行ったことないだろ」

アルは黙って頷く。

「冷徹公爵で通ってるおまえが娼館に出入りしたなんてわかったら噂になって大変なことになるぞ。それに、今まで諦めてた令嬢たちがアタックし始めたりするかもしれないだろ。そうなったら俺、すげー嫌だし」

言ってから恥ずかしくなる。なんだよ、こんなの嫉妬丸出しじゃねーか。気まずくて視線を逸らすと、両手で頬を包み込むように挟まれた。

「嫉妬、してくれるのか」

先ほどまでの不安の色は消えさり、アイスブルーの瞳は嬉しそうに輝いている。

「なんだよ、悪ぃかよ」

「嬉しい。きみに愛されてるって感じる」

そう言うとアルは触れるだけの優しいキスを落とす。

「うるさい！　いちいち口に出すなバカ！」

だがアルは嬉しそうに笑うだけだ。恥ずかしさをごまかそうと俺はわざと真面目な顔を作って咳払いをした。

「それより、今日集めた情報についてアルにも聞いてほしい。ちょっと話そうぜ」

照れ隠しももちろんあるが、それだけではない。もともとアルが帰ってきたら、一番に今日の話をするつもりだったのだ。

俺の様子にアルも真剣な顔になって起き上がる。俺たちはソファに移動し、向かい合って座る。アルにはサラから聞いたユリアン・ブラントについてと、ブルクハルト商会との繋がりについてだけを話した。

クリスティー邸で盗み聞きした話やレオン・ブルクハルトの容姿についてはアルには黙っている。すべてを話すべきなのはわかっていたが、レオがレオン・ブルクハルトかもしれないという事実を知ったらアルはショックを受けるはずだ。それに盗聴なんて危険な真似をしたと知ったら心配して今後の行動を制限されてしまうかもしれない。

（アル、ごめんな）

俺は心の中で頭を下げる。レオとメイデンヘッドの繋がりについては独自で調べた方がいい。これからはアルにバレないようにして単独で行動しようと心に決めた。

（もうこれ以上、アルの心を傷つけたくない）

そのためにも一度、レオと直接話をする機会を手に入れる必要があるし、レオン・ブルクハルトと彼が同一人物なのかもはっきりさせなければならない。秘密裏にことを進めるために必要なことを俺は頭の中でまとめ始めた。

それから数日後、幸か不幸か俺とアルが一緒に過ごす時間が大幅に減ってしまう出来事が起きた。

ある日の業務後、いつものように秘密の執務室へ向かうと少しして困り顔のアルがやって来た。

「困ったことになった」

扉を閉めるなり、アルは悲しそうに俺を見る。

「どうした？　何があった？」

「4ヶ国協議を前提に、親睦(しんぼく)を深めるための各国の訪問が近々に決まったんだ。1ヶ月後、アルスターにはギルフォードとアイルズベリーの王子とメインデンヘッドの重臣がやって来ることになった」

「1ヶ月後!?」

驚きのあまり大きな声が出る。他国の公的な訪問の場合、スケジュール調整はだいたい半年前から始まる。そうして数ヶ月かけて万全の準備を整えた上で、国をあげて歓迎するのだ。1ヶ月前に決まるなんて、準備をする時間がほとんどない。

「ああ。予算の捻出(ねんしゅつ)や振り分けなど、各省の大臣と早急に打ち合わせる必要がある。そういうわけでしばらくは通常業務より親睦訪問の仕事を優先しなければならなくなった。ここで仕事をする時間を捻出するのも、しばらくは難しいかもしれない」

「俺も何か手伝おうか？」

1ヶ国ならまだしも複数国の訪問準備を1ヶ月かそこらで終えるなんておそろしいほどの激務に

なるに決まっている。だがアルは微笑んで首を横に振った。

「大丈夫だ。きみに迷惑をかけるわけにはいかない。親睦訪問は財政改革部の仕事ではないし、迷惑をかけたくない」

「でも――」

「大丈夫だよ。ただしばらくは他の部署との仕事が多くなるだろうし、もしかしたら省内の仮眠室で寝泊りする日が多くなるかもしれない」

「そう、か……」

仕事だとわかっていても、やっぱり寂しい。特に思いが通じ合ってからはずっと一緒にいることが当たり前になっていたからかもしれない。

(きっと今の俺、がっかりした顔してるな)

恋人が仕事を頑張るだけなのに。物分かりの悪い奴だと思われたくなくて、俺は少し俯(うつむ)いて顔を見られないようにした。

「わかった！　頑張れよ。食べる物は大事だから、たまには食事の差し入れ――」

言葉を遮るように、アルの手が俺の顔にかかり強引に上向かされる。そのままゆっくりと近づいてきたかと思うと、触れるだけのキスが落とされる。

「な、に……」

突然のことに顔がじわじわと熱くなる。アルはいたずらっぽく瞳を光らせると、耳元で囁(ささや)いた。

「忙しくなる前に、今夜はきみとの時間を大事にしたい」

そうして再びキスが落とされる。唇を合わせるだけのキスはいつの間にかもっと深く甘いものになっていった。

38

「本当に忙しいんだな」

アルが省内で寝泊りするようになって、今日で1週間だ。時間もない上に問題が山積みらしく、アルは珍しく余裕のない顔をしていた。二人で寝ている時はちょうどいいと思っていたベッドは一人じゃ広すぎて落ち着かない。

「しばらくは休日も帰れないかもしれない」

今日たまたま建物内で出くわした際、アルに近くの物置に連れ込まれた。

モップや雑巾など、掃除用具の置かれた少しかび臭く薄暗い室内の中、強く抱きしめられる。

「ちょ、公爵……！　業務時間中ですよ！」

「そんな風に呼ばないでくれ。きみに触れられなくて頭がおかしくなりそうだったんだ。お願いだ、5分だけ時間をくれないか」

切羽詰まったような声を聞いてしまったら頷くしかない。俺だってアルとこうしたかった。

「わかった」

逞しい背中に両腕を回すと、俺に巻き付いているアルの腕にさらに力が込められた。

「ああ……カラム……会いたかった……」

俺のより頭ひとつ分は背の高いアルは、髪の毛に顔を埋めるようにして何度も同じ言葉を囁く。

「……俺も、会いたかった」

「いつもより素直だな」

「う、うるせえ！　いいだろ別に。俺だって素直な時もあるんだよ」

「そんなところも可愛すぎてたまらない」

アルは密着していた体を少しだけ離す。もう終わりなのかと少し残念に思っていると、右手が頬に添えられた。

「キスしたい」

欲の燃えるアイスブルーの瞳（ひとみ）にまっすぐに見つめられて言葉を失う。ダメだとわかっているのに、期待で背中がゾクゾクする。

「や、でも……誰か、来たら」

「鍵（かぎ）なら閉めた」

「い、いつの間に……」

「入ってすぐ。きみとの時間を誰にも邪魔されたくなかったから。それにもし邪魔されたら、そいつを殴って黙らせてしまうかもしれないから」

「物騒すぎるだろ」

「それぐらい、きみが不足しているんだ……だからカラム、キスしたい……キス、しよう」

「う、うう……」

恥ずかしくて気まずくて、熱い視線から目を逸らす。次の瞬間、頬を撫(な)でていた手が顎(あご)にかけられ、親指で下唇を優しく押される。

「ん……」

親指はそのまま何度も唇の端から端へと横に滑るように往復する。同時にアルの顔がどんどん近づいてきた。

(あ……)

鼻先がくっつくほど顔が近づくと、アルの唇が自分の親指へと触れる。指越しに唇を合わせるのは初めてで、直接触れていないのにドキドキしてくる。

「カラム、キスしたい」

掠(かす)れた囁きに目をぎゅっと閉じて小さく頷(うなず)くと、親指がゆっくり動いて唇から頬へ移動する。同時にアルの熱い唇が俺のそれとぴったりくっついた。

「……っ」

口を開けてとノックするように、下唇の真ん中を舌でノックするように突っつかれる。こんなことをしていい場所じゃないとわかっているのに、俺の唇はそれに呼応するようにゆっくりと開いた。

「ふっ……んっ……ん、んぅ」

久しぶりの深いキスは気持ち良すぎて頭の芯(しん)がくらくらする。アルの熱を持った舌が口の中をあますことなく舐(な)めまわしていく。いつの間にか腰と背中に回されていた2本の腕も少しずつ動き出した。

「や、ダメ……あっんっ」

腰のあたりを撫でていた手は下へ下へと降り、遠慮ない強さで尻を揉みしだき始めた。

久しぶりの強い快感に、脚がガクガクと震えだす。アルはキスを続けながら俺の股ぐらに片足を差し込み、体を支えてくれる。

「カラム……可愛い……っ」

「んっ……んっん、んっ」

「はやくきみを一晩中抱きしめたい……」

そうして俺たちはほんの短い逢瀬を楽しんだのだ。


（やべ……思い出したら変な気分になってきた）

俺は慌てて頭の中の回想を蹴散らした。キスしたり触れ合ったりはたくさんしているが、実はまだ俺たちは最後まで致していない。

前世はともかく、カラムとしては俺もまだ女性としか行為に及んだことがない。それはアルも同じで、というかアルは女性ともないらしく、やけに慎重なのだ。どうやら俺に性的な経験が豊富なことを気にしているらしかった。

「きみにかっこ悪いところは絶対に見せたくないし、色々調べて準備してからでも遅くはない」

本当に暇を見つけては自分で色々と研究しているようだった。

（俺はいつでもいいんだけどなあ……気にしすぎだろ。セックスは二人でするものだろ）

そんなことを考えていると、腰のあたりが甘く疼きだした。

「ダメだ！　アルが頑張ってんだから、我慢しろ、俺!!」

自分に活を入れるつもりで両頬をぴしゃぴしゃと叩く。寂しいけれど、恋人が頑張っている時に淫らな行為に耽るような真似はしたくない。頭の中を仕事モードに無理矢理切り替えていく。

（やっぱり今のうちに調査、進めておくか……）

サラからはまだ新しい情報の連絡は来ていない。それにもしサロン・ボヌールに行くとしても今のアルには言いにくい。

（仕事で追いつめられるとストレス溜まるし、乱れた食生活は情緒を不安定にさせるし。とてもボヌールに行くなんて言えねえな）

とはいえまた黙って行って見つかったら大変なことになる。シーマスやローナンを誘うかと思ったが、そうなるとレオのことも二人にバレてしまう。レオとアルの関係を知る人はほとんどいないはずだ。万が一、彼ら経由でアルの耳に入ったりする可能性もある。絶対にアルを傷つけないためには、俺が単独で動くのがやはり最適解だ。

（この前は昼間だったし、今度は夜に探ってみるか）

思い立ったが吉日だ。あと少しで日付が変わる。この調子なら今日、アルが帰宅することはないだろう。俺は勢いよく起き上がって王都のクリスティー伯爵邸に向かうべく身支度を整えた。

数十分後、俺は全身真っ黒の軽装に身を包んで忍び足で部屋を出た。ミカやフィル先輩みたいに特別な訓練を受けていないので窓から部屋を出るなんて真似はできない。それにカラムの身体は筋肉がつきにくく、前世と同じくらいの筋トレを毎日欠かさないのに細身のままだったりする。だが体重は軽い分、身軽ではある。なんとかバレずに1階まで辿り着くと、勝手口から外へ出た。

（ここまで来れば大丈夫だな）

そうして屋敷に付設された庭園を通り抜け、裏門から外へ出れば大丈夫だ。日頃からよく庭園を散歩しているので、迷うことなく裏門まで行くことができた。あとは薄暗い石畳を走ってクリスティー邸を目指す。

ブーツと違ってスニーカーなので、全速力でも静かに走ることができる。服もいつもの貴族スタイルではなく、前世のスウェットに近いものを身に着けている。ちなみにこれも、うちの領地で綿花の栽培が盛んな地域を見つけたので試作中なのだ。完成したら作業着として売るつもりでいる。

すぐに薄闇の中に白く輝く王都の実家が見えてくる。正門の外から覗いてみると、いくつもの部屋の明かりはまだ灯っているのがわかった。

（5階も灯りはついてるな……）

正門から入れば、見られてしまうかもしれない。裏門に回り、門番に家紋の入った金色の鍵と顔を見せる。この鍵は管理人のジェイミーとクリスティー家の人間しか持っていない。さらに言うと複製できないような複雑な構造になっているのだ。

門番の見ている前で裏門の鍵穴に鍵を差し込む。カチリと音がして門が内側に開く。それを見届けた門番は礼をした。

「おかえりなさいませ、カラム様」

俺は小さく返事をすると中に入り、キッチンの横にある使用人用の扉から建物に入る。このルートならおそらく5階からは見えないはず。俺はまずジェイミーの部屋のドアをノックした。

「……はい。えっ!?　カラムさ――んぐっ」

目を皿のようにして大声を出しかけたジェイミーの口を慌てて塞ぐ。もがくジェイミーを押しこむようにして室内に入ってから手を放す。

「いきなり何をなさるのですか！　それになぜ屋敷に――」

「おまえ声でかすぎ。近所迷惑だろ。何時だと思ってんだよ」

「はっ！　申し訳ございません」

ジェイミーは両手で口元を覆うと急激に声のトーンを下げた。

「それにしても、いつお戻りになられたのです？」

「たった今だよ」

その途端、ジェイミーがなんともいえない表情になる。じっとりとした目で俺を窺うように見てくる。

「なんだよその目は」

「怪しんでいるのですよ……カラム様がこのような突発的な行動を取る時は、絶対に何かとんでもないことを企んでいる確率が高いのです」

俺は笑顔でジェイミーの両肩をポンポンと叩く。

「さすがだなジェイミー。やっぱり俺の乳兄弟だよ。まったくもっておまえの推察どおりだ」

ジェイミーは青褪(あおざ)めて小さく悲鳴を上げた。


それから1時間後。準備を整えた俺は再び例の通路の階段を上っていた。

（あと少しで5階に着くな）

計画を聞いたジェイミーの顔色は青を通りこし、紙のように真っ白になっていた。委細を話すわけにはいかないので、概要とそれから少しの嘘(うそ)を混ぜる。

「えっ！　ではブルクハルト商会は恐ろしい輩の集団ってことですか⁉」

「ああ、まあ……とにかくそういうわけで俺は奴らを調査する。通路のことはクリスティーの家の者しか知らないはずだからな。大丈夫だろ」

「そんな！　もしものことがあったらどうなさるんですか⁉　俺がめちゃくちゃ怒られるじゃないですか‼」

「おまえなあ……」

主人ではなく自分の心配をする従者をなんとか宥(なだ)めて、今に至る。

5階の、先日と同じ場所まで辿り着く。明かりはついていたし、誰かしら人はいるはず。俺は壁に耳をつけた。

（やっぱり誰かいる……！）

聞こえてくる声のひとつはレオのもので間違いない。壁にぎゅっと耳を押し付けて全神経を聴覚に集中させた。こうしてもすべては聞き取れないのがつらい。

(今度、バレないように工作が必要だな。もう少し中の声を聞きやすいようにする方法を――)

そこで俺の思考は急停止した。

壁に押し当てた右耳のすぐ真横に短刀が刺された。

体中からどっと汗が噴き出す。心臓が急激に脈打ちだす。

(まさかそんな。バレたのか!?)

銃弾でもぶち込まれるかもしれないと思うと身動きが取れない。だがこのままでは命が危うい。どうしたらいいのか、必死で頭を巡らせる。

「ひっ!」

その瞬間、もう1本の短刀が身体に添うように腰のあたりに刺しこまれた。驚きのあまり大きな声が出てしまう。

(に、逃げなきゃ)

このままではレオに捕まってしまう。だが動いたらこの場で命を落としてしまうかもしれない。

(ダメだ、落ち着け。考えろ、考えろ……)

だがそう思えば思うほど、気ばかりが焦って考えがまとまらない。全速力で走った後のように高鳴る鼓動もうるさく感じて集中できない。恐怖と焦りで半ばパニック状態のまま時間だけが過ぎていく。

気がつくと室内の話し声もぴたりと止んでいた。２本目の短刀が刺されてから、かなり経ったようにも感じられる。

（もしかして、さっきはたまたまだったんだろうか）

機嫌が悪い誰かが、八つ当たりに壁に短刀を刺しただけかもしれない。それが偶然にも俺の近くに当たったというだけで。話し声が止んだのも、部屋から皆出て行ったからなのだろう。

（危機一髪だな……）

ほっと小さく息を吐き、壁から身体を離そうとしたその時。

「ねえ。ここで何してるの？」

状況にまったく似合わない爽(さわ)やかな声が背後から響いた。

驚きと恐怖で両肩がビクリと跳ねる。だが動くことはできない。いつの間にか左の肩甲骨の下あたりに、銃口のようなものがぴったりとつけられていた。

「おーい。聞こえてる？」

男は明るい声で話しかけてくる。

「返事しないと、間違えて撃っちゃうかも。これ、本物だからね。あはは」

（あははじゃねーよ！　クソっ）

心の中で悪態を吐く。だがいつまでも黙っていたら本当に殺られる。大きく息を吸って、腹筋に力を込めた。そうでもしないと声が震えてしまいそうだったから。

「聞こえてる。なぜこの通路がわかった」

男は背後から俺の左耳に顔を寄せた。

「内緒。それよりここで何してたの？」

「……見回りだよ」

「ふーん。まあいいや、今からたくさんおしゃべりしてもらうから。さあ、両手を後ろに回して？」

警戒しながら両腕を後ろに突き出すと、素早い動作で縛られてしまう。男はやっと銃を押し当てるのをやめて、俺の両肩に手を掛ける。ゆっくりと体を反転させられて、男の方を向く形になった。

「あ、なたは……」

思いもよらぬ人物の登場に、無意識に口から言葉が零れ出た。

「僕のこと知ってるんだ。光栄だなあ、カラム・クリスティー」

血のような赤い瞳(ひとみ)に漆黒の髪の背の高い男が爽やかに微笑んでいる。端整な顔立ちの美青年は、新聞で見たユリアン・ブラントその人だった。

「おいで。僕たちとおしゃべりしよう？」

彼はそう言って俺の腕を掴(つか)む。隠し扉を難なく開けて部屋の中へと入った。


「おや。本当に鼠(ねずみ)がいたのか」

俺の正面の一人掛けのソファに座り葉巻を手にしていた金髪の男が、無感情に呟(つぶや)く。彼を囲むようにして座っている数人の一人と目が合った。

（レオだ……！）

ほんの一瞬、レオの瞳が見開かれる。明らかに驚いている様子を見た。きっと俺の存在に本当に気がついていなかったのだろう。

「あなた方も顔くらいは知っているでしょう」

ユリアンの言葉に男たちは首を傾げる。

「見覚えがありませんねえ」

赤毛の男が俺の顔を見てまじまじと覗き込む。隣の緑髪の男が頷(うなず)く。

「そもそも貴族なのでしょうか」

「着ている服から見ても平民では？　まさか銀狼の一味だったり」

濃紺の髪の男が嫌味な目つきでレオをチラリと見た。レオは嫌味なくらいにっこりと笑った。

「こんな貧弱でトロそうな奴、うちにはいませんよ……というか髪や目の色と服装が変わっただけで気がつかないのは問題では？」

そこでレオは言葉を切って俺の方に視線を投げかけた。

「ねえ。カラム・クリスティー」

その言葉に男たちがざわめく。

「クリスティー伯爵家の次男か?!」

「あの浪費家で有名な……」

「そういえば最近、夜会でも姿を見なかった」

騒がしくなった男たちに、金髪の男が侮蔑(ぶべつ)の籠(こも)った眼差しを向ける。

「静かにしろ」

3人は一瞬にして静かになった。金髪の男は俺を探るような目つきで見た。この男、ただ者じゃない。どこかで見たことがある気がするが、思い出せない。

「おまえはあそこで何をしていたんだ？」

「……見回りです」

用心深く、ユリアンに言ったのと同じことを繰り返す。男は読めない表情を顔に浮かべるとユリアンに呼びかけた。

「私はそろそろ失礼するよ……後のことはよろしく頼む」

立ち上がった男のもとへ部屋の隅で控えていた従者らしき男たちが追従する。3人の男たちも慌てて駆け寄っていく。

彼らが部屋から去ると部屋にはユリアンと俺、そしてレオだけが残された。ユリアンは俺の近くまで来るとしゃがみ込んでにっこりと笑った。

「さて。僕たちとお話ししようか」

相変わらず手は縛られたまま、さっきまで男たちが座っていたソファに導かれる。一人がけのソファに座ったオレを左右から挟むようにしてレオとユリアンが座った。

「どこまで聞いた」

レオが少し怒りの滲(にじ)んだ声で俺に問いかける。

「話はほとんど聞いていない。だからここに隣国の要人がいるなんて思いもしなかった」

「嘘じゃないよね？　嘘だったらすぐ殺すから」

ユリアンが銀色の拳銃(けんじゅう)をくるくる手で回しながら尋ねてくる。

「嘘じゃない」

ここで話を聞いたのは前回のことだし、今日は特に何も聞いてないから、嘘はついていない。俺は腹と目に力を込めて、しっかりとユリアンを見返した。ユリアンも赤い目でじっと俺を見てくる。

そういえばレオも赤い目をしている。ルビーのようなクリアな赤は珍しいし、二人はもしかして血縁関係でもあるのだろうか。

「嘘じゃないみたいだね。でも残念。あいつらのことも見ちゃったし、僕たちとも会っちゃったからさ。このまま帰してあげるわけにはいかなくなっちゃった。ねえレオ？」

レオ一瞬だけ迷うように視線を彷徨わせた後、小さくそうだなと呟いた。ユリアンはレオに同じ色の瞳を向けて爽やかな声を出した。

「良かった。親友の恋人だからって、情が移ったりしてたら、ただじゃおけなくなっちゃうからね」

レオが形の良い眉を顰める。

「そんなことあるわけないだろ。親友でもない。ずっと昔のことだ」

「そう？　まあなんでもいいけど。僕らの計画も後少しなんだから油断しないでね」

「誰に言ってんだよ」

睨むレオと微笑むユリアン。二人の視線が絡み合い、火花が散ったようにも見えた。

（こいつら、いったいどういう関係なんだ？）

自分の危機的状況を忘れて冷静に観察していると、ユリアンの視線がゆっくりと俺へ向けられた。

「ねえカラム。きみは貴族という存在についてどう思ってるの？」

「え？」

突然水を向けられて戸惑ってしまう。なぜ、そんなことを聞くのだろう。ユリアンの真意がわからなくて困惑していると、彼は再び言葉を重ねる。

「その家に生まれたというだけで、自動的に権力を持つ存在は、本当に国政に必要だと思う？」

「それは……」

言葉に詰まる。そもそも転生するまでは身分差なんかない国で生きていた。政治には大して関心を抱いてはいなかったけれど、特権階級といえる存在の政治家たちの腐りきったニュースは毎日のようにニュースで流れていたのを覚えている。

「全員が必要ってわけじゃないと思います。もっと言うと、ほとんどの奴らは必要ないでしょうね」

毎晩のように着飾って、夜会へ赴いて朝まで高価なワインやシャンパンを浴びるように飲む。起きるのは昼すぎで、日が暮れるまでは怠惰に過ごして夜になると再び外へ繰り出す。

これは紛れもなく少し前までの俺の姿でもあった。汗水垂らして朝から晩まで働く領民たちの血税で、毎日をただ空虚な快楽を得るためだけに生きる。一部の貴族たちはいまだにそうした生活を送っている。

他人のことを言えた義理じゃないが、本来の貴族の役割は領民たちが健康で文化的な生活を営み、自分らしく自由に生きることができるよう、導いて守ることだと思っている。決して与えられた特権を私利私欲のために貪るために在るのではない。思っていることを正直に説明すると、ユリアンもレオも驚いた顔になった。

「へえ。きみがそんな考えを持っているなんて思わなかったな」

どこか退屈そうだったユリアンの目に、ほんの少し興味の色が浮かぶ。

「クリスティー伯爵家は、きみの言うところの退廃的で無用な貴族そのものだったよね。最近になって、変わったと評判だったみたいだけれど」

「ずいぶん詳しいんですね。たかだか他国の一伯爵家のことなのに」

警戒心が滲み出てしまったかもしれないと少し焦ったが、ユリアンは気にする様子もなく微笑んだだけだった。

「まあね。僕、いろんな国にたくさん仲良しがいるから……ね？」

「………そうですか」

（メイデンヘッドのスパイがあちこちに潜んでるってことか。思った以上に食えない奴だな）

ふいにユリアンが俺の隣に移動してくる。

「きみとはもっとおしゃべりしたいな。少し長くなりそうだから場所を変えようか。レオ、準備して」

ユリアンと俺の会話を黙って聞いていたレオが立ち上がり、頷くと部屋を出ていく。しばらくして大きなトランクと一緒に戻って来た。トランクはとても大きく、数人の男たちで抱えている。嫌な予感がしてユリアンを見ると、爽やかに微笑んで頷かれた。

（やっぱり俺が入るのかよ！）

抵抗しても命が危うくなるだけだ。トランクを運んできた男たちが、今度は俺に近寄り両脚を縛る。それで終わりかと思いきや、目隠しまでされてしまう。

（動けねえんだから、視界まで奪うことないだろ）

心の中で毒づいていると、ユリアンがまるで見透かしたように、笑った。

「カラムはすごく頭が切れるみたいだから、念には念を入れさせてもらうね」

その言葉とともに、首の後ろに軽い衝撃を受けた。そうしてそれを最後に、俺は意識を失った。

「……っ」

意識を取り戻した視界に広がったのは、燃えるように赤いのにゾッとするほど冷たい2つの赤だ。

「そろそろ目を覚ます頃だと思ってたんだ。気分はどう？」

目隠しも手足を縛っていた縄からもいつの間にか解放されている。慎重にあたりを見回すと、部屋の隅には腕組みをして座るレオの姿も見えた。

「……最悪ってほどじゃないです」

「お茶でも飲む？」

（こいつ……毒でも盛るつもりか？）

だが断れば殺されるかもしれない。どう答えようかと頭を巡らせていると、ユリアンがくすりと笑った。

「大丈夫だよ。毒の知識はそれなりにあるけど、きみのことを殺そうなんて思ってないよ、今はね」

「……じゃあお願いします」

「オッケー。美味しいの淹れてあげる」

ユリアンは立ち上がって部屋の奥へと消えていった。しばらくすると二人分のティーカップを銀のトレイに載せて戻ってくる。

「あ！　この色と香り、もしかして……」

白磁のティーカップの中には美しい青い色のお茶が注がれている。さまざまなフルーツや青い色素を持つ花の魅惑的な香りは、間違いなくクリスティー伯爵領の新たな特産品になりつつある。だがこれらはまだ国内の限られた店舗でしか販売してないはずだ。

「どうして持っているかって？　王都にあるきみの家が経営するカフェで買ったんだよ。すごくいいね」

「本当ですか!?　ありがとうございます！」

拉致（らち）されているという状況にもかかわらず、商品のことを褒められると嬉（うれ）しくなってしまう。

「この青にレモン果汁を垂らすと色が薄いすみれ色に変化します。蒸らし時間で色の濃淡も変わったり、夏にはアイスティーにすると涼し気で最高なんですよ。今はピンク系のお茶を開発中で、うまくいけば来年には商品化できそうだと思っていて――」

気がつくと、ユリアンとレオがポカンとした表情で俺を見ていた。

（しまった！　ついしゃべりすぎた……）

呆（あき）れられたと思ったが、ユリアンは突然ぷっと吹き出した。

「え？」

「いや、ごめん……きみ、こんな状況なのに……ぶっ、くくっ、ごめ、ちょっと待って」

ユリアンの笑い声は少しずつ大きくなっていく。笑いが治まる頃には、目尻（めじり）にうっすら涙が滲んでいた。

「きみ、本当におもしろいよね。商才も素晴らしいし。実はこのお茶を買ってから、クリスティー伯爵家の特産品を輸入したいと思ってたんだ」

「え！　では今度ぜひうちの領内の茶葉の工場へ――」

大国メイデンヘッドが取引先になったら、どれだけの利益が見込めるだろうか。領民たちの生活もさらに豊かにすることができる。興奮のあまり立ち上がりかけた俺を、いつの間にか背後に立っていたレオに軽く叩かれてしまった。

「ちょっと。自分の今の状況わかってんの？　なに呑気に営業してんだよ」

「ってえ！　わかってるって。拉致られてんだろ。商売のことになるとマジで周りが見えなくなるんだよなあ」

言い合いをする俺たちをユリアンは微笑みを浮かべて眺めている。

「ふふ。カラムともっと仲良くなりたいなあ。そのためにもさっきのお話の続き、しようか」

「さっきの話って、貴族のことですか？」

「うん、そう。今度は俺の番かな。俺はね、この大陸中の王族や貴族をすべて廃止したいんだ」

「こ、この大陸中!?」

想像を遥かに超える壮大な目的に、声が大きくなってしまう。ユリアンは驚く俺を見て爽やかとしか形容できない笑顔になる。

「身分制社会ほど人間を腐らせるものはないからね。人は特権を与えられるとそれを私利私欲のために使ってしまう。もしも、国民を守り彼らが豊かに暮らすために行使することができる君主がいるのなら問題ない。だが残念ながら強大な権力を手にしても、慈愛に満ちたままでいられる人間なんて存在しないんだよ。だからメイデンヘッドだけじゃなくて、すべての国が共和制になるべきだ」

ユリアンの主張はわからないでもない。だが現実で実行しようとすれば、想像を絶する犠牲を要することは想像に難くない。

「……そうでしょうか。共和制が完璧(かんぺき)な制度とは思えません。同じように資本主義が完全悪というわけでもない。国によってどちらかが良いかも異なりますし、すべての国を共和制にするというのは理想論です。しかも国外からなんて。戦争でもするつもりですか？」

「まさか」

ユリアンは血の色の瞳(ひとみ)を細めた。

「そんなことをしても、なんの罪もない民の血を流すだけだよ」

「でも戦争や侵略以外でどうやって他国の内政に——」

あることに気がつき、俺はハッとする。

（もしかして……まさか、そうなのか…?!）

ブルクハルト商会、反王政派の貴族、そして隣国の要人。やっとすべてが繋(つな)がった。

「僕は直接何かしているわけじゃない。ただ、支援しているだけだよ」

「そういうことですか……貿易商として他国の反王政派の貴族たちと接触する。彼らを密かに支援して内乱を誘発し、革命を起こさせるつもりなんですね」

「正解。レオにはアルスターの反王制派との間に入ってもらってるんだ。レオン・ブルクハルトの正体は彼だからね」

サラの情報から予測はしていたものの、実際にはっきりと聞かされると衝撃をうける。アルがこのことを知ったらどう思うだろうか。あの日、二人の関係を打ち明けてくれた時の顔が浮かび、胸の奥が痛む。

「きみと話してみて、ぜひ仲間になってほしいと思ってるんだ。もちろんきみの恋人も一緒に。彼はレオと旧知の仲だし、もともと貴族という存在に虐げられて生きてきた過去もある。どうかな？」

ユリアンは爽やかな笑顔で右手を差し出してきた。

「……それはできません」

「へえ。どうして」

「あなたの理想には多大な犠牲が必要になります。内乱や革命が起きれば、戦争ほどの規模ではないにしろ、たくさんの国民が命を落として土地も荒れる。飢饉も起きる。そうなれば真っ先に苦しくなるのは貧困層の人々だ。最善の策じゃない」

「じゃあきみならどうする？」

「……まずは一度、税金の種類や内訳、金額についてを精査して無駄なものは廃止したり過剰なものは減税します。貴族のいくつかの特権は廃止して、彼らにも税金を課します」

「なるほど」

「領地から徴収した税金は、国に納める分以外は領民のために使うようにします」

「領民のために使うって、具体的には？」

「……一番は子どものために使うことが大事かと。身分差なく基礎的な教育を無償で受けられる機関を領内に作ります。子どもたちが職業を選択できるために必要な知識や技術を与えます。あとは、家庭で食事をすることが難しい子どもたちやその家族が、いつでも無料でごはんを食べることができる、領主が運営する食堂も作りたいです。子どもたちは未来の象徴ですから、まずは彼らを幸せにすることが大切だと想うので」

だがユリアンが何か言う前に厳しい声で言い放ったのはレオだった。

「そんな理想的なこと上手くいくわけがない。一度でも権力や金を持った人間は二度と手放せない。自分たちに不利益や損が生じることは見て見ぬふりだ。平民がどうなろうとアイツらは無関心。それが貴族ってやつの本質だ」

口調がいつもより荒い。ルビーの瞳には激しい憎悪が燃えている。こんなレオは見たことがない。息を呑んで見つめていると、ユリアンの爽やかな声が部屋に響いた。

「レオの言う通りだと僕も思うね。カラムの夢はとても素敵だけれど、ふわふわして地に足がついてない。正義感だけは貴族らしくないけど、それだけだ。なんの苦労も経験せずに生きている、貴族の発想だよ」

「あなた方だって、貴族の血が流れているじゃないですか」

「確かに血は流れてる。でもね、僕たちはそのために貴族によって人生を奪われたんだよ」

ユリアンはレオの方に視線を向ける。

「そうだね、レオ？」

「……ああ。俺もそれなりに名のある貴族の落（お）とし胤（だね）だった。嬉しかったよ、自分の父親が大貴族だなんて知らなかったから。だがあの家の子どもになってすぐに地獄が始まった」

「地獄？」

レオは自嘲（じちょう）的な表情を浮かべながら俺の目を見た。

「ルイ……ランドルフ公爵のことだ。もうおまえには多少なりとも話してんだろ」

俺は小さく頷（うなず）く。

「あいつがどこまで話したのか知らねえがヒューゴ侯爵夫妻は悪魔みたいな奴らだった。冷酷で、金と権力に取（と）り憑（つ）かれて、自分の地位のためならなんだってする。子どもに愛情なんかない。アイツが特別なんじゃない。貴族ってのはそういう生き物なんだ」

「そんな……こと」

ないとは言えない。自分だって前世の記憶を取り戻す前までは平民は自分たちのために金を稼ぐ道具だとしか思っていなかった。

「俺を引き取った後、夫人が妊娠して子どもが生まれてからはより酷くなった。それまで住んでいた部屋から追い出されて使用人の部屋のひとつに放り込まれて、毎日くたくたになるまで下働きをさせられた。逃げ出したかったけれど、逃げたら母を殺すと脅されてた。それに、俺がこの屋敷で大人しくしている限りは、母には毎月金を送っていると聞いてたから」

そこで一度、レオは言葉を切って顔を伏せた。

「ある日、俺は庭師の手伝いの途中に、夫人の育てていたバラの花を1本折ってしまった。窓から見ていた夫人に部屋の中に連れ込まれて、気絶するまで何度も何度も、鞭(むち)で打たれた。もう無理だと、その夜俺は屋敷を抜け出した。家に帰って驚いたよ。母はとっくに死んでたんだから」

「そんな……!?」

思わず両手で口を覆った。

「屋敷に戻って、広間に飾ってあった剣を使って夫妻を殺した。死ぬ前に教えてくれたよ。この家の跡取りが庶民腹の子どもなんて噂がたったら恥ずかしいから母を殺したって。本当のことを話したら命だけは助けてやるって言ったらベラベラしゃべってたな」

アルの話を聞いた時から嫌な予感はしていた。けれど、まさかここまでとは思わなかった。

「ルイの母親だってランドルフ公爵家に殺されたようなもんだ。金を送るなんて嘘ついて。あいつら貴族は腐るほど金を持っているくせに、それを他人のためには使おうとしない。ヒューゴ侯爵もランドルフ公爵も……貴族はみんな腐ってるって俺は気づいたんだよ」

「ランドルフ公爵夫人のことを襲ったのも……」

「ああ。強盗に見せかけて目当ての書類を盗むだけで良かったんだけどな。あの女、でかい声で喚くから大変だったよ」

「アルはそんなこと望んでなかった!」

「別にアイツのためじゃない。アイツが望もうが望むまいが俺には関係ない」

「でも……っ!?」

さらに言葉を重ねようとした俺の肩に冷たい手が乗った。

「僕も同じなんだよカラム。父親の顔なんて見たこともなかったのに、ある日突然やって来た大人たちに、公爵家に連れて行かれたんだ。後はレオと同じ地獄の日々だったよ。でも僕はすごく性格、悪いからね。力をつけて死ぬよりつらい生き地獄を味わわせてやろうって決めたんだ」

物騒な言葉を並べているのに、ユリアンの声はどこまでも爽やかだ。そのアンバランスさが異様でゾッとする。

「でもブラント大統領とあなたは親子で力を合わせてメイデンヘッドを共和制に導いたと――」

「そう。表向きはね。そういうストーリーを僕が創ったんだよ。あの無能はただ僕に言われた通りに動いていているだけさ」

「どういう、ことですか」

「父は貴族らしい人でね。僕には毎日、厳しい勉強や訓練を課して自分は朝から晩まで享楽の日々を過ごしていたんだ。だから簡単だったよ。彼の知らないうちに国内の反王政派や裏社会の人間たちと繋がりを作ったんだ。革命は、僕と彼らが起こしたものだ。父は死ぬのが怖くて僕の言うことを聞いてるだけ」

「そんな……」

前世も今も、金はなくても家族仲だけは良い家に生まれた俺には、想像を絶する世界と思考だ。

「もう一度聞くよ、カラム・クリスティー。僕たちの仲間になる?」

俺は大きく息を吸い込んで、返事の言葉を口にした。

久しぶりに帰宅した公爵は呆然(ぼうぜん)としていた。早朝にはなってしまったが、やっと帰宅できたわが家に恋人の姿はなかった。

「カラム……?」

静かな室内に、公爵の声だけが虚しく響く。せっかく明日は半日だけ休みをもぎ取ってきたというのに。限られた時間を久しぶりに二人で過ごすつもりだったのに。

(こんな時間に、いったいどこに出かけたんだ)

シーツは少し乱れているし、上掛けには跳ねのけたような形跡がある。公爵はシーツにそっと手をあてた。すでに冷えてきっているところから考えると、カラムが出て行ってからある程度の時間は経過しているようだ。使用人たちは皆、知らないと言っていた。公爵は腕組みをして部屋の中をぐるぐると回り始める。

(カラムは一度、寝るつもりでベッドに入った。だが何か思うところがあって夜中に屋敷を抜け出したということか)

心の中に仄暗(ほのぐら)い感情が湧き上がる。

(まさか俺から逃げようとして……?　もしかして他に想う人ができて、俺のいない間にその人の

許に逃げたとか）

そう思った瞬間、体中が怒りと嫉妬（しっと）でカッと熱くなった。

（もしそうなら……探し出して捕まえて、二度とこの部屋から出られないようにしなければ。いや、この部屋は広すぎる。もっと狭い、俺しか知らない場所に閉じこめないと）

どすぐろい気持ちがどんどん胸の中に広がっていく。今すぐにカラムを見つけ出さなければいけない。公爵は右の親指の爪を噛（か）んだ。

（次の部屋は鍵（かぎ）付きにしよう。窓も必要ないな。二度と逃げ出せないように足枷（あしかせ）や手錠も――）

思考が危うい領域まで入り掛けた瞬間、慌てたような乱れた足音が聞こえてきた。

（なんだ？　こんな時間に）

「おやめください！　アルテミス様はもうお休みになられて――」

「すみません！　でも、こっちも緊急事態なんで！」

足音が止むと同時に、扉が乱暴に叩（たた）かれる。

「ランドルフ公爵様!!　朝早くから申し訳ありません!!　俺です!!」

聞き覚えのある声に公爵は扉を開けた。息を切らせて飛び込んできたのはカラムの従者だった。

（何かあったのか……!?）

心臓がドクリと嫌な音を立てる。

「カラムに何かあったのか」

平静を装おうと努めたが、声は動揺で掠（かす）れてしまう。ジェイミーは息を整えながら、勢いよく頷いた。

「カラム様には誰にも言わないようにと命じられていたのですが――」

ジェイミーが必死につっかえながら話し終えた瞬間、公爵は部屋から駆けだしていた。


それから数十分後には、公爵は馬に乗って街を駆けていた。早朝にこんなにも速く駆ける馬はいない。道行く人が何事かと好奇の視線を向けていたが、公爵の視界には一切入らなかった。

ほどなくして馬が大きな銀色の門の前で停まる。公爵が門番に名を告げると、静かに門が開く。

馬に乗ったまま早足で大玄関へ向かうと、見知った顔の使用人が驚いた様子で駆け寄ってくる。

「ランドルフ公爵様！　いったいどうなさったのです」

「緊急事態だ。悪いがシーマスを呼んでくれ」

公爵の真剣な眼差しに使用人は息を呑んで頷くと、すぐに建物の中に消えた。公爵が馬から降りて息を整えていると、寝巻姿のシーマスがすぐにやってくる。

「アル!!　何があった」

「カラムが拉致（らち）されたかもしれない」

シーマスが大きく目を見開く。

「詳細は？　いや、歩きながら話そう。部屋に着いたらローナンたちにも招集をかけるぞ」

「わかった。証拠はないが犯人の目星は付いてる。レオン・ブルクハルトだ」

「なんだって!?　それじゃカラムの拉致にはメイデンヘッドが絡んでることになるぞ」

シーマスの顔から血の気が引いていく。

「いったいアイツ、何をしでかしたんだよ……」

その後、すぐにコールマン侯爵邸に集まったイースト・エンド財政改革部の面々も同じ反応を示した。

「ったく、一人で動きやがって。何考えてんだあのバカは」

フィルが眉(まゆ)を顰(ひそ)める。

「本当は心配で仕方ないくせに、すぐそういう言い方するんだから。でも今回は僕も同感」

ミカがフィルの肩に手を置いた。

「カラムにしては行動が突発的すぎます。きっと何か事情があったはずです。特に最近のアイツは昔と違って、自分のことより他人のために動くから……誰かを助けるためとか、守るためなんじゃないかと俺は思います」

ローナンもいつになく真剣な顔をしている。横に立つジェイも頷いた。

「カラムは慎重な男です。ひとつの数字もさまざまな角度から検証して、照合してやっと正とするような彼が誰にも何も言わずに行動するなんて、きっとそうせざるを得ない事情があったはずです」

シーマスは感心したように頷く。

「ローナンもジェイもカラムのことをよく理解しているんだな。さすが同級生だ。なあアル」

「……今のカラムのことを誰よりもわかっているのは俺だ。恋人だから」

突然の発言に、部屋の空気が一変した。全員が目を皿のようにして公爵を凝視する。

「皆、どうした。早く会議を始めるぞ」

最初に口を開いたのはフィルだった。公爵から視線を逸らすと大げさなため息を吐く。

「おまえさぁ、こんな時にアホみてえなマウント取ってんじゃねーよ。おかげで空気おかしくなっただろうが」

「マウント？　なんのことだ」

公爵は左に少し首を傾ける。シーマスが気まずそうに眼鏡のブリッジを上げた。

「アル、たしかにきみはカラムの恋人かもしれないが――」

「かもしれないじゃない。恋人なんだ」

真剣な顔で答える公爵に、その場の全員が「そういうことじゃない」とツッコミを入れる。

「公爵は無意識みたいだし、取り合うだけ無駄だね。それより早くカラムの捜索を始めないと」

おかしくなりかけていた場の空気をミカが締めた。

「ブルクハルト商会が絡んでるっていうのはどのくらいの精度の情報なの？」

「従者からは5階の通路にカラムの腕時計が落ちていたと聞いている。クリスティー伯爵邸の5階はすべてあの商会が借りているそうだから、まず間違いないだろう。それに昨日まではたくさんの会員らしき男たちの姿が見えたというが、今朝になったらその全員の姿が消えていたそうだ」

「そりゃ間違いなくクロだな」

フィルの言葉に他の面々も同意を示す。

「なあアル、ブルクハルト商会の奴らはいったいどこにカラムを連れていったんだろうか。心当たりはあるか？」

シーマスが投げかけた疑問に、公爵が首を縦に振る。

「彼らにとってアルスターは他国だ。しかもある程度の人数を収容できる場所に移動するとなると、おそらく行き先は貴族の館だろう。あの商会と国内で取引している貴族は限られる」

ローナンがそうかと叫び手を打つ。

「ベアード子爵、クロウリー子爵、ラフマン男爵ですね！」

「ああ。しかも3人ともイースト・エンドの付近に屋敷を持っている。おそらくはそのどこかにカラムを連れて行ったに違いない」

「そうか、カラムはきっと通路で彼らの取引に関わる話を聞いてしまったんですね。それで、口封じのために……大変だ！　早く助けないと！」

今にも立ち上がりそうな勢いのローナンをジェイが窘めて、静かに口を開いた。

「公爵とローナンの推測は可能性が高いと思います」

「なら決まりだな。3手に分かれて突撃するしかねえ」

フィルがコキコキと首や手の骨を鳴らすと、言葉を続けた。

「俺とミカ、ローナンとジェイ、それから公爵とシーマスでいいな？　ローナン、それぞれの屋敷はもう偵察ずみだよな。特徴を教えろ」

「3つともイースト・エンドからの距離は同じくらいです。ラフマン男爵の屋敷は下級貴族のそれとは思えないぐらいの使用人がいました。それも全員、かなり屈強な男たちです。少し荒い印象を受けました」

「へえ。じゃあ戦えないとダメかもね。ラフマンのところは僕とフィルで決まりでしょ」

「当然だ。オラ行くぞ」

フィルは素早く立ち上がると、ミカを従えて裏庭に面した窓の方へ歩いていく。

「先輩、これを」

ジェイがラフマン邸の住所を書いたメモをフィルに手渡す。

「サンキュ。じゃ仲間集めて行ってくるわ」

「カラムのこと見つけたら、どうにかして早く連絡するから！」

フィルとミカはあっという間に窓の外へと消えた。

「残るはベアード子爵とクロウリー子爵か。ジェイ、教えてくれ」

シーマスが開け放された窓を閉めながら訊(たず)ねる。

「ベアード子爵の屋敷には農場が併設されています。クロウリー邸には農場もなく、庭園もそれほど大きくはありませんが、屋敷は異常に大きかったです」

「どうする、アル」

「……クロウリー邸にしよう」

「では俺とローナンはベアード子爵のところへ」

4人は立ち上がって廊下を足早に歩き出す。だが少し進んだところで突然ローナンが大きな声を出した。

「いきなり大声を出すな。うるさいし驚くだろう」

シーマスが迷惑そうな顔をするが、ローナンはそれを無視して早口でしゃべり始めた。

「今思い出した！　クソ、なんでこんな大事なこと忘れてたんだよ……！　俺、クロウリー子爵のところでレオン・ブルクハルトらしき男を見たんです！」

「何!?」

シーマスも大声を出した。

「本当になぜそんな大事なことを忘れるんだおまえは！」

「次のミーティングで話そうと思ってたんですって！　カラムが拉致されたって聞いてパニックで忘れちゃってたんですよ」

「おまえはいつもそうだな……だが待て。一緒にいたのにジェイは見てないのか？」

「ジェイが子爵を引き留めている間に、俺が一人で邸内を探ったんです。その時、確かにブルクハルト様って呼ばれてた男が廊下を歩いていくのを見ました。こう見えてけっこうちゃんと調べてるんすよ」

「ローナン、おまえのことはいい。それよりレオン・ブルクハルトはどんな男なんだ。髪の色と目の色、それに背格好だけわかればいい。今すぐに簡潔に説明しろ」

「公爵、そんなに詰めないでください！　それにそんな厳しい目で睨(にら)まれたら俺、怖くて言葉がうまく出て来なくなっちゃいますよ」

ローナンはもったいぶった様子で公爵をイラつかせる。わざとやっているわけではないのだが、カラムの幼なじみで親友というだけでも向けられる目と評価は厳しくなってしまう。

「くだらんことを言ってないでさっさと話せ」

だがローナンからレオン・ブルクハルトの特徴を聞いた瞬間、公爵は顔面蒼白になった。銀髪に赤い瞳という組み合わせはアルスターでは滅多に見ることがない。事実、公爵もレオ――キース・ヒューゴ以外では出会ったことがなかった。

（まさか……キースが？　だがそんなはずは……）

とてつもなく嫌な予感がする。心臓もアラートを告げるように鼓動を速めた。

「どうしたアル？　顔色が悪いが。体調でも悪くなったのか？」

シーマスの言葉にハッと我に返った公爵は、できるだけ平静を装って首を左右に振る。

「問題ない。すぐに発とう」

「どこだ、ここ……」

身体が痛い。薄暗くてあたりがよく見えない。しばらくすると目が慣れてきて、鉄格子のはめられた部屋の中にいることがわかった。

(部屋っていうかここ、牢屋だよな)

牢屋のわりには豪華かもしれない。床は板張りでよく見ると2段ベッドがいくつも置いてあり、食事用と思われるテーブルと椅子も置いてある。

手足を動かしてみると自由に動いた。縛られたりはしていない。ゆっくりと起き上がると、いくつもの視線と人の気配を感じた。

あたりを見回すと、牢屋の中に何人かの子どもたちがいることに気づく。正面に見える牢屋にも、同じように怯えた目をした子どもたちが座っている。どの子も揃いの制服のようなものを着せられているが、貴族の子どもでないのは明らかだった。

(もしかして、例の行方不明事件の被害者か)

一番近くに座っている小さな女の子に話しかけてみる。

「きみたち、もしかしてイースト・エンドから来たの?」

「うん」

女の子はこっくりと頷く。その横にはもう少し大きな女の子が座っていて、不安そうな目で俺を見ていた。怖がらせないように、できるだけ優しい声と笑顔を室内の子どもたちに向ける。

「きみたちはどうしてここにいるの？」

しばらくの沈黙の後、ベッドに腰掛けている少年が慎重に口を開いた。

「わかんない。いつもみたいに寝たはずなのに、起きたらここにいたんだ」

少年の言葉をきっかけに、子どもたちが不安を口にする。

「私たちどうなるの？」

「怖い。お父さんとお母さんに会いたい」

「ずっとここから出してもらえなかったらどうしよう」

すすり泣きも聞こえてくる。一番小さな子どもの背中を擦りながら、俺は再び問いかけた。

「ここに来る前はどこにいたの？」

「えらい貴族のお屋敷だよ。そこで1年勉強したら、たくさんお金を持っておうちに帰れるって言われたの」

「……そうか」

腹の中から湧き上がる怒りを抑えて返事をする。なんの罪もない子どもたちを甘い言葉で騙して利用するなんて。最低なクソ野郎たちのやることだ。子どもだけで、光もほとんど入らないこんな場所に監禁されているなんて、どんなに不安で怖い思いをしてきたのだろう。

「俺がどんな風にしてここに運ばれたか、教えてくれるか？」

年かさの少年が頷いた。

「銀色の髪に赤い目の、とってもきれいなお兄ちゃんが運んできたよ。一人で、他には誰もいなかった。時々ここに来て、内緒だよってお菓子をくれるんだ」

少年はポケットから青い銀紙に包まれたチョコレートをいくつか取り出した。

(俺をここに運んだのはレオだな。きっと子どもたちの管理をしているのもアイツだ)

それなのになぜ、お菓子をあげたりするんだろう。その行動の矛盾に、彼の心の揺れを感じる。

もしかしたら話せば思いとどまってくれるかもしれない。

「ねえお兄ちゃん、私たちどうなるの？」

一番小さな女の子が小さな両手で俺の指を掴む。その手は震え、目には涙がいっぱい溜まっていた。

「大丈夫。どうにもならないよ。もうすぐここから出て、家に帰れるぞ」

「本当？」

「ああ。だから安心して少し休むんだ。絶対に大丈夫だ」

正直、これからどうなるかなんてわからない。それでも今の俺にできることは、子どもたちの恐怖を少しでも取り除いてやることだけだ。

俺の自信たっぷりの表情と言葉に、子どもたちは皆、安心したようになる。そうしてベッドに潜り込んだ。しばらくすると、あちこちから小さな寝息が聞こえ始めた。

（さて、ここからどうしようか……）

目を閉じて思考に集中していると、突然近くで声が聞こえた。

「おはようカラム」

「うおっ!!」

大声を出しそうになり、慌てて両手で口を押さえる。振り向くと鉄格子の向こうにレオがしゃがみ込んでいた。

「ここ、どこなんだよ」

「内緒。ていうか知る必要はないよ。明日にはこの子たちと一緒に船の中だ」

「……おまえ、まさか……反王政派の奴らやユリアン・ブラントと組んで人身売買してんのか」

レオは小さく笑った。

「そうとも言うかな。でもそんな悪いもんじゃない。メイデンヘッドに行けば最低限の教育は受けられるし衣食住にも困らない。成人したら国にも戻れる」

「そんな悪いもんじゃないだと？　ふざけるな。こんな小さな子どもたちが、無理矢理親と引き離されて知らない国に売られるんだぞ」

怒りで荒げそうになる声を必死で抑える。だがレオはそんな俺を見て呆れたように鼻を鳴らした。

「おまえってまじで世間知らずだよな。きっと仲が良くて子どものことを愛してくれる両親に恵まれたんだな。だがな、そんな親なんて一握りなんだよ。こいつらの親ははした金と引き換えに喜んで子どもを差し出すような奴らだぞ。今は寂しくても、何年か経てばこれで良かったと思うようになる」

「決めつけんな。少なくとも、この子たちは親を愛してる。どんな親だとしてもだ」

「くだらねえな。おまえはもっと賢くて面白い奴だと思ったのに」

吐き捨てるように言うと、レオは立ち上がって部屋を出て行ってしまう。俺は鉄格子に手を掛けて、静かに息を吐いた。

（皆に迷惑かけずに動くつもりだったのに……見つかって捕まってるなんてかっこ悪すぎだろ、俺）

鉄格子によりかかって天井を見上げる。

「あれ……窓だ」

この部屋はかなり天井が高い。そのためまったく視界に入っていなかったが、かなり高い位置に明かりとりのような出窓があるのが見えた。この位置からでは正確な大きさはわからない。だが格子などははめられていない。

（もしかすると、もしかするかもな……）

ラッキーなことに窓のある方の壁側の2段ベッドは空だ。俺は静かに梯子を上る。ベッドは思いのほか高く、上がってみるともう少しで窓に届きそうだった。俺は2段ベッドのシーツを細く引き裂いては硬く結び、長いロープの代用品を作ると、肩に掛ける。そうして再び立ち上がって窓を見上げた。

（ジャンプすれば届きそうな気もするけど、失敗したら一発でバレちまうな……そうだ）

靴と靴下を脱ぎ捨て、四隅に設置されたベッド飾りのひとつに上った。思ったとおり、ここからだと窓の縁に手が届く。

思いきり腕の筋肉と脚の筋肉を使い、一気に出窓の内側のスペースへ駆け登った。

（こんな体でも諦めないで鍛え続けて良かった……！）

前世の俺とは比べ物にならないほど貧弱で華奢なカラムの体は筋肉がなかなか付かない。けれども地道にトレーニングを続けていたのが功を奏した。窓は小さいが、人が一人通り抜けるには十分な大きさだった。

アルやジェイのように身長がある男は難しいだろうが、俺ぐらいなら難なく通り抜けられそうだ。窓から見るに、それほど高さもない。マンションにしたら4～5階ぐらいだろうか。落ちても死にはしないだろう。

窓についている鍵を注意深く開けると、キィと小さな音を立てて窓が外側に開く。外の風が一気に流れこんできて、少しだけホッとする。窓から顔を出して見回すと、窓のすぐ近くに鳥のような石の彫刻が作り付けられている。鳥の脚の部分にシーツで作ったロープを巻きつけて、それを伝うようにして石の壁を降りていく。

少しずつ、正確に。気づくと体中がじっとり汗ばんでいた。

（やった……！）

足の裏にひんやりと感じる草と土が心地いい。とりあえず出口を探さなければ。腰を落として姿勢を低くし、建物の壁に沿うようにして進む。しばらくすると正門が見えてきた。門の付近には貴族の屋敷には似つかわしくない目つきや見た目の男たちがうろついている。

（このまま行くと見つかるな……裏口を探さないと）

来た道を引き返してしばらく歩くと、食べ物を焼いたり煮たりする匂いが漂ってきた。おそらく近くに厨房があるのだろう。貴族の館から出た生ゴミは堆肥として使うために無料でも欲しがる農民が多い。そこで大体は建物から離れた庭の通用口や裏門の前に置かれたコンポストの中に入れておくのだ。

つまり、厨房があるということは近くに裏門や通用口があるということになる。

（よし！　もうすぐここから脱出できるかもしれない）

一筋の光が見え、ホッと胸を撫でおろしたその時。

「てめぇ！　どっから入りやがった!!」

怒鳴り声とともに思いきり頬を殴られて、勢いよく倒れ込んでしまった。きっと見張りの一人だろう。傷だらけの顔に鋭い目つきはまるで異世界ものに出てくるオークのようだ。殴られた衝撃で頭がくらくらする。ふらつきながらもなんとか起き上がって逃げようとすると、今度は強い力で髪の毛を引っ張られた。

髪の毛がごっそり抜けるんじゃないかと思うほど強く掴まれて、痛みで目尻に涙が滲む。殴られた時に口の中も切れたようで、口内には血の味が広がっていく。だがここで捕まるわけにはいかない。俺は息を整えると、一瞬の隙をついて片足を高く上げ、かかとをオーク男の脚の甲に振り降ろした。

「痛っ!!　くそっこの野郎!!　何しやがる!!」

悪態を吐きながらオーク男は足を抱えて地面を転げまわる。その隙に走り出したが、すぐに他の見張りが追ってくる。

「おい！　あそこだ！　捕まえろ!!」

「逃すな！」

口々に叫ぶ声が聞こえ、四方八方から男たちが襲いかかってくる。泥だらけになりながらもなんとか追っ手から逃げていたが、ついに前と後ろから挟まれてしまった。

（まずいな……）

前後に注意を配りながら後ずさる。

「へへっ。やりやがったな。だがもう逃げられねえぞ……ぶち殺してやる！」

復活したオーク男が怒りに満ちた目で叫んで飛びかかってくる。俺は窓ガラスを割って屋敷の中に侵入した。

すみれ色のビロードの絨毯（じゅうたん）が敷かれた廊下を走り続ける。振り向かずとも男たちが追ってくるのがわかった。

（早く逃げないと……追いつかれる！）

だが次の瞬間、焦りすぎたせいで絨毯に足を取られ、思いきり前に倒れ込んでしまった。起き上がろうとした瞬間、腰のあたりがズシリと重くなる。顔だけで振り返ると、肉食獣のように目をぎらつかせたオーク男が馬乗りになっていた。

「この野郎！　女みたいな顔のくせに舐（な）めやがって！」

再び強い力で髪の毛を後ろに引っ張られる。

「はあ!?　てめえこそバカ力すぎんだろ!　痛ぇっつの!」

もうどうにでもなれ。俺も負けじと大声で怒鳴り返した。一瞬男は目を丸くしてぽかんとした表情になる。だが次第に首から上に向かって怒りで顔が赤黒く変色していく。やばい。キレさせてしまったかもしれない。

「調子に乗りやがって……!　っ!　ぶッ殺——」

オーク男が俺に向かって拳（こぶし）を振り上げた瞬間、目の前のドアが勢いよく開いた。扉の中から出てきた人影が、素早くオーク男の手を捻（ひね）り、目にも止まらぬ速さで巨体を蹴（け）り上げた。男の体は宙を舞って、轟音（ごうおん）とともに床に落ちた。

俺も他の男たちも目の前で何が起きたのか事態を飲み込めずに黙って固まってしまう。

「何をしているんだ」

どれくらい経ったのだろう。一瞬にして静まり返った廊下に冷たく響いたのはアルの声だった。

43

「ア、ル……？」

思ったより口の中が切れていたようで、言葉と一緒に血が零れ落ち、絨毯に染みを作る。それを見た瞬間、アイスブルーの瞳が苦しげに細められた。目の前で俺を見下ろしているのは間違いなく俺の恋人だ。

（助けに来てくれたのか？　それとも偶然……？）

俺は絨毯の上に転がったまま恋人を見上げた。安心したのか、体中の力が抜けていく。同時に殴られた頬がじんじんと痛み出し、口からは血が溢れた。絨毯に吐き出すのも躊躇われ、どうしたものかとぼんやりとした頭で考える。

ふわりとかぎなれた香りが鼻孔をくすぐる。気がつくと俺は片膝をついてしゃがみ込んだアルの腕の中に抱き止められていた。アルは黒い厚手のハンカチを取り出すと俺の唇にそっと当てた。

「カラム、これを使ってくれ」

俺は小さく頷いて、ハンカチで口を覆った。少しずつ血を吐き出す俺の背中を、温かい手が優しく撫でてくれる。

「少しだけ待っていて」

優しく耳元で囁いたアルは、俺の身体を抱きかかえて廊下の隅にそっと降ろした。そうしてすぐに立ち上がると大きな声で叫んだ。

「シーマス！　聞こえるか‼」

同時に少し遠くの扉が開き、シーマスが従者たちを何人も従えてやってくる。その一人は手錠をかけられ、ロープで体を縛られた貴族らしき男を引っ張っている。

「アル！　証拠はバッチリ押さえたぞ。おかげでクロウリーを捕縛できたぞ！　そっちは――」

廊下の壁にもたれて座る俺を見た瞬間、シーマスは言葉を失った。

「カラム様っ‼」

シーマスの背後からジェイミーが走り寄ってきて俺の背中を支える。

「おまえもきてたの、か」

さっきよりも上手くしゃべることができない。ジェイミーは今にも泣き出しそうな顔で首を左右に振った。

「無理にお話しにならないでください……それに、裸足じゃないですか。足も血だらけですよ」

（そういえば、逃げ出す時に靴を脱いだんだ――子どもたちがまだ……！）

ジェイミーが止めるのも聞かずに、俺は力いっぱい大声を出した。

「うえの、階に……子どもが……牢屋に、いっぱい――ゴホッ」

言い終わる前に口から血が噴き出す。口の中を切ると、こんなにも血が出るものなんだと他人事のような気持ちになる。もしかして舌も切ってしまったのかもしれない。

「わかった。ありがとう、カラム」

アルが俺の目を見てしっかりと頷いた。

それから前を向いたまま、ゆっくりと腰に佩いた剣を抜く。

「ジェイミー。カラムのことは頼んだぞ。行くぞ、シーマス」

いつの間にか廊下の前方には治安の悪そうな男たちが集まってきている。いまだ気絶したままのオーク男の姿に驚いた様子で、いっせいに俺たちを口汚く罵った。

「おいテメぇら！　よくもガレスを！　ぶっ飛ばしてやる！」

「貴族風情が俺たちに勝てるなんて思うなよ！」

「その綺麗な顔、二度と戻らねえようにしてやるぜ！」

だがアルもシーマスもそんな挑発には無反応だ。シーマスはアルの顔を覗き込むと、やれやれといった調子で眼鏡を胸ポケットに仕舞った。

「おいアル、気持ちはわかる。わかるが、やりすぎるなよ。頼むから。じゃないともみ消せなくなるからな」

「ああ。わかっている——殺す」

アルの口からは地を這うような低い呟きが零れた。それと同時に目で追うことができないほどのスピードで白銀の剣が宙を舞った——ように見えた。

次の瞬間、何人もの巨躯がバタバタと音を立てて絨毯の上に重なるように倒れ込んだ。

「おいおい、言ってる傍からおまえはもう……勘弁してくれ」

シーマスが片手でこめかみを揉む。

「大丈夫だ。致命傷は与えていない……今はな」

「なんだコイツ……！　ただもんじゃねえ」

残った男たちは薄気味悪そうに呟くと後ずさる。だがアルは凍った海のような温度のない目を彼らに向ける。

「次」

「クソッ！　ウオーっ!!」

一人の男がアル目がけて走り寄ってくる。手には2本の剣を持っている。だがアルは顔色ひとつ変えずに素早く左足を上げ、男の右脇腹に足の先を当てるようにして蹴り飛ばした。男は腹を押さえてうずくまっている。

(待てよ、あれ三日月蹴りじゃねえか！)

前世ではそれなりに格闘技好きでもあったので、有名な技は知っている。おそらく今、アルが繰り出したのは外から見えにくい急所の内臓をピンポイントで狙う蹴り技だ。禁止される大会もあるほどの危険な技だったはずだ。

うめく男の背中をボールのように廊下の脇に蹴とばすと、アルは再び地獄から這い出たような声で呟いた。

「次」

今度は何人かが束になってアルに襲いかかる。だが瞬きをする間に皆、床に倒れ込んでいる。

よく見るとシーマスもアルの死角にいる男たちをあっという間にのしている。

(こいつらがこんなに強いなんて知らなかった……)

あっという間に敵は一人もいなくなる。廊下の脇には気絶した男たちの山が出来上がっていた。

「シーマス、子どもたちを探しにいこう」

「ああ、そうだな。皆はここで待機していてくれ。おそらくもう攻撃してくる者はいないはず――」

シーマスの言葉が終わらないうちに、一発の銃声が響いた。廊下の奥の方からコツコツとブーツの音が響く。

(そうだ、ここにはまだアイツが……)

心臓が痛いほどに速く胸を打つ。できるならこんな形でアルに知らせたくなかった。

「よう。また会ったな」

銀色の髪にルビーのような赤い目をした男が、挑発的な表情でアルの前に立つ。

「……なぜおまえがここにいる」

「話せば長くなるんだけど超簡単に言うと、俺がレオン・ブルクハルトだからってこと。おまえらが捕まえた貴族のオッサンは俺の取引先。説明はこれぐらいで十分だろ」

「おまえがレオン・ブルクハルトだと?」

アルの目が大きく見開かれた。レオはアルの反応を楽しむようにクスリと笑って手にした銃をくるくると回している。

「なぜそんなことを」

「貴族っていう腐りきった存在をこの世から消すためだよ。そのために俺はメイデンヘッドと手を組んだ」

「子どもたちの拉致はなんのためだ」

「拉致？　人聞き悪いなあ。金と引き換えに自分の子どもを喜んで差し出すような親なんて、いない方がマシだろ。俺たちはただ、劣悪な環境の子どもたちを助けてるだけだよ。貴族が大きい顔してるこんな国で生きるより、メインデンヘッドで暮らした方が長い目で見ても彼らのためになる」

両親に会いたいと泣いていた子どもたちの顔が目に浮かぶ。同時に腹の底から怒りが湧いてきた。

「勝手なこと言うなよ！　あの子たちは家に帰りたがって泣いているんだぞ！　おまえの物差しで他人の幸せを決めつけるな!!」

「おまえみたいな苦労知らずの貴族に何がわかる。今はガキだから何もわかってないだけだ。メイデンヘッドに行けば、働きながら最低限の教育は受けられるし衣食住の心配をすることもない。イースト・エンドみたいな貧民街では、それがどんなに大変なことか、おまえなんかにわかるはずがない」

レオが冷たく凍った目で睨むように俺を見た。

だがアルがその視線を遮るように俺の前に立った。

「よくわかった。もうおまえとわかり合うことはできないんだな」

「いつの話をしてんだよ。もうずっと前から俺たちは違う道を歩いてるだろ」

「……そうだな」

アルは静かに言うと下げていた剣を再び構える。レオはにやりと笑って、手にしていた銃を床に転がすと、のびている男の腰から剣を抜いた。

「おまえとはこれで戦うべきだよな……来い」

金属のぶつかり合う音とともに火花が散る。まるで剣舞を見ているかのような気すらして見惚れてしまう。レオが振り下ろした剣をアルが自身のそれで受けとめ、押し切る。次はアルが剣を振り下ろしてレオがそれを受け流す。

その場にいるすべての人間が息を呑んで二人を見守っていた。どれだけ時間が経ったのだろう。アルもレオも汗だくになっている。いつの間にか上着は脱ぎ捨てられ、二人ともシャツ1枚になって戦っていた。

やがてほんの一瞬、レオが床に転がっていた花瓶にぶつかってバランスを崩した。瞬きするほどのほんの一瞬の隙。アルはそれを逃すことなくレオの喉元に剣の先を突きつける。レオは悔しそうに顔を歪めて舌打ちをした。

「勝負あったな」

シーマスが呟く。

だが突然、廊下の窓ガラスが大きな音を立てて大破した。

「うわ!!」

「なんだ!!」

皆、口々に叫びながら飛び散る破片から身を守る。よく見ると、廊下には岩のように大きな石が投げこまれていた。そして、大きな穴の開いた窓の向こうには漆黒の馬が立っていた。

「何をしてんの。早くして」

馬上の男がレオを促す。そこにいる全員が窓の外にいる人物に気を取られたその隙に、レオは素早く窓から外に飛び出た。真っ黒な装いに身を包んだ血のように赤い目の男がレオを馬へと引っ張り上げる。男は一瞬だけ俺へ視線を向けると優雅に微笑む。

「また会おう、カラム」

そうして馬はあっという間に走り去っていった。

「おい、今のはメイデンヘッドのユリアン・ブラント主席補佐官じゃないのか？」

シーマスが信じられないという口調で呟く。

「どうやらそのようだな」

アルが目線を窓の外に向けたまま厳しい声で応じる。シーマスは片手で目を覆って天を仰いだ。

「いったい何がどうなってる……」

「考えるのは後だ。先に子どもたちを助けよう。それに――」

アルは言葉を切ると振り返った。そうしてまっすぐに俺の方に歩いてくる。俺を支えていたジェイミーが瞬時に立ち上がり場所をあけた。アルは片膝を立てて俺のそばにしゃがむと、壊れ物に触れるようにそっと優しく俺を抱きしめた。

「……カラム。遅くなってごめん」

「アル、ちが、おれこそ、ごめ」

アルが謝る必要なんてない。悪いのは自分の力を過信して単独行動に走った俺だ。血は止まったが、口の中が腫れあがって上手く話すことができない。アルは優しく俺の唇に人差し指を当てて微笑んだ。

「いい。無理して話すな」

アルは俺の頬にそっと手を添えた。

「こんなに腫れて。痛かっただろう。殴られているきみを見た時、生きた心地がしなかった」

俺は言葉の代わりに大きな手のひらに自分から顔を寄せる。俺は大丈夫、来てくれてありがとうという意味を込めて。

アルは俺を再び優しく抱きしめてくれる。

「痛くないか?」

返事の代わりに背中をポンポンと叩くと、ほんの少しだけ力が込められた。

「きみに何かあったら、俺は生きていけない」

俺の肩口に顔を埋めたアルはか細い声で呟く。その声音だけで、自分がどれだけアルを心配させていたかを思い知り、心の底から猛省した。

「きみはよく頑張った。あとは俺たちが片付けるから、少し休んでくれ」

俺にもまだできることはあると伝えたいのに、背中を撫でる温かい手が心地よくて瞼が自然に落ちてくる。

(アルを悲しませたくなくて動いたのに、結局何もできなかった——)

そう思ったのを最後に、俺は意識を失った。

44

目が覚めた瞬間、視界いっぱいにアイスブルーと金色が広がった。

「ア……ル？」

「カラム！　目が覚めたのか!?　……よかった……っ」

意識を失った俺はケガのせいで高熱が出て、なんと1週間もずっと目を覚まさなかったそうだ。

そのあいだアルはずっと付き添い、ほとんど寝ずの番をしてくれていたという。

　本人は問い詰めても笑うだけで何も言わなかったが、宝石みたいな綺麗な目は充血し、目の下にはくっきりと隈ができていた。

「勝手なことして、本当にごめん」

口内の腫れも落ち着いた。話せるようになったら一番に言おうと決めていた言葉をアルに伝える。

俺はサラから得た情報や自分が通路で見聞きしたことをすべて話した。アルは黙って話を聞いてくれた。

「危険な仕事とわかっていながら、単独で行動したことは上司としては認めるわけにはいかない。でも、恋人としては厳しくは言えない。俺の気持ちに配慮してくれたんだろう」

　レオン・ブルクハルトの正体を知ったら、きっとアルが悲しむと思った。だがそれをアルに伝えるのは恩着せがましい気がして黙っていたのに。いつだってアルは俺が言葉にしない考えや想いまで読み取ってしまう。アルは優しく微笑んで俺の髪を優しく撫でた。

「ありがとう。でも俺は大丈夫だ。きみが側にいてくれるから」

「アル……っ」

髪を撫でていた手がいつの間にか後頭部に回されて、そっと引き寄せられる。鼻先がくっついてしまいそうなほどアルの綺麗(きれい)な顔が近づいてきて、俺は目を閉じた。だが次の瞬間、ノックもなしに大きな音を立てて扉が開く。

振り返ると、イースト・エンド財政改革部の5人があきれ顔で立っていた。フィル先輩は眉(まゆ)を跳ね上げて俺たちを睨みつけている。

「なんだァ？　意識が戻った途端にこれかよ。ドスケベカップル」

「すまない、ノックはすべきだったたな」

シーマスが気まずそうに眼鏡のブリッジを意味なく上げる。隣に立つミカとローナンはいやらしい笑みを浮かべていた。

「公爵って意外とお盛んだよねえ」

「ああ。てかカラムは病み上がりなんだから！　俺の相棒に無理させないでくださいよ！」

ジェイが静かに二人を制するが、その顔には珍しいほどに感情が露わになっていた。

「ミカ、ローナンあまり調子に乗るとあとで公爵から教育的指導をうけるぞ」

絵に描いたような、やれやれという表情に今さら恥ずかしくなってくる。気まずくなって近づいたままのアルの胸を両手で押すが、逆に両手首を掴まれてしまった。

「お、おい……！　皆いるんだぞ。少し離れろって」

「嫌だ。皆は俺たちの交際は知っているんだし、何もまずいことはないだろう？」

「でも、でも……っ」

「それとも、この中に俺とのスキンシップを見られたくない奴でもいるのか」

見るとアイスブルーの瞳からはハイライトが消えかかっていた。

やばい。地雷を踏みかけている。

「そ、そんなことあるわけないだろ！　わかった、離れなくていい」

アルは嬉しそうに顔を輝かせると、ベッドの縁に座り直して俺の肩を抱き寄せた。皆の生温かい視線にいたたまれなくなって、必死に話題を変える。

「そ、そういえば俺が気絶した後、例の件はどうなったんだ？」

その言葉に全員の顔が仕事中のそれに一変する。最初に口を開いたのはシーマスだった。

「クロウリー子爵邸の子どもたちは全員無事に救助されたよ。奴らはブルクハルト商会から最新の武器を仕入れる代償としてイースト・エンドの子どもたちをメインデンヘッドに送っていたようだ」

「それって人身売買ってことだよな……最低だ」

なんて野蛮で非道なんだろうか。俺は思わず片手で口を覆った。前世でも裏社会での人身売買の話は都市伝説系の動画などで見たことがある。だがこうして実際に事実として知ると、衝撃は大きい。

「ああ。だがこれはあくまでも推測の域を出ない。証拠が見つからないんだ」

シーマスは悔しそうに唇を噛んだ。

「人身売買と断定できるような記録も証拠もいっさい残ってなかった。銀狼盗賊団との関連性も同じだ。おそらくユリアン・ブラントやレオン・ブルクハルトが裏で手を回していたに違いない。奴らは他国の人間だし、決定的な証拠がない限り、手を出すことは困難だ」

アルがシーマスの後を引き継いで話を続ける。

「あの時、ユリアン・ブラントがクロウリー子爵の屋敷に現れたのは事実だが、それを証明できるのは俺たちの〝見た〟という証言だけだ。それに奴らが人身売買や反王政派に関わっていることを示すものもない」

「でも武器の売買には軍と大蔵省への申請と許可証がいるだろ？　許可証なしに売買してたんだから、ブルクハルト商会にも非はあるんじゃないのか」

俺の言葉にジェイが首を左右に振った。

「クロウリー、ベアード、ラフマンの3人は偽の許可証を所持していた。偽造の証明書はかなり精巧に作られていたから一介の商人が見破ることは難しいと思う」

ブルクハルト商会は自分たちは騙された側だと主張し、国もそれを認めた。さらに自国の企業が犯罪に巻き込まれたことを重く見たメインデンヘッドは数日のうちにブルクハルト商会をアルスターから撤収したそうだ。

「あいつらは揃って逃げおおせた上に、今回の件で4ヶ国協議も1年後に延期になった」

アルがいまいましそうに息を吐く。

3人の貴族の屋敷からは大規模なクーデターの計画書も見つかって、彼らはすでに厳罰に処されたという。だがどんなにきつい尋問を受けてもメイデンヘッドとの関わりや他の関係者については口を割っていない。

「表向きはあの3人が反王政派のリーダー格だったってことになってるが、あいつらは多分、主犯じゃねえ。反王政派にはもっと権力のある大貴族が絡んでるはずだ。そいつとユリアン・ブラントが手ぇ組んでんだろ。だがメイデンヘッドみたいな大国を証拠なしに疑うような真似したら逆にこっちがやられちまう。国の決断も間違いとは言えねえ」

フィル先輩が面白くなさそうに鼻を鳴らし、ミカも大きく頷いている。

「メイデンヘッドは最新式の武器の宝庫だもん。たとえ証拠があっても武力の争いになったらアルスターは100パー負けちゃうよ」

ローナンも珍しく真剣な顔をしている。

「クロウリー以外の屋敷でも同じように敷地内に監禁されている子どもたちが見つかった。もちろん全員救出されたけど、おそらくすでにメイデンヘッドに連れていかれた子どもたちもいるはずだ。なんとしてもその子たちも救い出さないといけない」

ローナンの調べによると、メインデンヘッドは10年近く前から急激な出生率の減少と乳児死亡率の増加に悩まされているらしい。人口の減少は国力の弱体化にも繋がる。そのために武器と引き換えにアルスターの子どもたちを自国民として育成しようとしていたというのが俺たちの見解だ。

だが今回は証拠を掴むことができずレオにもユリアンにも逃げられてしまった。今こうしている間もメイデンヘッドで泣いている子どもたちのことを思うと、いてもたってもいられなくなる。

「簡単に一件落着ってわけにはいかないな」

小さく息を吐くと、肩を抱くアルの手に力が籠(こも)った。

「ああ。でも諦(あきら)めずに考え続けて前に進もう。俺たちならきっとできるはずだ」

その言葉に、全員が強く頷く。俺たちの戦いはまだ始まったばかりなのかもしれない。レオとユリアンの赤い瞳を思い出して俺は強く拳(こぶし)を握った。


この事件をきっかけに、イースト・エンド財政改革部の仕事も見直しが図られるようになった。

押収したクロウリー子爵たちの屋敷をリノベーションし、家族の人数に応じて1~2部屋の賃貸物件としてイースト・エンドの住民たちに開放した。

家賃は彼らの収入に応じて無理なく支払えるだけの金額に設定し、広いダイニングは朝・昼・晩と無料であたたかい料理を食べることができる、子ども食堂のような場所に変えた。食べるものと住む場所の不安や悩みから解放されるだけでも、人間のストレスは大きく軽減される。

最初は半信半疑だった住民たちも日が経過するにつれて顔つきや肌つやも見違えるようになった。今少し前までは家族揃(そろ)って路上や今にも壊れそうなボロボロの小屋で生活していたとは思えない。今は次の段階として、長く続けられてある程度の収入を得られる彼らのための仕事を創出したり、義務教育のように無料で受けられる授業のようなものの整備に邁進している。

銀狼盗賊団はあの事件以来、目立った活動をしている様子は窺えない。潜入調査をしていたフィル先輩とミカも、他の団員たちとはいっさい連絡がつかなくなったと話していた。

おそらく首領であるレオが、メイデンヘッドに身を潜めているからだろう。だが、きっとまたあいつは戻ってくるだろう。

(その時は今度こそ、俺が戦う。もう二度とアルを親友と戦わせたくない)

「おーいカラム！　聞いてるか？」

ハッと気がつくとローナンが俺の顔の前で右手を振っていた。

「あ、悪い。聞いてなかった」

「なにぼーっとしてんだよ。まっ昼間からやらしいことでも考えてたんじゃないだろうな」

ニヤニヤ笑いながらローナンが俺の肩に腕を回した。だが次の瞬間、ローナンの悲鳴が響いた。

「……他人の恋人に気安く触れないでもらえるか」

どこからともなく現れたアルが、不機嫌な表情でローナンの腕を捻り上げている。

「いたたたた！　いってえ！　わかりましたよ！　すみません！」

アルが手を放すとローナンは俺の背後へ飛び退った。

「公爵！　嫉妬深い男は嫌われますよ。とくにカラムはそういう奴、大嫌いなんで！」

よせばいいのに、ローナンはそう言うと俺の背中に飛びつくようにバックハグをしてくる。

「おいローナン、重い」

「いいだろ。これぐらい相棒同士のコミュニケーションじゃん！」

「知らねぇよ。それに今、業務時間中――」

驚きすぎて途中で言葉を失う。一瞬何が起きたかわからなかったが、気づいた時にはローナンに負けじとアルが正面から俺を抱きしめている。

「長さなんて関係ない。大切なのは一緒にいる時間の密度だ。期間は短くとも俺たちは濃密な時間を過ごしている」

「長さも大事です！」

「いや密度だ」

「長さだって！」

「密度だと言っているだろう」

言い争いながらも二人はぎゅうぎゅうと俺にしがみついてくる。

「ちょ、二人とも、くるし……っ！」

やばい。このままじゃ窒息する。意識が飛びそうになった瞬間、シーマスとジェイが俺から二人を引き離してくれた。

「過度な接触は禁止なんじゃなかったのかよ」

うんざりしたようなフィル先輩の言葉に、残りの3人は深く頷く。その様子にいたたまれなくなって、俺は一人静かに俯(うつむ)いた。

45

「今日みたいなこと、もう絶対禁止な。もしまた同じことしたら寝室変えるから。皆に変な目で見られてめちゃくちゃ気まずかったんだからな」

就寝前、ベッドの中で抱き合って語らういつもの時間に抗議の意を示す。

「……わかった。だがカラムも俺の前で他の人間と触れ合ったりしないでほしい」

俺を抱きしめる腕に力が込もる。

「気をつけるけど、いきなり抱きつかれたら不可抗力って時もあるだろ。それにアルみたいなもの好き、そうそういないぞ。全方位に威嚇しなくたって大丈夫だって」

「いや。カラムは鈍感だからな。その点に関しては同意しかねる。きみは自分が思っているよりずっと魅力的なんだ。それに気づいていないからそんなことが言えるんだ」

「んな大げさな……」

「本当だ。カラムがいなくなったら俺は何をするかわからない。やっぱり部屋から一歩も出さずにした方がいいんだろうか」

すぐに発言が不穏になる。ちょっと悪戯して黙らせてやるか。独り言のように物騒な単語を延々と呟(つぶや)いているアルの頬に、ちゅっと音を立ててキスをした。

「な……」

途端にアルがフリーズする。

「いつまでもバカなこと言ってないで俺のこと信じろ。ほら寝るぞ」

反応のないアルの胸板に頬を押し付け、目を閉じる。体温と鼓動を聞いていると、いつの間にか心地よい眠りに誘われる……はずだった。

「あれ？」

心音が異常に速い。ていうか、どんどん速くなってる。胸を突き破って飛び出してくるんじゃないかというぐらい、ドコドコという音が聞こえる。

びっくりして顔を上げると、瞳孔の開き切ったアイスブルーの瞳が俺のことを食いいるように見つめていた。

「何？　もしかして具合でも……」

伸び上がって額に当てようとした手を掴まれる。

「カラムがキスしてくれた、俺に」

「するだろそりゃ、付き合ってんだから」

「カラムから俺にしてくれたのは初めてだろう……!!　どうしよう、嬉しすぎる」

アルは見たことがないくらいに緩んだ表情で、頬を押さえてベッドの上を激しく転げ回った。その間も、カラムがキスしてくれた！　と騒いでいる。

（アルって、こんな一面もあったんだな……）

呆然と眺めていると、ベッドの端につま先を思いきりぶつけた。

「痛っ！！！」

蹲って痛みを堪える様子が面白すぎて、ついに俺は堪えきれず笑い出してしまう。腹を抱えて爆笑する俺を、涙目のアルが恨めしそうに見ていた。

やっと笑いがおさまった時には、アルは俺に背を向けてベッドの隅に座っていた。

（あ、これは拗ねてるな）

ちょっと笑いすぎたかもしれない。これは機嫌を取っておいた方がいいかもしれない。四つん這いになって側に寄ると、後ろから抱きしめてみる。

「……なんだ」

むっつりした声。いつもは大人ぶって余裕たっぷりなくせにこういう時は子どもっぽくて可愛い。またしても笑い出してしまいそうになるのを堪えてなくちゃならない。

「ごめん。笑いすぎた」

返事はない。もう一押ししてみるか。

「なんでもするからさ、許してよ。な？　明日も仕事だし、早く寝ようぜ」

アルの肩がピクリと跳ねる。回していた腕が外され、アルが体をこちらに向ける。その顔にはわざとらしいほどの微笑みが浮かべられていた。

「なんでも、と言ったな」

ヤバい。嫌な予感しかしない。

「お、おう……」

「じゃあ、もう1回キスしてくれ。今度はここに」

アルは人差し指で自分の唇を突いて見せた。もっとエグいことを言われるんじゃないかと警戒していたが、思ったよりずっと簡単なことでホッとする。

俺は中腰になって、アルの顔に迫る。なぜか目をカッと見開いていて、怖い。

「目ェ閉じろ」

アルは頷くと目を閉じた。アイスブルーの瞳(ひとみ)は瞼(まぶた)の下に隠れ、代わりとばかりに長く濃いまつ毛が存在感を増す。

(本っ当に綺麗(きれい)な顔してるよな)

そんなことを思いながら、顔を軽く傾け、そっと唇を重ねた。荒れ知らずのアルの唇は、柔らかくて温かい。気持ちを込めてキスをして、ゆっくりと顔を離そうとした、その時。

素早い動きで両手首を握られ、シーツの上に体を仰向けに倒される。あまりの速さに理解が追いつくのが遅れてしまった。

(アルに押し倒された……!?)

そう思った時にはすでに、口の中に舌がねじ込まれていた。

「んー!! んんっ」

何が起こった。穏やかに眠る流れだったよなどう考えても!! 突然の激しいキスに頭の中がパニックになる。

どこを舐められているかもわからないほどの激しさで口内を蹂躙された。まるで、あの媚薬の夜を思い出す。

口の中で暴れる舌が、俺の舌を引っ張り出して絡め、強く吸いついた。

「んぅ」

舌の根まで痛いほどきつく吸われて、目じりに涙が滲む。それでもキスは終わらない。飲みきれなくなった唾液が口の端からつぅ、と一筋垂れた。

アルはそれを舐めとると、再び口内に舌を差し入れる。口の中だけでなく脳までかき回されるようなキスを受け続けていると、次第に思考がまとまらなくなっていく。

やっと唇を解放してもらえた時には、ぼうっとして何も考えられなくなっていた。

アルはそんな俺をぎゅっと抱きしめて肩口に顔を埋めると耳元で呟いた。

「あの時、カラムを失いそうになって本当に怖かったんだ」

「……ごめん」

「違う。謝ってほしいんじゃない。それに俺のほうこそ……今度またきみが危険な目に遭いそうになったら、どんな手を使っても守る。もう二度と、きみを離さない」

こんなにも俺を想ってくれることが嬉しくて涙が出そうになる。黙ったまま背中に腕を回して抱きしめ返すと、アルがゆっくりと肩口から顔を上げた。

「俺だけ守られるのは嫌だ。俺だってアルのこと守りたい。離れたくないのは俺も同じだから」

「カラム……」

アルが緊張と欲の混ざった目で俺を見る。ゴクリと男らしい喉仏が上下する。

「触れてもいいだろうか」

黙って頷くと、仰向けからうつ伏せになるように言われる。

ゆっくりと体の向きを変えると、すぐに腰を両側から掴まれ上に引っ張られた。おかげで両膝をついて尻を高く突き出すような姿勢になってしまう。

ボトムスと下着を一気に膝までずり下ろされ、尻が外気に晒される。寒いわけではないが、誰にも見せたことのない場所を見せつけるようにされたことで、たまらない羞恥心に顔を枕に押し付けた。

「可愛いな…まるで桃みたいだ」

掠れた声でうっとり呟くと、アルはそっと手を添える。しばらくは触れているだけだったが、やがて両手を使って、撫でさすったり揉まれてたまにキスが落とされる。

「あっ、あっ、ああ……っ」

優しい愛撫が続いたことで身体がすっかり弛緩し、その隙を狙っていたかのように尻の割れ目を指がするりと撫でる。

「ひゃっ……！」

「尻が揺れてるぞ。可愛い」

アルは小さく笑うと、まだ固く閉じられた後孔をツンと軽く舌で突いた。

それが合図のように、割れ目を左右に押し広げるように開くと、後孔の周りのシワを丁寧に舐められる。

「あっ、あ、っ、やあっ」

時折、思い出したように孔（あな）に吸い付かれると、身体が震えるほどの快感を覚えた。わざとらしいほどにくちゅくちゅと卑猥（ひわい）な音を立てて舐められ啜（すす）られて、頭がバカになる。

「あ、あっ、も、むり……っ！　やだあ」

喘（あえ）ぎながら抵抗するほど愛撫は激しくなっていく。ついに舌が中まで侵入してくる。ぬるぬるして温かいそれは、まるで生き物のように中を解していく。孔がふやけて溶けてしまうんじゃないかと思うほど長い時間舐められたせいで、身体がどうしようもなく敏感になっている。

こんなところ、誰にも見せたことがないし、舐められたこともない。

恥ずかしいのに気持ちよくて、やめてほしくない。もう、どうしていいかわからない。

首を反って喘いでいると、孔からゆっくりと舌が抜かれた。

「指……を、入れてみてもいいか」

「うんっ……っくっ、あっ」

グチュ、と音を立てて今度は指が中に侵入してくる。痛みはほとんど感じなかったが、舌とは違うはっきりとした異物感を覚える。

だが、すっかり淫（みだ）らになった身体はやがて違和感だけでなく快感も拾い上げ始める。その頃には固く閉じていた孔も何本もの指を受け入れていた。

「んぁ、あっ、あっ、あっ、いいっ」

指を激しく抜き差しされ、もう片方の手で先走りだけでぐっしょり濡れそぼった昂ぶりを優しく上下に擦られる。今まで感じたことのない怖いほどの刺激と快感に、気持ちいいということ以外は何も考えられない。

やがてゆっくりと指が抜かれ、立ち膝のような格好で後ろから抱きしめられた。

「な、に」

アルは俺の首筋に唇を寄せると、キスを落としていく。

「勝手に初めてだと思っていたが……違うのだろうか？　女性との経験が豊富なのは知っているが……こちらもすでに誰かに許したことはあるのか」

今聞くことかそれ！　とツッコミを入れたくなったが、ここで変に刺激すると何をされるかわからない。

「ない。初めて……ぅああっ!!」

初めてと口にした時点で、再び指が挿入される。真下から深いところまで垂直に抜き差しされると、また先ほどまでとは違った刺激を感じてしまう。

「よかった……もし誰かに許していたらそいつを探し出して殺すつもりだった。でもきみの中に入るのは俺だけなんだな。嬉しい」

「ああっ、あっ、やっ、あっ、あっ」

身体を支えきれなくなり、前に倒れてしまう。再びうつ伏せで尻を突き出すような姿勢になる。

アルはよかった、嬉しいと繰り返しながら背面から尻にかけてキスの雨を降らせていく。たまに強く吸われて身体が跳ねる。

気づけば指の抜き差しも再開されていた。どんどん速くなる指に合わせて腰が勝手に動き出す。

「うあっ、あっあっああ――」

少しずつ何かが自分の中でせり上がってくるような感覚に続いて、俺はシーツの上に思い切り欲を吐き出した。

軽く痙攣（けいれん）しながら肩で息をする俺を、アルが優しく抱き起こす。

「大丈夫か？」

「……んっ、うん」

アルは俺を胸に抱いて頭を撫でてくれる。こういう気遣いを感じれば感じるほど、愛されているという喜びが胸に込み上げてくる。

ようやく身体が落ち着いてきた頃、アルが耳元で囁（ささや）く。

「そろそろ、入ってもいいだろうか」

「……っ」

それがなんのことかわからないわけはない。いよいよ、アルとひとつになるんだ。緊張と恥ずかしさと少しの恐怖で、俺は声を出せずにこくりと頷いた。

アルは唇に触れるだけのキスを落とすと、俺の体を壊れ物を扱うように優しくベッドに横たえる。

立膝（たてひざ）になっている脚の間に割って入ると、ローブの紐（ひも）を音もなく解く。左右に軽く開いたローブの隙間から、引き締まった美しい腹筋が覗（のぞ）く。さらに視線を下げると、腹につきそうなほど勃（た）ち上がった雄の証(あかし)が視界に入る。

(うわ、でっか……!)

正直、俺の比ではない。男としてはちょっと、いやかなり悔しい。血管が腕みたいに浮き出て、すでに少し濡れているようにも見える。先走りが滴るほど興奮してくれていたのかと思うと、嬉しくなってしまう。

「カラム、見過ぎだ」

アルが少し笑った。俺は慌てて顔を上げる。

「あ、ごめ……でっかくてびっくりした……」

素直な感想を述べただけなのに、アルの昂(たかぶ)りはビクビクと生き物のように震え、また少し大きくなった。

(なんだこれ。さっきのが最終形態じゃねえのかよ!)

「煽(あお)らないでくれ。手加減できなくなる」

苦しそうな声。青い瞳はギラギラと欲望に燃えている。

俺は黙って両腕を伸ばした。それに誘われるように、腕の中にアルが飛び込んでくる。それと同時に後孔にぴたりと雄芯の先が当てられた。

いよいよ、アルと身体を繋(つな)げるんだ。

緊張で身体が強ばる。

「つらかったら言ってくれ。絶対に我慢するな」

「んっ、うんっ」

大丈夫、怖くないと伝えると、アイスブルーの目が弧を描く。俺の緊張を解くように、何度も優しいキスを落としてくれる。

「カラム……」

アルは甘い瞳で俺を見つめながら、右脚を肩にかける。そうして少しだけ身体を前に進める。固く熱い先端が、ぐぷりと中に入ってきた。

「ひぁっ、あっ、あぁっ…」

ゆっくりと少しずつ、気遣うように入ってくる。時間をかけて、アルの陰嚢が尻につくぐらい奥まで、俺たちは繋がった。

アルはそのまま動かずに、きつく目を閉じてフーッフーッと何かに耐えるように息をしている。

しばらくそうしていたが、目を開けると俺の方に視線を戻す。

「カラム、つらくないか？　痛かったらすぐに言ってくれ」

心配そうに覗き込まれ、大きな手の平が優しく輪郭をなぞる。

時間をかけて丁寧に準備を施してくれたおかげで、血が出るような痛みはない。

けれど、やはり今までに感じたことのない圧迫感に身体が慣れない。

本当は今すぐにでも欲にまかせて貫きたいだろうに、どこまでも俺を優先してくれる。

それが胸が締め付けられるぐらい嬉しくて、気づけば俺の口から自然に言葉が溢れていた。

「アル……好きだよ、大好き」

アイスブルーの双眸が大きく開かれ、同時に中に埋められたものがさらに質量を増す。

「おっ、きくすん、なぁっ」

「カラム……頼むからこれ以上俺を興奮させないでくれっ」

理性がもう切れてしまいそうなんだ、と低く掠れた声で囁かれる。

瞳はすでに爛々と燃え、肉食獣のように欲望が露わになっていた。

この雄に本気で犯されたい。俺は、担がれていない方の脚をアルの腰に巻き付けた。

「理性、なくせっ、こいよ」

「バカっ！　泣いて嫌がっても、止めてやれなくなるぞ」

アルは食い縛った歯の隙間から唸ると、ギラギラとした眼差しで俺を睨みつける。

「いいからっ！　早くっ!!」

さまざまな感情が混ざり合って、気づいたら泣きながら叫んでいた。

次の瞬間、奥までみっちりと詰められていたものが一気に引き抜かれる。そうして息を吐く間もなく、ズンッと一気に奥までひと突きされた。

「ひ……っ、あっ、あっ、すごっ、あぁ、んっ……」

「クッ……カラムっ、カラム……っ!!」

「あっ、そこ、あっ、あっ」

怒ったように俺の名前を呼びながら、アルは手加減なしに何度も激しく突き上げる。

突かれるたびにどんどん気持ちよくなり、頭がおかしくなりそうだった。

そこからは二人ともバカみたいにお互いの名前を呼び合い、貪るようなキスをしながら、絶頂へ向けて一気に駆け上がった。

「カラムっもうっ」

「イって、アルっ、あっ、おれ、のなか、で、っ」

激しく揺さぶられ、息も絶え絶えに答える。

次の瞬間、ズンッと今までになく奥深くまで強くひと突きされた。中で雄芯が身震いするように震えたのがわかった。

「あっ……カラムっ……!!」

「ひっ、ああっ、アルッ!!」

雄芯は俺の中に埋められたまま、ドクドクと脈打つ。温かさを感じ、アルの欲が俺の中に吐き出されたのを感じた。

同時にアルの身体の力が抜け、ドサリと重なってくる。汗びっしょりで、重なった胸からドクドクと鼓動が聞こえる。

アルはゆっくり上体を起こすと、汗で張り付いた前髪を掻き分け、額に優しくキスを落としてくれた。それから俺の目を見て幸せそうに笑うと、愛してる、と小さな声で呟いた。

その笑顔がとても愛おしくて、俺はアルの首に両腕を回して抱きついた。

二人がすべて出し切った後、カラムは気を失うようにして眠ってしまった。乱れきり、さまざまな体液であちこちにしみが広がるシーツから恋人をそっと抱き上げると、公爵はそっと部屋を出た。

2部屋先の、つい先日までカラムの私室だった部屋の扉を開けると中へ入った。

綺麗(きれい)なシーツの上にそっとカラムを横たえると、自分の身体も滑り込ませる。

ほんの少し開いた桜色の唇からは、スースーと小さな寝息が聞こえる。その隙間から舌を突っ込み、絡ませ、可愛い喘ぎ声をこの部屋にも響かせたい。

さっきまで激しく抱き合っていたというのに、公爵の身体は小さなきっかけでまた火がついてしまいそうだった。

「カラム……」

愛しい恋人の寝顔に優しく呼びかけてみる。カラムはんん、と唸るとぎゅっと公爵の胸に顔を埋めた。

「可愛すぎる……」

もう一秒たりとも離れたくない。できるなら死ぬまでずっとこうしていたい。それほどまでに離れがたかった。

それにしても、と公爵はぼんやりと頭を巡らせる。カラムのことはずっと好きだった。自分でも嫌になるくらい彼のどんな一面を見ても気持ちは揺るがず、いつか絶対にカラム・クリスティーを自分だけのものにするという仄暗い執着心もどんどん強くなっていった。

もし、二人が想い合う恋人同士になれたら。その時はきっと、このドロドロとした独占欲や執着、粘着質な歪んだ恋慕は美しい愛へと昇華されるものだと信じていた。

だが、現実はまったく違う。心も身体もついに自分のものになったカラムは、より一層キラキラと眩しいほどに輝き、可愛くて、たまらなく愛おしい。

まるで心の内に涸れない泉があるかのように、次々と彼への想いが溢れだしてくる。もしも許されるならこの可愛い人は俺のものだ、俺だけのものになったんだと、大声で叫び回りたいぐらいだ。もう自分以外の誰にも、指1本触れさせたくない。

幸せの絶頂を味わっているかもしれないと思うと同時に、恐怖心も湧く。もしもいつかカラムが自分から離れていくようなことがあったら、その時自分はどうなってしまうのだろうかという恐怖だ。

背を向けられることを想像しただけでも、身震いしてしまう。心臓を裏側から撫でられるような気持ち悪い悪寒だ。

少し考えただけでもこうなのだ。きっと仮にカラムが自分以外に恋をしたら、正気を失って彼を自分に繋ぎ止めておくためにありとあらゆる手を使ってしまうだろう。

例えば隠し部屋にカラムを閉じ込めて一生自分以外に会うことのないようにして、カラムの心を奪った相手は八つ裂きにして殺してしまうかもしれない。

大げさでもなんでもなく、きっと自分はそれ以上のこともやってのけるだろうという確信が公爵にはあった。それは女性相手でも変わらない。もし今後、昔カラムと関係を持った女性たちが夜会などで彼に話しかけてきたり少しでも触れたりしたら。

きっとその場で女をたたき斬るか、飛んで行ってすぐに引き離すだろう。その夜は嫉妬のあまり手ひどく抱いてしまうことも想像に難くない。

心から愛するが故に、自分の中に潜む恐ろしい狂気とも向き合わなければならない。恋が人を変えるとはよく言ったものだと、公爵は身をもって実感した。

(俺がこんな気持ちを抱いていると知ったら、カラムはどう思うんだろうか)

何も知らずに胸に寄りそう天使の寝顔。眺めているだけで、愛しさと歓喜で胸が締め付けられる。

どうか、死ぬまで俺から離れないでという思いを込めて。

顔にかかった髪を避けて、柔らかで甘い匂いのする頬にそっと唇を落とした。

「カラム……俺は一生、きみだけを愛している。何があっても離さない」

公爵は愛する人の寝顔に誓った。


ふっと意識が浮上する。

俺はいつの間にか寝てしまっていたみたいだ。あまりに激しい行為の後で、正直記憶があまりない。

だが体はすっかり清められており、真新しいローブに包まれていた。

誰がやってくれたのかなんて、考えるまでもない。それだけでまた幸せな気持ちになって、頬が緩む。

できるだけ静かに上体を起こしたが、ベッドが少し軋んだ。その音で隣で眠っていた恋人が目を覚ます気配がした。

「おはよう、カラム」

蕩けるような甘い笑顔に寝起きの色っぽく掠れた声。アルの威力、やばすぎる。今まで以上にエロい。

「おはよ。ここ、もしかして前使ってた部屋？　運んでくれたのか」

返事をする声がガラガラで、自分でもびっくりする。アルも少し驚いた顔をして、身体を起こした。

「ああ。シーツがあまりに汚れていたから。それにしてもひどい声だな。体は大丈夫か？　辛くない？」

肩を抱かれ、さするように撫でられる。俺も甘えるようにもたれかかった。

「うん、平気」

「そうか。でも無理はしないでくれ。今日は1日ゆっくり部屋で過ごそう」

「何言ってんだよ、ダメだろ。仕事行かなきゃ」

「今日は建国記念日で国全体の休日だぞ」

動きだそうとする俺を胸に封じ込める。

「そうか……すっかり忘れてた」

「だから1日ベッドでゆっくり過ごせる」

耳の穴に息を吹きかけるようにして囁(ささや)かれると、後孔がヒクリと蠢(うごめ)く。

（嘘だろ…昨日あんなにしたのに！）

自分の身体の淫乱(いんらん)ぶりに呆然(ぼうぜん)としていると、するりと腰を撫でられる。

「ちょ、やめろよ」

ガサガサの声で制止する。

「わかってる……撫でるだけだ」

（さっきは心配だとかゆっくり休めとか言っていたくせに！）

思いを込めて軽く睨むと、額と瞼(まぶた)、そして頬にちゅっと軽いキスを落とされた。

「きみが可愛すぎるのがいけない。見ているだけで堪らなくなってくる」

「うううっ……」

砂糖を吐くぐらいの甘い声で甘い言葉の数々を紡がれると、恥ずかしさでどうしていいかわからなくなってしまう。

「恥ずかしがってるカラムも可愛い」

いつの間にか脚の間に座らされ、後ろから抱きしめられている。黙っていると耳やこめかみ、頬にもまたキスの雨が降ってくる。

甘すぎる空気が漂う部屋の中をどうにかしたくて、俺は思いつきで全然違う話題を出してみた。

「それにしてもアルって後ろからハグするの好きだよな」

寝る時も後ろから抱きしめられることが多いし普段もよく、こうして後ろから抱きしめてくれる。

「うん。好きだ」

ぎゅうと優しく後ろから抱きしめられるのは嫌いじゃない。嫌いじゃないというか、むしろ好きだったりするのだが。

会話の空気感を変えるために、もう少しこの話題を続けることにする。

「顔が見えた方がいいんじゃねーの？　変わってるよな」

「正面から向かいあって可愛い顔を見るのも好きだ。でも、後ろから抱きしめていると俺の中にカラムを閉じ込めているような気分になれる」

「へー」

ミスったかな。若干物騒な気がする。だがそう思った時にはたいてい遅い。

アルは引き締まった腕で俺の上半身を拘束すると、長すぎる脚を四肢にからませてくる。

「ほら、こうされてると閉じ込められてる気がしないか？」

「……そうだな。わかったから離してくれ」

心と身体の緊張の期待を気取られないように、できるだけ平坦(へいたん)な声を出す。

「もう少しだけ、このままでいさせてほしい」

「少しって、どんくらい」

「1時間」

「長っ！　少しって5分とか10分とかだろ。それ以上はダメ」

咎めるように言うと、しぶしぶ頷いた。

「じゃあと10分だけ、きみを閉じ込めて、好きにさせてもらう」

「な、何言ってんだ！　好きにさせるって、そんなのっ」

聞いてない、という続きは強引なキスに飲み込まれてしまう。熱く長い舌で口の中をゆっくり舐めまわされると、昼間には似つかわしくない気分になってしまう。

昨日も絶え間なく唇を合わせていたせいか、少し腫れている気がする。

キスを終えると、アルは親指でそっと唇に触れてきた。

「少し腫れてるな。色も赤くなって……すぐに誘惑してくる。淫らだな」

「誰のせいだよ……っ！」

「俺だな。というか俺以外に許されるはずがない」

ニヤリと笑って、首筋に舌を這わせてくる。それだけで、たちまち身体中の力が抜けてしまう。

白く長い指先が、ローブの紐にかかった瞬間、ドーンドーンと大きな音が広場の方から聞こえた。

おかげで淫靡な空気が一瞬にして霧散する。

「今のなんだろ⁈」

緩んだアルの腕の中から一瞬で抜けだし、出窓に向かう。

「花火?!」

「今日は建国記念日の祭りだろう」

いつの間にか背後に立っていたアルも、窓の外を覗（のぞ）き込んでいる。

まだ昼間なのに花火が次から次へと空に散っていく。建国記念日にはアルスター王国の初代国王であるエイダン王を讃（たた）える祭りが開催されるのだ。

エイダン王の像が建つアルスター広場には食べ歩きのできるお菓子や食べ物の出店がずらりと並ぶ。

他にも、子ども向けのおもちゃを売る店、アクセサリーや怪しげなストーンを売る店など、とにかくたくさんの屋台が並ぶ。

大通りでは軍楽隊のパレードなども行われ、王都の1年でもっとも賑（にぎ）やかな日と言われているのだ。

祭りなんて、子どもの頃に近所の神社のそれに行った以来、記憶がない。夏祭りの時期は、夜道を手を繋（つな）いで歩く浴衣姿の恋人たちを目にすると、ほんの少しだけ羨（うらや）ましいと思ったりしていた。

「なあ俺、祭り行きたい」

アルは何も言わない。

「二人でゆっくりするのもいいけどさ、それはいつでもできるじゃん」

「体は本当に大丈夫なのか？」

「おう！　ちょっと怠（だる）いぐらいで全然平気」

アルはまだちょっと不満そうだ。俺の顔をしばらくじっと眺めていたが、わかったと頷く。

俺は嬉しくなって抱きついた。

「やったー！　ありがとう！　アル大好き！」

それだけで機嫌がなおったのがわかる。俺もチョロいけど、アルもなかなかだな。

「俺あれ食べたい、ストロベリーボム」

「いくらでも買ってやる。なんなら店ごと……」

「いやいやそんないらねーよ！　やりすぎ」

「そうか」

「アル、聞いてくれ」

俺はアルの頬を両手で挟んだ。

「祭りに行きたい一番の理由はさ、俺たち二人の思い出作りだから。一緒にいろんなもの見て、食べて、楽しいことたくさんしようぜ、これからずっと」

アルは大きく目を見開いたあと、弾けるように笑った。

あとがき

こんにちは。松原硝子と申します。

この度は『チャラ男伯爵令息に転生した敏腕経理部長、異世界で年下拗らせ冷徹公爵様に溺愛される』をお手に取ってくださり、ありがとうございます。

本作には大好きな「年下攻め」と「溺愛」を入れて、楽しく書かせて頂きました。主人公に執着して溺愛する年下のスパダリからしか摂取できない何かがあると信じています。

また溺愛に翻弄されつつも、男らしくてかっこいいところもしっかり持っている主人公というのも大好きです。

元々はウェブ小説投稿サイトのいわゆる「読み専」だったのですが、徐々に自分でも色々な妄想をするようになり、気がついたら書き始めていました。そんなに多くはないであろう自分と似たような趣味嗜好の方に楽しんでもらえたらいいなぐらいの気持ちでしたが、想像以上にたくさんの方にご覧いただけて、驚きつつとても嬉しく思っています。

書籍の書き下ろしは担当さまからアドバイスと励ましをたくさん頂いて、なんとか完成させることが出来ました。「あと6万字くらいですかね！」というご連絡を頂いた時、内心ではひっくり返りそうになりました。正直、書けるのか不安で書くのも大変でしたが締切というものがあると人は頑張れるということも実感しました(笑)。

書籍化するにあたってお声がけくださった担当さま、ＫＡＤＯＫＡＷＡさま、素晴らしいイラストを描いてくださった央川(おうかわ)みはら先生にも大感謝しております。キャララフを拝見した時の嬉しさと感動は今までの人生で味わったことのないものでした。その日はテンションが上がって大好きなお酒をめちゃくちゃ飲んでしまったことを覚えています。

こんな幸せな経験が出来たのも、読んでくださった皆様のおかげです。本当に本当に、ありがとうございます。この作品が少しでも皆様の癒しになれば嬉しいです。

最後になりますが、本作の制作・販売に携わり、ご尽力くださったすべての皆様にもこの場を借りて御礼申し上げます。

松原硝子

チャラ男伯爵令息に転生した敏腕経理部長、異世界で年下拗らせ冷徹公爵様に溺愛される

2024年7月1日　初版発行

著者　松原硝子

発行者　山下直久

発行　株式会社KADOKAWA
〒102-8177
東京都千代田区富士見2-13-3
電話：0570-002-301（ナビダイヤル）
https://www.kadokawa.co.jp/

印刷所　株式会社暁印刷

製本所　本間製本株式会社

デザインフォーマット　内川たくや（UCHIKAWADESIGN Inc.）

イラスト　央川みはら

初出：本作品は「ムーンライトノベルズ」（https://mnlt.syosetu.com/）掲載の作品を加筆修正したものです。

●お問い合わせ
https://www.kadokawa.co.jp/（「商品お問い合わせ」へお進みください）
※内容によっては、お答えできない場合があります。
※サポートは日本国内のみとさせていただきます。
※Japanese text only

ISBN 978-4-04-115085-6　C0093　　Printed in Japan